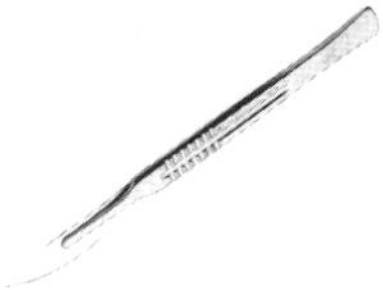

# 火焰手術刀1990

ブレイズメス
1990

by KAIDOU TAKERU

## 目次

# 第一章　蔚藍海岸　一九九〇年四月

耳邊傳來聽不慣的腔調。法國航空的機上廣播以法文為主，接著是英文。或許是受了法文口音的影響，總覺得英文廣播跟平常聽到的不太一樣。另外也可能是機艙氣壓變化的緣故，世良一直覺得耳朵很痛。飛機本身更是受到亂流的影響，搖搖晃晃地飛著。

「喂，廣播叫我們把安全帶繫好。」

經身邊的垣谷講師一說，世良將座位的椅背調回原本的位置並繫上安全帶。

隸屬於東城大學醫學部綜合外科教學中心，俗稱佐伯外科的垣谷講師與世良雅志的小旅行即將告一段落。他們飛行了十五小時才終於抵達巴黎夏爾戴高樂國際機場，馬上又從那裡轉機，前往飛行距離約兩小時的尼斯。光是移動就花上整整一天。

世良看向窗外，底下盡是頂部被白雪覆蓋住的連綿山脈。銀色的夕陽灑在遠方波光粼粼的海面上，宛如火柴盒般的房屋比鄰著海岸線。

「看樣子就要降落了。」世良向垣谷講師搭話。

垣谷講師將兩手交叉於胸前，沒有回話。廣播繼續播放著令人在意的英文腔調，世良側耳傾聽，試著抓住幾個單字。待廣播結束後，垣谷講師才終於開口回答。

「再五分鐘就到尼斯機場了。」

世良再度看向飛機窗外，紅磚建築的屋頂一層又一層地擴大，那是跟他們的故鄉櫻宮市截然不同的街景。世良閉上雙眼，一邊感受飛機漸漸向下降落，一邊用手指確認安全帶是否牢牢緊扣。

微小的衝擊硬生生地往世良緊繃的身體襲來。飛機順利降落並沿著跑道平行行駛，機身因不平坦的路面傳來輕微的震動。在此同時，機上也傳來了安心的吐氣聲。

法語廣播再次響起。這個時間點的話，絕對是請乘客在飛機完全靜止前不要解除安全帶的指示。

正值黃金週前的四月底，世良與垣谷降落在黃昏將盡的尼斯機場，兩人招了臺計程車往旅館前進，他們的目的地是樂園旅館（Hôtel Paradis）。

在皮膚偏黑的司機把他們的行李放進後車箱時，他們向司機重複告知了一次目的地。計程車凶猛地行駛在異國之都，車窗外的景色漸漸從鄉間田野轉變為都市風情。

車上的廣播播放著法國民歌，偶爾還會傳來雜音，讓舟車勞頓的他們感到十分刺耳。除此之外，計程車司機也不斷地以難懂的英文口音，熱情地問候著他們：你們從哪裡來的？日本嗎？我一直想去東京啊！那個充滿奇蹟的都市。

後來，因為聽到了「極北 City」這個一點都不國際的詞，世良忍不住開口回問。兩人一問一答來往了幾次，世良才終於聽懂司機先生的表兄弟娶了一個日本人，現在似乎就住在極北市。而極北市現在好像正在興建世界最大的摩天輪。

自己國家的事情竟然是透過國外的計程車司機得知的，讓世良覺得有點沒面子。就在這時，垣谷突然用日文插進世良與司機有一搭沒一搭的會話中。

「計程車司機他家發生什麼事跟你一點關係都沒有，稍微安靜點。」

世良點了個頭，垣谷繼續說道：「話說回來，你還真是個 Lucky boy 啊！才剛結束一年多的外院實習，回到大學醫院後馬上又可以陪同參加國際學會研討會過來尼斯，其他同儕想必都很羨慕你吧！」

世良再度點了個頭，心中卻忍不住發起牢騷。他伸手摸向夾克的內袋，口袋裡除了護照還有一個信封袋。他輕輕地嘆了一口氣。

——要是沒有這個的話，就真的是一場放鬆愉快的國外旅行了。

世良之前在外面的醫院實習了約一年半。

西元一九八八年，在他成為外科醫生的第一年，他還只是東城大學醫學部綜合外科教學中心最底層的醫生，幾乎是在苟延殘喘中度日。然而隔年二月，他便被派至外面的相關醫院實習。實習醫院是用抽籤來決定的。當時世良抽中了一號籤，選擇了「櫻宮癌症中心」。

到了櫻宮癌症中心之後，世良幾乎每天都可以參與手術，還擔任了十幾次胃癌病患的胃切除術主刀醫師。以一名外科醫生來說，他覺得自己的前途充滿一片光明。

八個月後，他換到了第二所實習醫院。這次醫院的決定順序是以上次的抽籤結果往前一位，因此之前第一個選醫院的世良這次自然變成最後一個。輪到他選醫院的時候，只剩下位於鄰縣的高原城市「富士見診所」。

與櫻宮癌症中心完全相反，在富士見診所不僅不用動手術，日常工作也只是幫老人診斷疾病與一般門診而已。這種從天堂掉到地獄的落差感，讓世良一天比一天還鬱悶。他看著坐在自己面前的老爺爺，聽他訴苦著跟前幾次差不多的病情，再想到同儕們現在正在手術室裡累積手術經驗，便覺得坐立難安。

富士見診所的山村所長看到這樣的世良，總是如此安慰著。

——不用急啦！無論速度快還是慢，大家的終點都是一樣的。

山村所長一直以來都獨自支撐著這間位於貧窮鄉間的診所，還處於血氣方剛年紀的外科醫師是無法聽進他這般淡泊名利的話的。世良獨自地過著焦躁的每一天。

那裡真是地獄啊！世良喃喃自語著。

西元一九九〇年，成為外科醫師之後的第三年，除了少部分的人，其他跟世良同輩的醫師都被叫回大學醫院，重新過著在醫院最底層的生活。直到五月黃金週結束，新人進到醫院前，他們的地位都不會改變。

因為這個緣故，垣谷講師才會說世良可以在四月底出國一個禮拜，陪同參加國際學會發表簡直就是「中了大獎般地超幸運！」。

儘管如此，世良早在這一年半的外院實習中領悟到一件事，那就是不幸必定伴隨著幸運而來。證據就是在他幸運選到櫻宮癌症中心實習之後，世界宛如要維持平衡一般，馬上又把他降格到最糟的富士見診所待了半年。

那麼這次伴隨著幸運參與國際學會的不幸又是什麼呢？

世良再度用手摸了一下口袋裡的信封袋。

——要是沒有這個的話……

計程車放慢了速度，停在錯綜複雜的小路旁。垣谷先下了車之後，世良拿出預先換好的當地鈔票付款。司機慢吞吞地拿出錢包，若無其事地找了幾枚硬幣。世良數了一下硬幣後說道。

「少了十法郎。」

司機裝作聽不懂的樣子請他再說一遍。世良耐心地重複說了幾次。十法郎，不夠。

司機聳了個肩，從胸前的口袋裡拿出硬幣，往世良丟去。

「Jesus! You! Are! Lucky! Guy!（真是的，算你走運！）」

司機瞪了一下世良，用下巴催促他快點下車。世良一下車，計程車便揚長而去，留下一大團從排氣管噴出的廢氣。剛下計程車的世良立刻被那團臭氣包圍，同時也發覺這個城市的氣候十分乾爽，非常適合居住。

垣谷拿起手中的雜誌當作扇子般往那些廢氣搧了幾下。

「怎麼這麼慢？跟司機吵架了？」他將兩人份的行李放在面前，向世良問道。

「誰叫司機先生想故意找錯錢。」

世良舉起剛剛拿到的十法郎硬幣。垣谷伸手拿起世良的戰利品。

「什麼嘛！這又不是法郎！」

世良從垣谷手中拿回那枚混色的硬幣，仔細地確認。

「不是嗎？可是上面明明寫著十法郎……可惡，被擺了一道！」

世良將零錢嘩啦嘩啦地放進口袋。一抬頭，才發現這條小路上盡是細長型的建築物。世良仰望著那些建築物牆上的招牌，才看到 Hôtel Paradis，世良便想起同儕的北島曾經一臉得意地說著。

「法國人真是又色又悶騷，硬要把旅館的 Hotel 念成 otel 的音。」

那時世良還回問道：「為什麼那樣就又色又悶騷？」

「旅館就是為了要H[1]才取叫 Hotel 的啊！結果他們卻不把那個音發出來。」

「那是因為法文的H本來就不發音吧！」

雖然當時那樣反駁了，但伶牙俐齒的北島馬上又接著說：「不過你們這次去尼斯的時候，照著他們的發音才是正確的。因為你這次是跟垣谷醫生一起去，我可不希望你們之間發生什麼H的事情啊！」

大概是被北島逼得不得不認同他的話，那時的世良忍不住咬起下唇。同儕中最拚命往上爬的北島，連這種微不足道的幽默也十分出色，世良感到很不是滋味。

在世良與垣谷正要走進「otel」時，一名穿著T恤的男性從半開的門縫中衝了出來，垣谷的肩膀因此被門撞上而踉蹌了幾下。

「啊！拍謝！」年輕男子說道。

起初，他的日文腔調讓人以為是其他外文，但後來看到他的T恤背後印著『櫻島大噴火』，才發現他剛剛說的應該是日本九州的方言。

「還是學生嗎？真令人羨慕啊！可惡。」垣谷揉著被門撞到的肩膀，開口說道。

「最近日幣匯率走升，所以還滿流行到國外畢業旅行的，大家都一窩蜂地往海

1 日本俗語エッチ，讀音羅馬化後為字母「H」，形容好色或性行為。

外跑。」世良回頭看向年輕男子跑遠的背影，點頭說道。

「這麼說來，世良前年不是也去了哪裡嗎？你們真是生在不錯的時代啊！以前換一美金還要三百六十日圓，現在只要一半就好了。」

世良點頭。他回想起兩年前，日幣突然就在畢旅前夕升值了，因此那趟旅行玩得比想像中還要奢華不少。

在櫃檯辦完入住手續後，世良將拿到的鑰匙遞給垣谷。

「我住三樓的一般套房，您在五樓的豪華套房。」

垣谷站起身。

「晚餐要怎麼辦？」

「我不太餓耶，要吃不吃都可以。」世良一面觀察垣谷的表情一面說道。

「這麼見外也太不像你了吧！雖然坐了這麼久的飛機還滿累的，但機會難得，我們還是去小酌一杯吧！我請你，世良！」

「真是太感謝您了！想不到我才剛回到大學醫院就可以陪同學長參加國際學會，然後您竟然還要請我吃飯，我真是太幸運了！」

垣谷戳了一下世良的頭。

「就知道巴結！但就算你講到這種份上，明天發表結束前，我的心情還是會像梅雨季節一樣忽晴忽雨的。」

「我明白的。」

世良說完後做了一個射門的動作。垣谷看著手上的錶。

「現在是十點，那就十分鐘後在大廳集合吧！」

垣谷走向電梯。世良也拿起背包，追了上去。

垣谷是大世良八屆的足球社學長，雖然沒有一起踢過球，但垣谷曾經以畢業學長身分露過幾次面，還觀察過世良。一般而言，醫學院的學生都會在大五的時候退出運動型社團，但世良卻一直留到大六的秋季大賽，還踢進了決勝之球。對於這樣的世良，垣谷都稱他為「任性的自由人[2]」。

世良的學弟曾經偷偷跟他說過這件事，但他並沒有向垣谷確認過。

雖說是國際觀光都市「尼斯」，但似乎不是所有旅館住起來都很舒適。只要付了該付的錢，對方便會以最高級的房型招待，這點跟其他地方大同小異。

進到房間後，世良把行李丟到櫃子上，直接往床上躺去。他枕著自己的手腕，看著上方粗糙廉價的天花板。標準套房五千圓，豪華套房八千圓，說是背包

2 足球比賽中的「自由人戰術」，無論對方的核心球員在球場的哪一側活動，自由人都可以在不破壞本隊防守體系的前提下，第一時間進行防守，而在進攻時讓對方的防線陷入混亂。需要同時做好攻防兩方面的任務。

客常來的店也不奇怪。

方才在大門口撞見的年輕男子，跟兩年前來歐洲畢業旅行的自己幾乎沒什麼兩樣。

——那時候的自己什麼都不知道，但比起現在的自己，卻充滿了無限的可能。

他舉起手，用手掌擋住上方的燈光。在那之後過了兩年，現在的自己真的稱得上是一名外科醫師了嗎？

世良呆呆地望著天花板，突然，他從床上跳了起來。距離跟垣谷約好的時間已經過了三分鐘，世良從夾克的暗袋抽出護照，插在屁股後方的口袋。接著撬開不易開關的房門來到走廊，帶有節奏性地衝下繞著柱子的旋轉樓梯。

垣谷坐在大廳的沙發上，他一身西裝，雙腳敞開地閱讀著英文報紙。一見到世良，他便捻熄手上的香菸。

他們試著向櫃檯人員打聽附近的餐廳，好不容易才聽懂原來旅館後方就有一排餐廳。接著他們又問對方，現在已經十點，餐廳會不會已經關門了。

櫃檯人員搖了搖頭。

「不用擔心，那邊就算是半夜也很熱鬧。」

離開旅館後，他們順著小路走了五分鐘，才發現櫃檯人員所言不假。這裡非常熱鬧，完全看不出已經是深夜了。垣谷與世良慢慢地散步著，打聽了幾間餐廳的價錢。

這裡的餐廳都有露臺，有些餐廳近乎客滿，有些餐廳卻門可羅雀。垣谷與世良挑了一間看起來人比較多的店，坐在露臺的位置。他們點了一罐葡萄酒，價格低得驚人。

「話說回來，這趟旅行還真漫長啊！超累的。」

世良在垣谷的杯子裡倒了紅酒，接著才在自己的杯子裡添酒。兩人舉起杯來乾杯。

「祝這趟漫長之旅一切順利。」「祝垣谷醫生的發表一切順利。」

兩人同時開口說話。

「今晚就先別提醒我明天還有發表了，酒會變難喝的。」垣谷笑著說。

兩人看著剛送上來的義大利麵，分量多到不知道該從哪裡開始吃。另外一個大盤則裝滿了宛如小山似的貝類。他們明明是點蒜香辣椒蛤蜊義大利麵，但眼前的東西卻不是世良過去所認知的蛤蜊義大利麵。相形之下，日本的蛤蜊義大利麵只是在義大利麵上擺滿去殼的蛤蜊肉而已。而如今放在世良眼前的，卻是超大分量的紅酒蒸蛤蠣，以及自助吃到飽的義大利麵。

「我們明明只點了一人份。」

世良露出不滿的樣子。

「這些是一人份沒錯喔！」服務生見狀，向他眨了個眼，將收據拿給他們看並大方地說道。接著另外一名服務生又雙手捧了一盤巨大的披薩過來，旁邊還堆滿著小山高的炸薯條，光薯條的量就夠吃一餐了。

「你去問一下這邊也是一人份嗎？」垣谷說道。

世良正要開口時，垣谷又舉起手來制止他。

「……不，算了，反正他大概也會說是一人份。」

垣谷撫摸著最近越來越引人注意的小腹。

他們將披薩和義大利麵分裝成小盤，兩人拿起玻璃杯乾杯。

街上充滿了穿著單薄的人們。有手牽著手的老夫妻、大聲交談的年輕人群，還有推著娃娃車的年輕夫婦帶著還是小學生的孩子散步著。隨便一個畫面看起來都是繁華街道的景象。儘管如此，現在已經是半夜十二點，因此跟日常的景象還是有些許不同。

「你很久沒回大學醫院了吧！感覺怎麼樣？」垣谷將手中的紅酒一乾而盡，開口說道。

「我才剛回來兩個禮拜而已，沒什麼特別的感覺。」

「少來了，你這個問題兒童一定有感覺到什麼不同吧！是不是有哪裡跟之前不太一樣？」

世良閉嘴咀嚼著義大利麵，沉默不語。

「這麼說來，總覺得現在的指導醫師做事還挺勤快的。」過了一會，他才開口回答。

「你根本是想說以前的指導醫師都沒在做事吧！」

世良搖了搖手，「我才沒有那樣想。」

「跟之前不太一樣的地方大概是，負責處理手術的人從渡海醫生變成高階醫生了。」垣谷看著世良，說道。

一聽到渡海這個名字，世良馬上抬起頭來。紅著臉的垣谷裝作沒注意到世良不同於平常的舉動。

「外院實習過得怎麼樣？還開心嗎？」

「就天堂跟地獄囉！」世良的眼神朦朧起來，他開口回答。

「是喔，那哪邊是天堂哪邊是地獄？」

「天堂是櫻宮癌症中心，那邊完全就是手術天堂，幾乎每天都有在大學醫院從沒看過的病例。實習後期，他們還讓我每個禮拜都擔任一次胃癌的主刀醫師。」

「癌症中心的中瀨部長還滿嚴厲的，如果他認為這個實習醫生不行，就絕對不會讓他動手術。從沒聽說過他讓實習醫生每週都擔任主刀醫師的，看來他還滿喜歡你的嘛！那地獄又是哪邊呢？」

「富士見診所。」世良想都不想便直接回答。

「富士見是地獄啊！原來如此。」垣谷笑著說。

世良回想起兩個禮拜前，那時他站在那間簡陋診所的玄關，診所的門是一扇內嵌玻璃的門，不太好開關。門上的裂縫還殘留著十年以上的透明膠帶，那些膠帶不僅早已變成咖啡色，還完全沒有黏性，但卻沒有任何人在意這點。

每天早上，當他看到玄關那扇寒酸的門，就很想直接掉頭離開。

那間診所彷彿處於時間靜止的世界，裡頭有十五張病床，但只有半數有在使用。住院的患者幾乎都是老年人，一年能動的手術數量屈指可數，主要是看能不能接到有闌尾炎（闌尾切除手術）的觀光客。

「那裡根本是無聊到死的地獄。」世良忍不住罵道。

垣谷喝了一口葡萄酒。

「世良真是認真啊！明明就有人將那裡稱作是『最後的樂園』。」

確實是有這樣的評價沒錯。一走出富士見診所，便是風光明媚的觀光景點。抬頭望去，富士山就聳立在面前，眼下則是寬廣的湖面，還有不少人在那裡玩風帆。經垣谷這麼一說，世良才突然想到，對於喜歡運動的人來說，也許那裡真的是他們巴不得久居的地方。

「我聽護士說，川田學長每天一早就去玩風帆，直到太陽下山才肯回家。這是真的嗎？」

垣谷搖搖頭。

「我不太清楚耶！不過那個川田就是把富士見診所叫作最後的樂園的人喔！」

川田大世良兩屆，在大學醫院裡不算起眼。就連剛從外院回來、地位最底層的世良這代的醫生，大都聽說過他做事馬虎隨便。而這個聽說也幾乎是醫院裡公認的評價了。

然而世良在無聊地獄富士見診所裡實在沒有外科醫生的事情可做，因此每天早上他都會去充滿高低起伏的步道慢跑，甚至還因此覺得自己現在的體力遠遠超出活躍於足球社的學生時期。

兩人喝了幾杯葡萄酒後，話題從大學醫務長與醫生之間的關係，聊到足球社的學長學弟之間。而繁華街道的熱鬧氛圍，似乎還處於狂歡中，遲遲不肯消散。

因為覺得有人在盯著自己，於是世良回過頭去，目光迎上一名年輕男子的雙眼。對方有著一雙小眼睛、鼻子偏塌、嘴巴也挺小的。按照身材比例看來，他的頭還滿大的。雖然外貌看起來是日本人沒有錯，但因為容貌過於平凡，實在想不起來跟他在哪裡打過交道。

對方的T恤胸前印了一個閃閃發光的扭曲太陽，下方則是引人注目的方體印刷黑字『櫻島大噴火』。原來是方才在旅館門口撞到垣谷的那名男子。一對上視線，那名男子立刻往這裡走了過來，手中還拿著裝著葡萄酒的玻璃杯與法國麵包。

「灣安，剛才真是太失禮咧！」

音調聽起來是九州的方言。垣谷也因為那件T恤，想起來對方是剛才那個人。

垣谷與世良陷入沉默。應該要回應他呢？還是拒絕他呢？垣谷偷偷瞄了一眼手上的錶，錶上顯示為一點十分。換作是平常，這時間才正要開始大喝。然而他們已經搭了二十幾個小時的飛機，加上明天下午還有國際學會研討會的發表，因此垣谷的答案是『委婉地拒絕』。

既然心照不宣，也沒什麼好說的了，世良舉起手來引起服務生的注意。但那名年輕男子卻先發制人地往空位直接坐了下來。

「兩位老師真是厲害，竟然可以找到這間店！眼光真不錯。偶才剛來尼斯一個禮拜呀！但也吃了四天才終於讓偶找到這間店，不過最讓偶意外的是，兩位老師品味這麼好，怎麼會去住那間旅館？雖然旅館的名字聽起來很氣派，但內部設施一點都不符合像兩位老師這種身分的人。」

或許是九州方言的關係，敬語聽起來也不像是敬語。

「要你多管閒事，而且我們才第一次見面，為什麼你要叫我們『老師』？要跟不認識的人攀談之前應該先自我介紹吧！」垣谷一臉不開心地說。

「拍謝，兩位老師是明天要在國際循環系統疾病學會上發表的東城大學醫學部的醫生唄？偶並不是故意要偷聽你們講話的，只是你們說話的音量大到旁邊的人都聽得到，所以就……」年輕男子抓了抓頭，回答道。

大概是因為在國外比較放鬆的關係，談話音量也比平常大多了。

「就算是這樣，我們也沒熟到你可以叫『老師』的份上。話說回來，你到底是誰啊？」垣谷輕咳了一聲，開口說道。

年輕男子立刻站起，恭敬地行了一個禮。

「原諒偶還沒有自我介紹就盡做一些失禮的事，因為沒想到能在這裡遇到兩位，太開心不小心就忘了分寸，請原諒偶的無禮唄！偶叫駒井亮一，從今年五月起，就要進到東城大學醫學部綜合外科實習，也就是你們所處的教學中心的實習醫生一年級，我畢業於薩摩[3]大學。」

垣谷與世良互看了一眼。在熙熙攘攘的人群中，駒井就站在那一動也不動。

「原來你就是特地從九州薩摩大學申請來我們這裡的怪人啊！」許久，垣谷才又開口說道。

「偶的名字已經在大學醫院傳開了嗎？真是榮幸唄！」

既然如此，就無法『委婉地拒絕』了。垣谷身為大學醫院醫務長，在國外遇到新人醫生，自然得代表教學中心好好招呼他。

「既然你是我們醫院的醫生，那就沒辦法了。坐那邊吧！我請你。」垣谷指著世良隔壁的位置，向駒井說道。

「感激不盡。」

儘管嘴巴上道著謝，臉上的表情卻是一副理所當然的樣子。坐下之後，駒井

3　現在的鹿兒島。

更是厚臉皮地提問：「這些可以給偶嗎？偶這趟是貧窮之旅。」
他指著大盤子裡吃剩的義大利麵跟披薩。待世良點了個頭後，駒井更大搖大擺地拿起紅酒往自己的杯子裡倒，接著才又幫世良及垣谷倒酒。
「能夠跟這麼有錢的學長吃飯，偶真是幸福的實習醫生啊！那就，就敬偶們在國外的奇遇，大家一起乾杯唄！」
駒井宏亮的聲音在異國之都的深夜迴響著，接著才聽到世良與垣谷小聲地附和著。

駒井的身材偏瘦，但轉眼間就快將大盤子裡的披薩與義大利麵吃到見底。
垣谷與世良兩人呆呆地看著駒井大吃的樣子。原本因為機上餐點有點消化不良的兩人，看著眼前的駒井津津有味地吃著，不知怎地又突然覺得有點餓了。他們不服輸地將剩下的義大利麵盛到盤裡，一口氣乾掉手中的紅酒。
「最好趁現在好好享受日子，能玩就玩。不然到了五月，每天都會很忙的喔！話說回來，為什麼你會來尼斯啊？也是來畢業旅行的嗎？」
經垣谷這麼一問，嘴裡還塞滿義大利麵、臉頰上沾滿橄欖油的駒井點了個頭。他一邊咀嚼著、一邊從口袋裡找著什麼，最後才掏出一張卡片遞給兩人。
世良與垣谷對看了一眼，那是明天才正式開幕的國際循環系統疾病學會的入場證。雖然跟世良他們的是一樣的設計，但顏色卻完全不同。兩人拿到的是紅色的入場證，但駒井手中的卻是藍色。駒井用力將口中的義大利麵吞下後才開口說道。

「偶來尼斯一個禮拜了，但偶本來就是為了參加學會才決定來尼斯旅行的，所以畢業前就以學生身分申請了入場證。」

「真令人感動，但為什麼要特地來參加這種專門性的國際學會呢？」

垣谷說完話後，駒井睜開小小的雙眼。

「您說這什麼話，偶查過簡介，看哪裡會有東城大學綜合外科的發表，結果就找到這場了。偶就是為了聽這場研討會才來尼斯的，本來還想說可以在研討會上跟垣谷醫生打個招呼，沒想到偶們會以這種形式碰面，真是做夢也沒想到！偶實在太幸運了唄！」

駒井毫不拘泥地拍了拍垣谷的肩膀。

「不用擔心，就算你沒拜我為師，綜合外科裡也有很多值得你學習的優秀外科醫師。不過，看在你付了這麼昂貴的學會入場費，我還挺欣賞你的。」

「謝謝您！不過偶不喜歡被誤會，請讓偶說明一下唄！偶不用繳學會的費用，因為大方的國際學會不跟學生收錢，偶來參加學會是免費的！」

不小心被駒井的步調牽著走的世良與垣谷，不知所措地陷入了沉默。

垣谷正要付錢時才發現零錢不夠，於是世良便將口袋的零錢都掏了出來撒在桌上。幾枚硬幣就在桌上滾啊滾著。駒井拿起其中一枚硬幣，那是一枚有著金銀雙色的硬幣。

「這枚硬幣是哪來的啊？」他用手遮住燈光，瞇著眼睛說道。

「啊啊，那是計程車司機故意找錯錢，被我發現後才心不甘情不願地丟給我的。但那個是假的對吧！」

駒井搖了搖頭。

「看樣子，世良學長真是幸運的人啊！」

世良沒想到駒井竟會說出跟計程車司機一樣的臺詞，他忍不住問道：「為什麼？」

「這是摩納哥硬幣唄！」

「摩納哥硬幣？那是什麼？」

「從這裡搭車，大概三十分鐘就會到摩納哥公國。你知道嗎？」

世良點頭，同時也回想起暗袋裡的信封。真是做夢也沒想到會在這裡聽到那個國家的名字。

「摩納哥嗎？我記得葛麗絲凱莉就是那個國家的人吧！」垣谷開口問道。

「真不愧是垣谷醫生！葛麗絲凱莉是摩納哥公國的王妃喔！」駒井拍手叫道。

「所以這跟那個有什麼關係嗎？話說回來，摩納哥硬幣到底是什麼？像玩具那種錢嗎？」

駒井搖搖頭，開口說道：「摩納哥公國的面積只有兩個皇居[4]大而已，是世界上第二小的獨立國家。國家收入主要來源為觀光，尤其是賭場。國防方面，第一、二級產業主要仰賴法國，所以摩納哥人都必須看法國臉色過日子。但因為他們是獨立國家的關係，所以也有發行自己的貨幣。雖然這個硬幣也可以在法國使用，但因為還滿稀有的，大多拿來收藏用，幾乎沒有在市面上流通。」

垣谷點了個頭。

「原來如此，就像日本發行的奧運紀念硬幣一樣吧！」

「有點不太一樣唄！不過，因為世良學長是偶然得到這枚硬幣的，所以偶才覺得學長很幸運。」駒井聳了個肩，繼續說道。

世良從駒井手中接過金銀雙色的硬幣，高舉在夜空之下。與剛才不同，現在可以明顯看出硬幣散發出耀眼的光芒。

「那現在市價大概是多少錢？」垣谷開口問道。

駒井聳了個肩。

「偶也不是很清楚，感覺在古董店應該可以賣到五百法郎以上唄！」

世良快速地在心中計算了一下，發現這個金額比日幣一萬圓還多。

——兩百圓一瞬間變成一萬圓了！

4 日本天皇居住的宮殿，含外苑總面積約為二百三十萬平方公尺。

真不愧是賭場大街尼斯。就像玩拉霸中了大獎一樣。

垣谷側眼看了一下將摩納哥硬幣緊緊握在手中的世良，接著站了起來。

「東城大學醫學部綜合外科教學中心歡迎你。那麼，新人歡迎會也結束了，現在已經很晚了，明天還要早起，差不多該散會了。這頓我們出錢。」

「非常感謝！」

三個人肩並肩地走回步程五分鐘的旅館。一回到房間，世良立刻倒在床上，昏睡了過去。

聽到敲門聲的世良醒了過來。時鐘的指針指著七點，他睡眼惺忪地打開門，只見駒井穿著太陽T恤跟短褲站在門外。

「幹麼啊？還這麼早。」

世良不高興地抱怨著，但駒井毫不在意地回答。

「世良學長是東醫體（東日本醫學院體育大會）的足球明星唄！球衣背號8的後衛，還是個奇妙的自由人，你在偶們西醫體也很出名喔！但我沒想到那個人就是你，害偶好驚訝！」

「那又怎麼了？那都是以前的事了。」世良揉了揉惺忪的睡眼，回答道。

「其實偶也在足球社擔任後衛喔！偶每天都會去尼斯海岸跑步，要不要一起去跑啊？」

世良傻眼到說不出話來。跑步？特地來尼斯跑步？

然而他問了問自己的身體，豈止不想拒絕，簡直有點躍躍欲試。他懷念起在富士見診所的半年，那時的自己每天都會去跑步。但回到大學醫院後那兩週就再也沒跑過步，現在差不多開始出現戒斷症狀了。

「等我三分鐘，等下大廳見。」

駒井微笑地關上門。世良換上輕薄的褲子與T恤。

海的顏色有深有淺。距離海岸線較近的水面，因為太陽即將升起的關係，映照出魚群閃閃發光的銀鱗。

世良一邊聽著駒井的換氣，一邊輕鬆地跑著。徐徐的微風涼爽地吹來，也不覺得陽光的照射令人不悅。汗才剛從臉上冒出，馬上便被乾燥的氣候蒸發了。

——這裡或許可以稱作是樂園。

世良平淡地跑著。駒井突然做了一個衝刺，又從後方挑釁著世良。然而世良完全不將他視為對手。最後駒井只好放棄，乖乖地跟在世良身邊跑著。

Côte d'Azur. 這句法文直譯過來便是『蔚藍海岸』，指的是從法國南岸的芒通一直到土倫這段延長的海岸線，其中當然也包含摩納哥、尼斯，以及坎城這些風光明媚的觀光都市。

尼斯位於這些都市的中心位置。

駒井把從觀光導覽裡看到的資訊當作是自己的知識一般，滔滔不絕地訴說著。世良就在這樣的背景音樂下，從海岸線的尾端折返。剛開始跑的那端是翡翠綠的海面，終點則是深藍色的湛藍，這條海岸線的風景就如同它的名字一般。

兩人回到旅館後，垣谷已經在用早餐了。他穿著西裝打領帶，看到世良與駒井後，便喝光手中的咖啡，起身說道：「一大早就去慢跑，果然是身心健全的年輕人。我們九點要離開旅館，會場是十點開幕，下午兩點才開始發表，所以不需要太趕，但也要預留用簡報的時間。」

「我帶你們過去唄！用跑的去會場衛城（Acropolis）只要五分鐘，走路的話十五分鐘就夠了唄。」駒井氣喘吁吁地說。

「那我們用走的，這十五分鐘就麻煩你帶路了。這樣的話就改九點半再出發。」垣谷對駒井說。

駒井和世良點了個頭，走向布置於大廳的自助式早餐區。已經吃完早餐的垣谷則因為要回房間而朝電梯走去。

一個小時後，垣谷吃驚地看著出現在大廳的駒井。

「你真的要穿這樣出席學會嗎？」

「不行嗎？」

「也不是不行，但T恤感覺也太隨便了。」

「可是偶聽偶們薩摩大學的學長說，國際學會不像日本國內的學會那麼死板，不用太拘束。」

「是這樣說沒錯啦……算了，隨便你吧！仔細想想，你也還不是我們醫院的正式醫生，要是到時沒有通過國家考試的話，還要再等一年才能算是醫生吶！」

「請別對幫你帶路的學弟說這種觸霉頭的話，你要真的不喜歡，偶去換衣服就是了。」

「沒事沒事，我開玩笑的，真的，你想要怎麼穿都可以。」覺得自己好像說得太過頭的垣谷趕緊說道。

三人離開旅館。天氣非常晴朗，穿著西裝的垣谷已經開始流汗了，他突然很羨慕駒井那身輕鬆的打扮。

駒井的嚮導是正確的。他們悠閒地走著，途中還在街角的蔬果店買了番茄，過了十五分鐘後，就看到遠處有一座巨大的玻璃建築物，那裡正是學會會場衛城。

建築物的大門正面有座噴水池，那裡有一座由許多巨大小提琴構成一座塔的紀念碑，非常引人注目。紀念碑上刻著「Power of music（音樂的力量）」。

九點五十分，一抵達會場，就看到許多穿著西裝的人聚集在會場前。

又過了一會兒，人潮開始移動，開放入場了。世良他們將事前申請的入場證出示給工作人員，並往簡報預備區移動。

垣谷的發表排在下午兩點開始的開幕式學術研討會，但簡報預備區已經有十人左右在排隊。事前確認簡報用的投影機只有三臺，再加上現場充滿著各國語言的提問，隊伍遲遲無法向前邁進。

「這不是垣谷醫生嗎？好久不見了！」

在各國語言交雜之下，突然出現非常有親和力的母語。世良一行人回頭一看，發現有兩位日本人排在後面的幾組人中，其中一個正在向垣谷打招呼。垣谷瞬間露出「糟糕了」的表情，但馬上又面帶笑容回打了招呼。

「鹿間醫生看起來很有精神耶！自從去年的外科學會後就都沒見到您了。」

「是這樣嗎？但我一直相信還能見到垣谷醫生您的。畢竟怎麼說，您都是研討會的講者啊！」

話一說完，鹿間莫名其妙地大笑了幾聲。接著又一本正經地補充說道：「我只是陪西崎教授來的，跟您差得遠了。」

「我也只是因為佐伯教授與黑崎助理教授的時間不方便，才由我代表上臺的。像我這種粗人竟然能夠擔任研討會的講者，真是汗顏至極。」

「不用這麼謙虛吧！很厲害啊！雖然佐伯醫生竟然敢讓助手階級的人擔任國際循環系統協會的研討會講者，但我聽說這也是因為黑崎助理教授的英文太爛才無法擔任講者。如果這個謠言是真的的話，還真是可惜呢！」鹿間搖晃著肥胖的身軀，愉快地笑道。

「謠言怎麼能信呢？話說回來，怎麼沒看到西崎教授呢？」

「研討會時就看得到囉！確認簡報這種小事不用麻煩他老人家親自出馬啦！我猜他現在大概正在房間裡放鬆，他住在阿曼德旅館的小套房，應該正在享用著客房服務送去的早餐吧！哎呀，真羨慕！」

鹿間豪爽地笑著並走回後方的隊伍裡。

「阿曼德是哪間旅館啊？」世良嘀咕著。

「那是一間附設賭場的四星級高級飯店。」駒井小聲地回答。

「你怎麼連這個都知道啊？」

世良悄聲回道，駒井也小聲地回答：「你在說什麼啊？偶們今天跑步的時候不是有經過那間飯店門口嗎？」

鹿間排的那一列移動的速度比較快，一下子就超越早先一步前來排隊的垣谷一行人，直接開始確認簡報了。那瞬間，他明顯地露出了勝利的笑容。世良小聲地問向垣谷。

「那位醫生是誰啊？」

「西崎外科的鹿間助理教授。如果不是身處帝華大學，應該早就當上教授了。」

「帝華大學的醫生、那不就是高階醫生的天敵了嗎？」

垣谷講師含糊地點了個頭。

「大概吧！畢竟高階醫生是食道專攻的講師，鹿間醫生則是在心臟科的助理教授。」

世良無法認同垣谷的話。雖說食道跟心臟隸屬不同領域，但也都是胸腔外科的範圍。而且在佐伯外科裡，負責食道的高階講師也和負責心臟科的黑崎助理教授處得不太好。

穿著T恤的駒井宛如局外人般，默默地看著兩人一來一往地對話著。

下午兩點，開幕式結束後，人潮聚集到會場大廳裡。世良與駒井挑了會場前方的座位坐下，往前數兩排便是大廳的最前排。垣谷孤零零地坐在最前排的右側，他低著頭，全神貫注地讀著什麼，大概是等一下要發表的講稿吧！

其他講者也零零散散地坐在最前排。世良回頭環視整個會場，這個會場可供容納五百個人，雖說還不到客滿的狀態，但座位上也幾乎都有人了。與垣谷相反，坐在最前排左側的是剛剛來打招呼的鹿間助理教授，他正與圍繞在自己身邊的五、六個人談笑風生。

就在這時，他們突然都挺直了背。世良順著他們的視線望去，只見一名高大的男子從後方的樓梯慢悠悠地走了過來。世良記得那個人的樣子。

他正是日本外科學會的尖端，帝華大學外科教學中心的領導人——西崎慎治教授。

國際學會開幕式後的第一個節目，即是這個學會的主要活動——學術研討會。講臺上掛了一條橫幅，上面印著『冠狀動脈繞道手術的黎明』。主席是美國麻省醫科大學的謝爾蓋教授與英國牛津大學的加布里教授。在心臟外科的世界，他們兩位的大名可說是無人不知、無人不曉。

就連不常接觸學會相關事項的世良都聽說過這個名字。

「世良學長，幫我這個學弟解說一下學會的發表內容唄！」駒井開口說道。

世良一臉不耐煩的樣子。但他畢竟也算是學長級的外科醫生，因此無法拒絕駒井的請求。世良開始逐一為他說明。

「第一位講者是牛津大學的加布里教授，他要發表利用大隱靜脈來進行繞道手術的歷史變遷，好像一共有五百多個病例吧！」

主席謝爾蓋教授將派出他的愛徒安東尼奧講師來發表新型縫合技術。

由此可以看出，他想證明自己比加布里教授厲害，像這種程度的研討會只要派部下上場就好了。話雖如此，世良還是忍住沒將這句話說出口。

另外四名講者分別是美國南十字心臟疾病專門醫院的米歇爾部長、帝華大學西崎教授、東城大學垣谷講師，以及蒙地卡羅心臟中心的天城雪彥部長。六名講者中有三名是日本人，占了半數。這在國際循環系統疾病學會中，是前所未有的壯舉。

這些都是世良在出發前，從同儕心臟外科醫師青木那裡聽來的。

青木似乎覺得應該要由自己陪同垣谷來參加學會才對，畢竟這是循環系統疾病學會，世良也覺得他會這樣想還滿合理的，因此感到有點抱歉。說到底，世良也不曉得為什麼自己會雀屏中選、被派來參加國際學會。

世良苦惱著該怎麼說明研討會的演講內容，他試著從心臟血管團隊的同儕青木與早先出人頭地的北島那裡聽來的資訊擷取部分，現學現賣地娓娓道出：「冠狀動脈繞道手術就是在供應心臟營養的冠狀動脈發生阻塞，引起狹心症或是心肌梗塞時，擷取其他部位的血管，像『搭橋』一樣接到心臟上的冠狀動脈。這個原理應該很簡單吧？」

駒井忍不住噘起嘴來抗議。

「這種程度我也知道，連這麼基礎的部分都不懂，怎麼參加國家考試？」

「真可靠啊！比我當上實習醫生第一年時還優秀。然後啊，繞道手術一直都是利用腳的大隱靜脈來搭橋的，但後來卻傳出這種利用靜脈搭橋的繞道手術長期下來效果並不是很好，所以學會就開始調查，結果發現好像真的是這樣。」

「什麼時候開始傳出成效不好的呢？」

「也沒多久，畢竟繞道手術也才實施十年而已。在這之後的長期預後[5]，誰都無法預料。」

世良簡單地向駒井說明其他講者的發表內容。

「垣谷醫生與西崎教授要發表關於傳統手術大隱靜脈的長期預後狀況。垣谷醫生會發表在佐伯外科施行的繞道手術，在經過五年後的心臟導管檢查結果，一共有五十起病例。不過帝華大學要發表的內容幾乎跟我們一模一樣，只是病例數還不到我們的一半，只有二十幾例。儘管如此，研討會還是將這兩個類似的發表排在一起了。」

「為什麼演講題目會撞到啊？是因為兩邊的結果剛好相反嗎？」

世良搖了搖頭。

「結果幾乎是相同的，都是繞道手術經過五年後，發生再度阻塞的機率超過五成。」

「這很奇怪唄！那這樣垣谷醫生發表的病例比較多，不就會蓋掉西崎醫生的發表嗎？」

世良點了個頭。

「就是這樣沒錯。不過，這種事或許在帝華大學還滿常發生的。」

---

5 醫學名詞，指根據病人當前狀況來推估未來經過治療後的可能結果。

出發前從同儕青木那得知的故事，加上從北島那聽來的小道消息，還有垣谷在飛機上也說了不少事情，結合起來就變成給駒井的特調混合果汁啦！研討會中也有不少謠言。聽說西崎教授是因為聽到垣谷受指名參加研討會，因為政治因素的關係才也加入這場紛爭。

為什麼西崎教授至今一直把東城大學佐伯外科當作是敵人呢？

世良親眼目睹了事情的來龍去脈。

世良還在櫻宮癌症中心實習的時候，曾經被中瀨部長帶去參加東京的日本外科學會總會。大會會長是帝華大學的西崎教授，他在解決方案研討會上準備的企劃《食道癌治療的新世紀》理應是最引人注目的。然而，西崎教授卻在會場上被過去的部下，也就是佐伯教授現在視為心腹的高階講師打得落花流水。

相較於西崎教授用過去的手術方式發表了食道癌的長期預後，高階講師發表了採用『Snipe AZI 1988』進行的二十例手術所產生的 Leakage 機率（癒合不良），在學會上颳起一陣新的旋風。高階講師在會場上的發言，至今都還是大家討論的話題，世良對當天的情景也記憶猶新。

東京國際會議中心的大型會議廳內，沐浴在聚光燈之下的高階講師，坐在講臺上為講者準備的椅子上，信誓旦旦地對著坐在主席位上的大會會長西崎如此大放厥詞。

「主席的發表資料過於偏頗，明明是長期預後，卻完全跳過 Leakage 發生率。比起生命預後，現在應該要更重視衡量患者滿意度的ＱＯＬ（Quality of Life）才對。您直接跳過這部分，只發表過去的生命預後，只能說明您完全沒有用心準備這次的演講。如果是實習醫生的發表就算了，但您身為聚集全日本外科醫師的日本外科學會總會主席，我不認為這種東西可以當作解決方案研討會的發表內容。」

多數外科醫師都認同高階講師的批評，然而學會也無法容忍他在這種場合下當面指責世界知名的帝華大學教授。

坐在臺上的西崎教授，從高階講師一開始發言便面紅耳赤，一直到高階講師結束演講，他的臉已經宛如白紙般毫無血色。在場的一般外科醫師都對高階講師答辯自如的口才感到佩服，忍不住在心中大聲叫好。

那可以說是外科學會世代交替象徵性的一刻。

守舊派的人批評高階講師的行為是對過去的恩師西崎教授恩將仇報，然而究竟是不是造反，只要看了演講摘要便可一目了然。話雖如此，由於高階講師過去畢竟是西崎外科的助手，大多數人還是覺得他做得太過火了。

但那畢竟是他們只知其一不知其二。說到底，本來就是因為西崎教授覺得高階講師很難搞，才把這塊燙手山芋丟給佐伯教授的。

要是他早就預測到會有今天的發展，當初也不會捨棄高階講師了。

不論是發表內容還是會後討論，西崎外科的食道癌治療都被高階窮追猛打得體無完膚，失去威信。採用不同手術，結果當然也會不同。但決定以生存率決勝負的人卻是西崎教授自己。

結果，這項決定換來高階講師在大庭廣眾之下，完全粉碎過去的恩師兼本次大會會長西崎教授的名聲與研究成績。

「不能與過去的恩師正面起衝突」這種道理，無法作用於勇往直前的優秀青年高階身上。他公然在日本外科學會總會研討會這種正式場合上高舉反旗，徹底擊潰過去的恩師。

——為了取得勝利，必須朝主將拉弓。這就是帝華大學的阿修羅。

站在臺上咆哮的高階講師，令人聯想起斬殺大千世界的惡鬼，站在瓦礫堆成的小丘上，睥睨四方的孤高戰士。

研討會結束之後，西崎教授對於東城大學佐伯外科的仇恨加速高漲，成為各大外科相關教學中心的飯後話題，既有趣又可笑。雖然高階講師一躍成為外科相關單位的話題人物，但對於佐伯綜合外科教學中心卻並非完全都是正面影響。

負面影響漸漸出現在外科相關學會。研討會之後，東城大學綜合外科的論文採用率猛然降低。身兼各大學會學術檢討委員會的委員及委員長、可以決定論文是否採用的西崎教授採取了這種報復手段，儘管他順利報了一仇，卻被大家認為相當幼稚。

兩個禮拜前，時隔一年半回到大學醫院的世良，在看到一如既往、自顧自地在為病人看診的高階醫師後，只覺得心口發熱。

不管發生了什麼事，這個人也不會改變的吧！

「怎麼了？突然就不講話了。研討會就要開始了。」

經駒井一說，世良才回過神來。他將視線移回大會簡介上。

「不好意思，應該是犯時差了。我簡短說明剩下的部分。因為利用大隱靜脈搭橋的效果持續不佳，後來世界各地都出現了不使用靜脈而改採動脈的醫療團隊，這便是這次國際循環系統疾病學會的焦點。」

「既然是冠狀動脈的搭橋，利用動脈的成效會比用靜脈來得好吧！」

「剩下兩名講者便是醫界知名使用動脈來搭橋的醫生。第一位是南十字心臟疾病專門醫院的米歇爾部長，初露頭角便有優異的表現，他研發出劃世紀的內乳動脈繞道手術，在去年的外科學會也有受邀發表特別演講。第二位是蒙地卡羅中心的天城雪彥部長，這個名字我是第一次聽說，雖然簡介上記載著 Direct Anastomosis（直接縫合法），但幾乎沒有相關的論文或學會發表，因此實際上到底是怎麼一回事我也不太清楚。簡介上寫著他是這次研討會的最大看點，頗受好評呢！」

世良若無其事地摸著夾克內袋的信封。

終於，會場的燈開始暗下，燈光聚集在講臺上。隨著聽眾的歡迎掌聲，兩位主席走上講臺。坐在後頭的世良，看到座位最前排的垣谷挺直了身子。

「總結來說，過去使用大隱靜脈進行搭橋的繞道手術，雖然坊間流傳縫合後血管通暢率偏低，但因為適用範圍較廣，靜脈取得也容易，普遍認為還是有它的存在意義。我想說的是，即便使用靜脈進行繞道手術目前還存有不少問題，但也不必要完全抹殺這種手術方式。我的發表到此結束，感謝各位的聆聽。」

主席麻省醫科大學謝爾蓋教授詢問現場有沒有其他問題，沒有人舉手。過了一會，謝爾蓋教授開口說道：「Bon présentation. Merci.（非常出色的演講，謝謝你）」

垣谷聽到這句社交用詞後，敬了個禮。下臺之後，他走到世良旁邊的位置坐下。

坐在他們左側的帝華大學集團不斷往這裡看過來。垣谷直直地盯著講臺，無視那些目光。鹿間助理教授在西崎教授耳朵旁悄聲細語後，西崎教授便歪著頭笑了起來。

「跟我們類似的演講剛好排在前面，害我們的主題都沒什麼特色了。」垣谷從眼角瞄到他們的樣子，忍不住說道：「那些傢伙真令人火大。」

接下來站上講臺的是南十字心臟疾病專門醫院的米歇爾部長，與垣谷方才發表時不同，現場的氣氛明顯變得凝重許多。粗糙的畫面顯示在螢幕上，那是使用內乳動脈搭橋的手術瞬間。所有聽眾都因此倒吞了一口氣。

他是玩真的。世良心想。隔壁的垣谷則嘆了一口氣。

「只看病例數的話，是無法被外科醫師認同的。這樣是無法跟傳統手術一決雌雄的。」

帝華大學那群醫生偷偷摸摸地起身，離開會場。

——跟自己無關的發表就沒興趣了嗎？

這就是所謂的島國根性吧！世良的腦海突然閃過高階醫師的影像。

日本是不會輸的！只是能夠戰勝他們的人無法站上臺而已。

世良內心的遺憾絲毫傳遞不到眼前的講臺。

米歇爾部長的發表大幅超時，原本規定一個人十五分鐘，但他已經多講了十分鐘左右。這樣一來，排在最後面的天城醫生的時間便會被壓縮，只剩下五分鐘可以發表。

Direct Anastomosis 究竟是什麼手術方法呢？跟米歇爾部長的手術方式又有什

麼不同呢？這種純粹的學術好奇心遭到捨棄，獨留臺上的提問冗長地進行著。

世良看向時鐘，只剩三分鐘。下一位講者完全沒有時間發表了。

「Any question?（還有人想發問嗎？）」謝爾蓋教授環視會場，開口說道。

確認會場沒有其他問題後，謝爾蓋教授用法文向大家致謝。

接著，身兼另一位主席的牛津大學加布里教授用英文流暢地說了些什麼之後，會場便籠罩在不滿的抗議聲之下。然而世良只能從加布里教授說的英文中，反覆聽到「收——哩——」這個單字。

不顧會場噓聲四起，兩位主席便直接起身離開講臺。

「天城醫生的發表怎麼了嗎？」

經世良一問，垣谷盤起兩手開口回答：「被放鴿子了。主席剛剛是在向大家道歉，但看來天城好像是慣犯，因為會場其他人都在說『又來了』之類的話。加布里教授一直道歉，說他很希望能邀請天城上臺，但還是失敗了。」

世良站起身，如果不趁現在抓住加布里教授，他就無顏回到櫻宮了。他衝下宛如研磨缽的觀眾席，垣谷和駒井則被他突然的行動給愣住，只能呆呆地看著他跑遠。

講臺後方，謝爾蓋教授與加布里教授正在爭執著。謝爾蓋教授的話中依稀可聽到『天城』這個字斷斷續續地出現，大概是在追究加布里教授為什麼要請那麼不守信用的人來研討會吧！雖然世良有點畏懼他們的爭執，但一摸到夾克口袋裡的信封，他便下定決心，直接插進兩人之間。

「收──哩──請問……可以告訴我天城醫生現在在哪裡嗎？」

「What?（你說什麼？）」兩位主席停止爭執，看著世良。加布里教授回問。

世良再次重複剛才那句話。明白了世良的意圖，謝爾蓋教授便拋下一句「Shit」，轉身離去。被留在原地的加布里教授不知是否也終於了解世良的疑問，他突然說出一長串的句子，其中隱隱約約可以聽到天城這個詞，看來世良成功把問題傳達出去了。

話雖如此，世良卻不能理解加布里教授的外文，因此他又重複問了幾次。在加布里教授說明了第三次後，他終於明白世良的英文能力有限，只好改變說話方式，細心地為他解說。

「你想知道天城醫生在哪裡對吧？那就請你去蒙地卡羅心臟中心，天城醫生在那間醫院工作。」

世良反覆唸了幾次蒙地卡羅心臟中心後才鬆了一口氣。接著他率直地向加布里教授追問道：「為什麼天城醫生要取消發表？虧我這麼期待。」

加布里教授聳了個肩。

「我明白你的心情，我也同樣感到可惜。畢竟我就是為了看他的手術方法才企劃這場研討會的，沒想到最重要的人物卻不來了。我自己都不曉得我到底是為了什麼才從牛津趕到這裡的，真是太可惜了。」
「是因為發生什麼意外了嗎？」
加布里教授搖了搖頭。
「天城教授是位任性的 surgeon（外科醫生），他打從心底瞧不起學會。」
「那為什麼醫生您還特地去邀請天城醫生來演講呢？」
加布里教授抬起頭看著世良。
「就算他看不起我們，我們也有義務必須向他學習偉大的手術技巧。」
「Direct Anastomosis 有這麼厲害嗎？」
加布里教授用他深邃的藍色眼睛盯著世良，點了個頭說道：「大家都很期待這場演講。天城醫生是個 genius（天才），他是可以匹配蒙地卡羅之星（étoile）這個稱號的外科醫師。」
加布里教授輕輕拍了拍世良的肩膀。
「你想見天城的話，就去蒙地卡羅找他吧！」
世良冒昧地向加布里教授提出要求：「我真的很希望能見到天城醫生，方便的話，可以請您幫我寫推薦函嗎？」
加布里教授看著世良，接著搖了搖頭。
「沒必要做那種事。只要你跟天城的命運是相連在一起的，你就一定能見到他。」

「什麼意思？」

加布里教授一臉慈愛地露出微笑。

「天城就是那樣的醫生。」

「那要是我們的命運並沒有相連在一起呢？」

世良一問完，加布里教授便搖了搖頭。

「如果是那樣，不管你再怎麼努力，你都無法見到天城的。不論你去到哪個世界，沒有緣分的人，就不可能與你相遇。即便有我的推薦函也沒有用。」

雖然無法同意加布里教授的論點，但世良還是朝他敬了個禮。畢竟才初次見面，對方也已經跟自己說了很多了，就算現在冷淡地拋下世良，也是無可奈何的事。

世良回過頭去，只見垣谷與駒井站在那裡看著自己。他們的表情看似有很多很多的疑問想要詢問世良。看來不先跟他們解釋是不行的。一切都是從那裡開始的。

世良朝兩人走了過去。

# 第二章　蒙地卡羅之星　一九九〇年四月

結束陪同垣谷講師參加國際學會研討會發表的世良，與碰巧在尼斯巧遇的綜合外科教學中心實習醫生新人駒井，三人一起搭上列車，他們的目的地是蒙地卡羅。

從尼斯搭乘往米蘭方向的 EuroCity（歐洲城市列車）只要一站，時刻表上標示著大約二十分鐘車程。

他們走進列車，進到一個六人包廂，裡頭坐著一名金髮年輕男子。男子穿著邋遢，看起來像是地方上的不良少年。駒井直接從男子面前走過，坐在靠近窗戶的位置，世良與垣谷也仿效了他的行為。

「今天的花樣是星星嗎？」

垣谷嘆了一口氣，他在說的是駒井身上T恤的花樣。駒井嘿嘿嘿地傻笑起來。

「這是偶的興趣嘛！而且現在可是偶的私人假期，就饒了偶吧！」

列車發車前，車上播放了廣播。世良跟垣谷豎起耳朵，仔細聆聽。

「你知道他在說什麼嗎？」
「不知道，聽起來應該是法文。」
「好像是說會延後五分鐘發車。」駒井從中插入兩人的對話。
「你連法文都聽得懂嗎？」垣谷驚訝地詢問。
駒井聳了個肩。
「偶來這裡也有一段時間了，日常會話多少還聽得懂，多少啦！」
「但你說的一段時間也只有一個禮拜而已吧！」
「日常會話要用的單字不多唄！而且偶在來這裡之前，就把法文的數字都牢記起來了。另外還多記了量詞，所以只要懂這些字，像剛才的廣播有提到五分鐘，在列車靜止不動的情況下，車內廣播提到了五分鐘，那不就是延後五分鐘的意思唄！」
「什麼嘛！原來有一半是瞎猜的。」
垣谷一臉受不了的樣子。接著，他改向世良發問：「昨晚還來不及問你，說明一下你這趟小旅行的目的吧！還有你問了加布里教授什麼啊？」
昨晚他們三人都參加了學會主辦的晚會，但因為是各自行動，所以世良只好跟垣谷約定今天搭火車時再詳細說明。
世良從夾克的內袋中掏出那封信來交給垣谷。
「出發前一天，佐伯教授交代我要把這封信交給天城醫生。」

垣谷講師拿起信封，在陽光底下觀察著。

「把這個交給天城醫生？這裡面是什麼？」

世良歪著頭說：「我怎麼會知道。」

雖然獲邀來演講，卻放了大家鴿子的問題人物天城醫生，即便他的所作所為令人難以原諒，學術界的學會卻巴不得能聽到他的演講。除此之外，他還是『蒙地卡羅之星』。昨天在研討會上，最令大眾印象深刻的，不是上臺發表演講的講者們，而是人沒到場的天城。這個結果從主席發表演講取消後，現場極度不滿的情形便能略知一二。

「我的工作就是要把這個信封交給天城醫生。因為他是昨天研討會的其中一名講者，我本來還想說等他結束發表再拿給他，這樣任務就完成了。」世良開口說道。

「一般來說是這樣沒錯，但沒想到他連個影子也沒出現，你當時一定很傻眼吧！畢竟我們連他確切的工作地點在哪都不知道。不過真是太幸運了，還好天城工作的地方在摩納哥，從尼斯搭車過去只要三十分鐘。」

世良點了個頭。

「真是不幸中的大幸，要是天城醫生是在麻省醫科大學上班的話，我就束手無策了。」垣谷微笑著點頭。接著他換上一副嚴肅的表情，自顧自地說道：「但為什麼佐伯教授不直接拜託我就好了呢？」

「佐伯教授說，這次參加國際學會的重點是垣谷醫生的研討會發表，這種小事不要去煩垣谷醫生。這個工作就只是單純送信而已，讓底下的人做就好了。」

雖然世良的說明很完美，但他卻沒有把佐伯教授在那之後說的話告訴垣谷。

世良想起在教授辦公室裡的對話。

佐伯教授一邊將信封交給世良，一邊說道：「這次你擔任的角色就只是郵差而已，沒有其他的意思了。但是，對我們佐伯外科而言，這封信的內容非常重要。要是任務沒有達成，你也不要回來日本了。」

佐伯教授看著窗外，低聲說道。

「這封信對我們教學中心而言，比垣谷出席研討會還要來得有價值多了。」

當時世良還吞了一口口水，點頭應許。

他沒有想過佐伯教授竟然會把話說得如此嚴重。

明亮的陽光燦爛地照進包廂內，籠罩著沉默的世良等三人以及隔壁的金髮年輕男子。過了不久，列車終於發車了。發車時並沒有播放車內廣播，而是非常唐突地發車。世良看了一下時間，距離上次廣播大約經過了十分鐘。

駒井的法文聽力，實在厲害。

列車沿著海岸線緩慢地行駛，途中時不時會進到一些不是很長的山洞。列車內沒有開燈，所以每當進到隧道裡，車廂內便會變得黑壓壓的一片。

那種伸手不見五指的漆黑讓世良回想起小時候住在鄉下爺爺家的夜晚，那時也是像這樣的黑。

不知道經過了幾次漆黑，原本緩緩行駛的列車逐漸放慢速度。最後，列車在隧道中間完全靜止了。

垣谷咳了一聲引起注意。

「怎麼搞的，發生什麼事了？」

車內再度播放起法文廣播。

「他在說什麼？」

「偶完全聽不懂，裡面連個數字都沒有。」

過了不久，包廂外的走廊傳來光線。三名穿著制服的警官拿著手電筒走了過來。

「Passeport, s'il vous plait.（請出示護照）。」

這種程度的法文就連世良也聽得懂。

「Voilà, merci.（還給您，謝謝）。」

警官將護照還給他們三人之後，對坐在走廊旁的年輕金髮男子說了同樣的話。男子不甘願地從口袋掏出一張紙來，警官才瞄了一眼，便打手勢請他站起。

年輕男子起身後，和三名警官一同走出包廂。

「剛才那個是入境審查。」包廂內恢復一片寂靜。黑暗之中，駒井悄聲說道。

被帶走的那名年輕男子大概是個偷渡客吧！世良心想。明明親眼目睹整個過程，卻完全不覺得緊張，這種毫無警戒心的自己似乎也有點奇怪。

摩納哥公國雖然小，卻真的是一個獨立國家。世良重新體驗到這個事實。

過了不久，列車開始嘎吱嘎吱地慢慢加速，當列車開離漆黑的山洞後，出現在眼前的是不斷往前延伸、明亮的海岸線。

蒙地卡羅又叫 Ville du Soleil，意思是太陽之城。

下了車後，他們三人站在車站前仰望著天空，陽光非常刺眼。道路對面就是地中海閃閃發光的湛藍海面。

他們一邊走，一邊聽駒井滔滔不絕地說著：「真可惜，不然再過一個月就是F1賽車季了！」

駒井伸出手指著前方，公路上掛了一條橫幅，宛如拱門一樣。上面印著『F1 grand prix in Monaco, $48^{th}$, 24～27 May, 1990』。沿著這條公路看過去，到處都是利用金屬管子組裝的紀念碑。

「那個也跟F1有關嗎？」

世良指著一個鐵管建築物。駒井見狀後點了個頭。

「那是觀眾席，來看F1賽車比賽的人會超過三萬人，等同摩納哥平常的人口。換句話說，在F1賽車季時，摩納哥的人口會膨脹到兩倍以上。」

「為什麼你連摩納哥的事情都這麼清楚？」

駒井從背包掏出一本書，書名是《走遍摩納哥》。那是最近紅遍大街小巷的旅遊系列叢書。

「不過是讀了這本書，就能說得這麼頭頭是道，看來比起外科醫生，你更適合當觀光導遊吧！」垣谷瞄了一眼那本書後對駒井說道。

駒井聽完一臉慌張，馬上面露消沉地說：「偶確實是有一點導遊細胞啦！但其實偶更有當外科醫生的天分喔！」

世良與垣谷對看了一眼，接著同時哈哈大笑起來。

「比起觀光導遊，你更有當外科醫生的天分嗎？那你一定會是個厲害的外科醫生啊！話說回來，最重要的關鍵你才回答一半而已呢！你到底為什麼會拿著摩納哥的旅遊手冊？你不是為了參加尼斯的國際學會才來旅行的嗎？」

「偶是為了參加國際學會才來尼斯的，但素，偶在來尼斯的前一週都泡在摩納哥的賭場裡，其實偶原本訂了巴黎大飯店的房間，但因為旅行頭兩天就把錢都花光了，只好搬到比較便宜的地方住。所以比起尼斯，偶其實更了解蒙地卡羅的事情。」駒井一臉惡作劇被揭穿的樣子，他搔了搔頭，開口說道。

「真是的，你這傢伙……」

世良一臉不可思議地看著駒井，垣谷立刻出面緩頰。

「沒關係啦！也多虧發生這些事，我們現在才能不費吹灰之力就找到這麼能幹的蒙地卡羅導遊。」

世良一面聽著駒井若無其事地說著自己的旅行故事，一面望著無論怎麼看都只有藍色的蒙地卡羅天空。

摩納哥公國位於法國南邊的海岸線，鄰近義大利風光明媚的蔚藍海岸。君主立憲獨立國家的摩納哥，雖說是獨立國家，但面積只有約兩平方公里，人口約三萬人，比日本一些偏遠都市的規模還小，在世界上是排名第二小的國家。順便一提，世界上最小的國家是位於羅馬的梵蒂岡。

在這裡，只要花三十分鐘就能從國境邊界的一端走到另一端。靠近法國邊界時，會有一顆很大的岩石，上面刻著摩納哥公國的文字，以及兩位修道士靠在一起的圖畫。邊界周圍並不一定會有守衛巡守，因此常常一不小心就跨越國家邊界了。

除此之外，位於摩納哥公國中心的蒙地卡羅不只有四星級的旅館，還有歷史悠久的賭場。每天晚上，社交界的男男女女都會在此度過虛幻奢靡的美好時光。

從車站走到蒙地卡羅心臟中心的路上，駒井都不斷地賣弄著他從旅遊手冊裡獲得的知識。

摩納哥公國的國家稅收有一半以上是來自增值稅，四分之一是來自於觀光收入。最有名的三大活動分別是F1賽車季、世界音樂大賽，以及蒙地卡羅網球大師賽。雖然在這三大活動期間，世界上的名門好手都會聚集在此，非常吸睛；但除此之外，就沒有其他大型活動了。國防與第一產業主要仰賴鄰國法國，雖說摩納哥公國是獨立國家，但其實就像是法國領土中有個摩納哥租界般的存在，這樣理解可能比較正確。

「因為摩納哥並不會直接向人民徵稅，所以很多有錢人都想搬到這裡來。」

駒井在某間旅館前停下腳步。

「這裡是冬宮飯店（Hôtel Hermitage），內部有一個中庭叫做『冬之庭』，是那個設計艾菲爾鐵塔的艾菲爾設計的喔！」

「觀光導覽已經夠了，快點帶我們去蒙地卡羅心臟中心！」垣谷的忍耐似乎已經到達了極限，他對駒井說道。

駒井因為垣谷嚴肅的口吻感到有點畏縮，但馬上又嘿嘿嘿地笑了起來。

「偶們已經到了啊！」

「你在說什麼啊？這裡哪裡有醫院？」

世良回問，駒井開口回答：「蒙地卡羅的心臟中心就在這棟豪華四星級冬宮飯店的中庭裡，是一整組的設計。」

駒井宛如一名常客般舉起手來向門口的守衛打了聲招呼，接著毫不顧忌地直接走了進去。世良與垣谷戰戰兢兢地跟在他的後頭。

他們穿過白色的大理石玄關，再打開另一扇門，外頭的炎熱便被隔絕在外，與方才截然不同的冷空氣瞬間包圍了三人。

就算說這裡正是四星級旅館的內部，也不會有人懷疑的吧！但其實這裡只是緊鄰高級旅館大廳的區域，卻會讓人誤以為是一流旅館的櫃檯。

日本絕對不會有這種醫療設施，然而這裡的的確確是一間醫院。

一進到玄關，馬上就會看到大廳的牆上掛了三幅白袍肖像畫。駒井唸出肖像畫底下記載的文字。

「禮拜一是里都院長的主動脈瓣置換術、禮拜二是賈許克斯副院長的兒童先天性心臟病、禮拜三是史坦博士的心導管手術、禮拜四是冠狀動脈繞道手術，天城雪彥部長。這間醫院好像每天都有不同的主刀醫師唄！」

「你真的看得懂上面寫什麼嗎？」垣谷一臉懷疑地問。

駒井點了個頭。

「數字和星期幾是絕對確定的單字，不會有錯低。手術名稱跟英文滿像的，所以也可以猜得到。然後這邊還有名字，這樣除了手術日之外，想不到其他的解釋了。」

「為什麼明明就有四個人的名字，卻只有三幅肖像畫啊？」

駒井又看了一次肖像畫底下的文章，接著乾脆地回答：「這裡沒有天城醫生的肖像畫。」

這種會直接蹺掉國際學會研討會的人，就算院方不想掛他的肖像畫也不奇怪。

「櫃檯在哪裡？」垣谷講師問了一個更迫在眉睫的問題。

駒井又看了一下周遭的其他文字，接著回答：「六樓唄！」

駒井往電梯的方向前進，腳步輕快到簡直就像已經在這裡工作了十年那樣熟悉。世良與垣谷緊追在他的後頭。

六樓，電梯門開啟。一張看起來很舒服的沙發與看似辦公大樓的櫃檯映入眼簾。一名金髮女性坐在櫃檯內快速地敲打著鍵盤。

世良向那名年輕女性搭話：「哈囉，請問天城醫師在嗎？」

女性停下了動作，抬起頭。「Pardon？」

世良又重複說了一次。終於聽懂世良意思的女性，再度複誦一次世良的話。

「噢，您是說天——城——」接著她以法文並夾雜了幾句英文回答，「您找他有什麼事嗎？」

「我是從東城大學來的，我想見天城醫生。」世良結結巴巴地用英文回答。

「Excusez-moi（不好意思），天城醫生今天休假。」

「休假？今天是平日耶？」

「Oui（是的），天城醫生只有禮拜一的一般門診跟禮拜四的手術日才會來醫院。」

「那我後天再來就可以見到他嗎？」

「Non（不行），手術日拒絕訪客，不論是誰都一樣。」

世良一聽立刻愣住。也就是說，只有禮拜一的一般門診才能見到天城醫生嗎？今天是禮拜二，但世良只會在尼斯待到禮拜四。他回想起佐伯教授一臉嚴厲地下了那道命令。

——沒把這封信交給天城，你也不要回來日本了。

世良不肯罷休地纏著櫃檯小姐。

「我只是要把一封信交給天城醫生而已，不能通融一下嗎？我們最晚禮拜四就要離開摩納哥了，沒有辦法等到禮拜一。」

世良從口袋中取出那封信，比手畫腳地說明自己的來意。不知道是不是因為世良的誠心打動了對方，櫃檯小姐的態度也軟化下來。

「不然你們今天晚上去大賭場（Grand Casino）看看吧！他很有可能會出現在那邊。」她想了一下，開口說道。

「晚上去賭場？沒有其他可以見到他的地方了嗎？」

「先生，您這樣我很為難。我們只不過是醫院的員工，沒有辦法知道醫生在本院之外的行程。」雖然世良繼續追問著，但櫃檯小姐只是一臉為難地搖頭說道。

一直在旁聆聽兩人對話的垣谷突然插了進來：「我聽說天城醫生是名優秀的心臟外科醫師，要動手術的患者都住在這間醫院吧？那這樣說因為他沒上班所以聯絡不到，實在令人難以接受。」

垣谷的英文比起世良流暢許多。

「天城醫生不在時，病患都會交由里都院長處理，當初的合約就是這樣簽的。而且我也不認為天城醫生是名優秀的心臟外科醫師，他不是本院的員工，只是手術專職人員而已。」櫃檯小姐回答。

世良終於明白為什麼醫院入口會沒有天城的肖像畫了。

「這間醫院可以容許那麼不負責任的外科醫生嗎？」垣谷追問。

「**Bien sûr**（當然可以），因為最一開始就是這樣訂定契約的。而且到目前為止，里都院長也沒有因為這項契約有什麼損失。」櫃檯小姐露出有點複雜的笑容回答。

「這句話是什麼意思啊？」駒井跟著發問。

「意思是，天城醫生主刀的患者，在術後都不會產生任何問題。目前為止一例都沒有，所以他才會獲王室封為『蒙地卡羅之星』。」櫃檯小姐繼續說道。

櫃檯小姐看了一下世良，又看了一下在他旁邊盤起兩隻手來的垣谷講師。

「先生，你們如果要找天城醫生的話，請去大賭場找。」

世良不肯罷休地再度追問。

「那有天城醫生的照片嗎？沒有照片的話我根本不知道是誰。」

櫃檯小姐意味深長地笑了一下。

「沒有照片喔！但只要天城醫生一出現在大賭場，你們一定馬上就會知道那個人是他了。」

世良與垣谷對看了一眼。這句話到底是什麼意思？

「願神與你們同在。」

他們知道櫃檯小姐不想再和他們繼續對話下去了。

「算了，再繼續下去也只是浪費時間而已。走吧！」垣谷講師開口說道。

世良看了一下手錶，上午十一點。要見天城還必須等上好幾個小時。再說，就算真的照她說的在那邊等，也不保證一定就能見到天城。

總覺得口袋裡的信封突然變得很沉重。

賭場廣場對面有一間附設露臺的自助餐館，名叫巴黎咖啡（Café de Paris），是由設計巴黎歌劇院的名設計師查爾斯．加尼葉所設計的。大賭場就位於巴黎咖啡旁邊。巴黎大飯店後方則是蒙地卡羅心臟中心的『藏身之處』冬宮飯店。

這裡正是蒙地卡羅的心臟地帶。

三人坐在露臺最前方悠閒地喝著葡萄酒。世良的酒杯幾乎沒有動靜，他拿起駒井的觀光導覽手冊，飛快地閱讀書裡的內容。

只是讀了國家歷史那欄，世良便明白摩納哥公國為了討法國歡心做了多少努力。人口只有三萬人、面積也只有皇居的兩倍，怎麼可能跟歐洲大國法國對抗呢？摩納哥公國的獨立必須條件，就是要向法國表示十足的恭敬與順從。摩納哥將位於中心地帶的蒙地卡羅仿效巴黎去經營，就是在呈現他們的忠誠。

這種歷史考察對現在的世良來說一點用處都沒有，如果無法將口袋裡的信封順利交出去，他甚至無法回到日本。

相比之下，喝著葡萄酒的垣谷與駒井倒是顯得一派輕鬆。垣谷順利結束了國際學會的研討會發表這項重責大任，駒井也藉由畢業旅行參加了國際學會。兩人雖然都知道世良接受了佐伯教授的委託，卻不曉得佐伯教授曾經對世良說過那番話：無法順利完成任務的話，就不准回日本。

然而看著同行兩人一派輕鬆地打發時間，焦躁的世良也暫時得到了救贖。

過了不久，夕陽的薄暮落下，巴黎咖啡前的廣場聚光燈點起，光線打在噴水池之上。穿著正式服裝的紳士淑女陸續出現，顯得華麗又熱鬧。

他們看了一下時間，已經超過晚上八點了。簡直就像遇到時間的小偷一樣。

「這裡太陽還挺晚下山的耶！」

垣谷跟著世良起身，伸了一個大大的懶腰。

「那麼就讓我用蒙地卡羅的吃角子老虎機賺一筆錢來喝酒吧！」

「等偶一下！」

駒井打開掛在椅背上的背包，拿出長袖襯衫和夾克迅速換上。

「怎麼了？為什麼突然盛裝打扮。」

「大賭場規定要著正裝。」

去學會穿T恤，去賭場竟然換成夾克？雖然想這樣吐槽，但他還是忍住了。現在不是做這種事的時候。

他們在入口處出示護照，付了五十法郎。世良與垣谷因此感到吃驚。

「還沒開賭就先賠錢了，有這種不利條件怎麼贏啊？這間賭場真是的。」

垣谷忍不住抱怨起來。駒井聽完只是嘿嘿嘿地笑了起來。

「機會難得，這樣就會想要把錢贏回來啦！畢竟已經先付一筆了。」

「你自己注意適可而止，記得先把回程機票收起來。」

駒井匆匆忙忙地隨口應答後，便消失在門的另一邊。速度快到世良忍不住在心中感到佩服。

兩人穿越鋪著紅色地毯的入口，接著是一扇厚重的門。穿著燕尾服的守衛謙恭有禮地向他們打了聲招呼，確認入場券無誤後再慢慢地為他們開門。

門的另一側是輝煌耀眼的世界。雪茄的煙圈、水晶吊燈灑下的光影，還有各國語言吵雜的低語聲。喀噹！這是小白珠子落在輪盤上數字欄的聲音。

放眼望去，駒井已經在二十一點的牌桌就定位開始下注。垣谷也往吃角子老虎機區走去。世良在數張輪盤桌之中，挑了其中一桌旁邊的沙發坐下。

時針指著九點。他要等的人深夜才會出現，那個金髮的櫃檯小姐是這樣說的。而且她還給了世良他們一句忠告：也許對方不會出現。

世良做好漫長等待的準備。

珠子在輪盤上喀啦喀啦地滾動，滾動聲一消失，接著便是嘈雜的人聲。正值淡季的賭場還算冷清，在這種情況下，確實只要天城一出現就能知道是他。世良在心中認同櫃檯小姐所說的話。

但世良馬上就明白這樣思考並不是正確的，因為就算現在不是淡季，世良也絕對不會放過天城的蛛絲馬跡。

賭場內突然出現一絲冰冷的氣息。

與喧鬧聲共存、名為賭場的夜行動物，在那瞬間也停止了有關其本身的一切動作。輪盤的轉盤、二十一點的莊家，以及吃角子老虎機的畫面……現場的氣氛簡直就像草食動物察覺到危險天敵出動的時候。

坐在沙發上打瞌睡的世良也因為那瞬間的變化，睜開了雙眼。

然而變化也只有那剎那而已。賭場宛如湖面上的漣漪，立刻恢復先前人聲鼎沸的狀態。儘管如此，世良還是注意到了與之前不太一樣的地方。

可比擬殺氣的緊張感，從最側邊的輪盤桌飄了過來。

世良目不轉睛地注視著那邊。

那是最高賠率的輪盤桌，原本沒什麼人在那裡，還有點死氣沉沉的。直到剛才為止，只有兩名客人闊氣地將籌碼押在綠色檯面上。其中一位有著歐美臉孔，另一位則是皮膚較偏深的亞洲人。每當輪盤轉動時，兩人就會發出怪聲來影響周遭。而無論在哪都能睡得著的世良，剛才也只將他們的鬼吼鬼叫當作是催眠曲。

然而那張輪盤桌現在卻安靜了下來。仔細一看，那兩位很吵的客人依然坐在位置上，但旁邊卻多了一名高個子的紳士。男人嘴上叼著雪茄，一手拿著裝著香檳的玻璃杯。他有著一對濃密的眉毛，雙眼炯炯有神，然而坐姿卻十分懶散，宛如炎夏中的冰淇淋，整個人癱在椅子上。

牌桌因為新加入的客人氣氛一轉。世良走近牌桌，發現男人面前堆疊了自己從沒看過的金黃色籌碼。

男人將手肘撐在牌桌上，心不在焉地盯著輪盤。

荷官一臉緊張地打量著周遭，心浮氣躁的樣子。

世良在男人身邊坐下。男人瞄了一眼身旁的闖入者，但馬上又失去興趣地將目光移回跳躍在輪盤上的白珠。

世良的直覺告訴他。

絕對沒錯，這個人就是天城醫生！

男人並沒有下注任何籌碼。在不知道是第幾次輪盤停下後，電子看板還沒顯示完差額紀錄的瞬間，世良突然叫住身旁的男子。

「您是天城醫生對吧？」

原本一臉惺忪地盯著輪盤的男子突然睜開雙眼。

「你是誰啊？」

世良立刻站起身，掏出口袋中的信封，往前一遞。

「我是東城大學醫學部附設綜合外科教學中心的世良，突然向您搭話真是不好意思。我受教學中心的佐伯教授之命，陪同講師參加尼斯舉辦的國際循環系統學會，並要將這封信交到您手中。希望您能收下這封信……」

「噓，安靜一點。」

男子將食指舉到世良面前。在白色珠子被打到輪盤裡後，男人毫不猶豫地將面前的黃金小山全都推到綠色檯面。

「Chances simple et noir.（二選一，黑。）」

牌桌四周瀰漫著緊張的氣氛。小白珠在輪盤上滾啊滾地，最後停在某個欄位。

「Trente et un. Noir.（三十一、黑。）」

將籌碼押在黑的男人立刻多了一倍籌碼。荷官看了一下男人的表情，男人伸出食指在桌上彈了兩下。繼續押。

小白珠再度被丟進輪盤，在盤面上跳了幾下後，落在自己該去的地方。

「Vingt. Noir.（二十、黑。）」

男人面前的籌碼再度變成兩倍。另外兩名男子瞠目結舌地盯著天城。

但男人只是一臉無聊地望著宛如小山的籌碼堆，向荷官拋下一句。

「Stay.（繼續押。）」

居高臨下看著遊戲進行的荷官聳了個肩。打珠員的手指明顯地遲疑了一下，但還是再度將珠子投入輪盤內。

「Dix-sept. Noir.（十七、黑。）」

觀眾漸漸往男人與世良的周圍靠了過來。荷官將押在二選一「黑」欄上的籌碼換成更高額的籌碼，籌碼小山的高度也因此降低了點。

男人順著荷官的目光點了個頭，再度用食指敲了兩下。

繼續押。這已經是第四次押黑了。

世良回過頭，發現垣谷與駒井也在圍觀的人潮裡頭。打珠員將球投進輪盤中。喀噹一聲，白珠開始在輪盤上不斷狂奔。

「Deux. Noir.（二、黑。）」

周遭的群眾大聲喝采起來。牌桌上的籌碼嘩啦嘩啦地滑出欄外。男人開心地大笑起來，接著用兩隻手將那座小山高的籌碼推了出去。

「Stay−!」

圍觀的群眾都瘋狂起來，打珠員則是一臉慘白。他顫抖著手，將白珠投進命運的輪盤內。滾動的珠子發出比平常還要大的聲響，毫不猶豫地宣布白珠的終點。不久，圍觀群眾的歡呼聲包圍了整個輪盤桌。

打珠員有氣無力地宣布。

「Encore. Vingt. Noir.（又一次，二十、黑。）」

牌桌被男人金黃色的籌碼給淹沒。男人伸出雙手將滿到要溢出的籌碼抱回身邊。

「C'est fini.（不玩了。）」

他像唱歌般地宣布後，在部分掌聲與眾多不滿聲中將多如小山般的籌碼拿了回來。男人只留了幾枚籌碼在身邊，剩下都交還打珠員。周遭的觀眾一面說著什麼，一面離開了輪盤桌。

漸漸地，輪盤桌旁只剩下世良，以及站在他身後的垣谷與駒井。男人丟了兩三枚籌碼給荷官後，叫來服務生。

「粉紅香檳，請在場的所有人。」

他交給服務生幾枚籌碼。接著，他將身子轉向世良。

「不好意思，我剛剛在集中精神。遠道而來辛苦了，歡迎你們來到蒙地卡羅。我是天城。」

服務生送了香檳過來，天城吮了一口透明的泡泡。

輪盤桌從興奮中甦醒過來，小白珠子在其中發出喀啦喀啦的聲響，天城就在這種背景音樂下啜飲了一口香檳。

佐伯教授託付的、已經變得皺巴巴的信封則被放在綠色檯面上。
「這封信的主人希望我做什麼？」
「我也不知道裡面寫了什麼，還請您讀一下。」世良坦白地說。
「……什麼嘛！原來你不是來交涉的，只是單純的郵差而已。」天城忽地一轉原本客氣的口吻，低聲說道。
天城用拇指與食指夾起那封信，透過水晶吊燈的光仰視著。
「如果是佐伯先生寫給我的，那對我來說應該是封不幸的信。」
天城突然笑了一下，將信封丟回給世良。
「我可沒有義務讀這封信。」
「您聽過佐伯教授？」站在後方的垣谷開口詢問。
當天城將視線移到自己身上後，垣谷開始自我介紹。
「我跟世良一樣來自東城大學醫學部綜合外科教學中心，我是講師垣谷。原本昨天很期待能與天城醫生您一起在研討會上發表的，卻沒想到您取消了演講。會場上的其他聽眾都因此感到很失望。」
天城將手肘撐在桌上，仰望著垣谷。
「真是死正經呢！在那種成果發表會上隨大眾起舞對我有什麼好處？」
沒想到自己禮貌示好卻換來對方一臉輕視，垣谷立刻由笑轉怒。
「日本人就是這點不行，才說幾句話就繃起臉來，這樣是無法當法國人的對手的。法國人雖然令人討厭，但只有一點值得大家尊敬，那就是他們在面對權威時可以一笑置之。這點剛好跟日本人完全相反呢！」天城看了立即拍手笑道。

「這是兩碼子事。大家明明都很期待醫生您的發表，然而您卻無緣無故取消演講，這不是在反對權威，只是單純不懂禮貌吧！」世良也回嘴道。

天城露出「哦！」的表情看著世良。

「你說得可能是對的喔！真是正直的年輕人，好耀眼啊！竟然敢這麼教訓初次見面的人。喂！從今天起就叫你朱諾[6]（Jeune）吧！」

世良惱火起來。

「請別開玩笑了，研討會也是、這封信也是，我不知道你跟佐伯教授之間發生了什麼，但特地將這封信從日本帶到這裡來的人，現在就站在你面前，你就不能讀一下嗎？」

天城看著世良，接著深深地嘆了一口氣。

「真是天真啊！一旦我拆了信，就會出現新的選擇，那我就不得不去做出選擇了。每件事都有它的風險，所以我才不想讀，想把這封信退回去的說……」

天城眺望著不斷發出喀啦喀啦聲響的輪盤，用拇指將一枚籌碼往世良彈去。世良單手接住那枚籌碼。

6 法文中的「年輕人」，這裡是指世良太過年輕，經驗不足。

「既然你都說到這個份上了，就陪你玩一下吧！那枚籌碼就當我送你的，來賭賭看吧！只要你賭贏，我就讀那封信。」

「紅或黑、還是數字都可以嗎？」世良吃驚地詢問。

「什麼都可以，只要你猜中就算你贏。」

「這樣還是當然是二選一比較好，因為不管選紅還是選黑，機率都高達百分之五十。」

天城點了個頭。

「無所謂，但我希望你能思考一下。這場賭注對朱諾你來說一點損失都沒有。雖然我沒有義務要讀這封信，但要是我因為輸了而讀這封信，很可能必須因此做出自己討厭的決定。再加上朱諾你手中的籌碼也是我給的，所以我希望你能思考一下，為什麼我要跟你打這種一點好處都沒有的賭。」

世良看著天城。在旁等得不耐煩的打珠員將白珠子投到輪盤上，延後兩人的比賽。

世良搖搖頭。「不好意思，我聽不懂您在說什麼。」

「誠實是美德。既然如此，我就直接告訴你吧！我想看看朱諾的生存方式。只要你的賭法能夠感動我，自然也會影響我要怎麼讀那封信。通常是贏的那方有權決定要幹麼，但因為我們約好了，所以我只需要拆開那封信就好。不過朱諾的上司只要我讀這封信就能滿足了嗎？那個貪心的妖怪應該是希望我按照信裡面的指示做些什麼吧？如果你以為只靠 Chances simple 就能隨便完成任務的話，我只能說你實在是太天真了。」天城笑道。

世良終於明白天城真正想說的話了。

天城跟世良約好，只要世良獲勝，他就會讀那封信，不管用什麼方式贏都沒關係。話雖如此，自己也必須認真看待那封信的內容，並不是贏了就沒事了。

世良做了一個深呼吸，握著籌碼的手心不斷出汗。

喀噹！小白珠停在數字欄裡，荷官大聲宣布著數字。

「Douze. Rouge.（十二、紅。）」

世良看向天城。

「我知道了，就比下一場吧！」

世良閉上雙眼，將籌碼丟向宛如大海的綠色檯面，籌碼像陀螺一樣旋轉著，最後停在某條線上。

「你是打算怎麼玩？」

「聽天由命。」

天城看著世良。他一口氣喝光手中的香檳，接著開始哈哈大笑。

「真是簡潔有力，看來有點有趣呢！不過朱諾你還真幸運，你的籌碼剛好落在十三、十四、十六、十七之間呢！」

天城向打珠員使了個眼色。對方點了個頭，將白球重新放進輪盤內。世良吞了一口口水。隨著清脆的聲音響起，荷官也大聲宣布了那個數字。

天城抬起頭，笑著對世良說：「Très bien.（太好了。）是朱諾賭贏了，願賭服輸，我就來讀讀那封信吧！」

天城高舉從世良手中接過的信封，將它拆開。

天城一邊喝著粉紅香檳，一邊俐落地讀完信的內容。他將信丟在桌上，伸了一個大大的懶腰。

「蠢斃了。」

「我們家的佐伯醫生希望您做什麼事嗎？」聽到他如此發著牢騷，一直站在世良身後的垣谷開口詢問。

天城沒有回答，只是抬了一下下巴，示意他們自己去看那封信。垣谷拿起信來默默閱讀著。沒有多久，他的臉都慘白起來。

「怎麼可能會有這種……」

信紙從垣谷的手中滑落，世良將信撿起，飛快地閱讀。那張信紙上，只是用藍色原子筆簡短地寫了幾行字。

「我推薦蒙地卡羅心臟中心　天城雪彥部長

擔任東城大學醫學部附設醫院設施，櫻宮心臟外科中心院長東城大學醫學部附設醫院院長　佐伯清剛」

就在這時，賭場突然吵雜起來。幾名包著頭巾、看似中東皇室貴族的沙漠民族，以及一群豔麗的美女們走進賭場裡。世良目不轉睛地盯著那群美女軍團。

「那就這樣，餘興節目結束囉！」天城站起身，低聲說道。

他向荷官說了一句：「C'est la Cérémonie.」

一聽到那句話，荷官立刻起身，消失在後頭的房間。

天城走近那群中東的貴族，伸出右手。

「Bonjour monsieur.（晚安，先生。）」他接著回過頭去對世良小聲說道：「朱諾的老闆投了一顆不得了的炸彈呢！在我正式回答他的要求前，你們先自己判斷我這個醫生適不適合擔任這份工作吧！我猜你們大概會希望老闆放棄聘用我才對。」

垣谷與世良互看了一眼，兩人都不明白為什麼天城會說出這番話。

天城若有所思地微笑。

「換句話說，朱諾你果然很幸運呢！」

中東的貴族與天城相談甚歡地往後頭的房間走去。世良一行人原本也想跟著進去，卻被工作人員擋了下來。

「我們必須再去一次櫃檯才行，要付入場費才能進到裡面。」駒井小小聲地對世良說。

走在前方的天城在聽到駒井的話之後，向工作人員揮了一下手，工作人員便放行他們了。世良三人趕緊跑到天城身邊。天城向駒井說道。

「小夥子還真懂這些無聊的規矩啊！你說得沒錯，但就當我邀請你們來的吧！不用客氣，我在大賭場還算吃得開。」

天城一點都沒有在虛張聲勢，從其他工作人員對他的態度就可略知一二。

他們進到被稱作 SALLE PRIVÉE（私人房間）的房間裡頭。裡頭裝飾得十分莊嚴，就連天花板上的溼壁畫[7]也是創世紀時開天闢地的景象，真不愧是出自巴黎歌劇院設計師之手。房間裝潢十分講究，簡直都可以直接在這裡欣賞歌劇了。

他們因為外頭的吵雜而回過頭去看，只見大批客人正在創造了數臺輪盤的世界裡好奇地盯著這裡。水晶吊燈輝煌地照耀著整間房間，房間最裡頭有一張輪盤桌，三名荷官恭敬地站在那裡。

「C'est la Cérémonie.」天城向他們說道。

「Oui monsieur.（是，先生。）」

7 從義大利文 Fresco 而來，意指「新鮮的」，因為它要求將顏料塗在剛抹好的濕灰泥牆壁或天花板上，故而得名。操作困難，是一種十分耐久的壁畫。

身旁圍繞著美女的中東貴族，在天城正對面的位置坐了下來。

「Combien？（你要賭多少？）」

石油貴族將十枚星型籌碼疊在桌上。天城見狀，輕輕地笑了一下。

「Très bien.（很好。）」

那是多少錢？垣谷小聲地詢問，然而萬能導遊駒井只是搖了搖頭。

「我沒看過那種星型籌碼。」

「你們現在要幹麼？」世良戰戰兢兢地從天城後方發問。

「就只是玩一場輪盤賭博而已，只是現在賭的是生命跟未來。」天城頭也不回地說。

「為什麼天城醫生不一起賭呢？」

天城一臉訝異地回頭。

「我為什麼要賭？這裡賭的可是人生耶！」

「那天城醫生為什麼要出席這場賭賽？」

「因為對那位客人來說，我就是『神』呀！」天城更是驚訝地回答。

貴族說了一兩句話之後，天城抬起頭來。

「Bien. Chances simple. Rouge ou Noir?（二選一，紅還是黑？）」

天城的對手一面將籌碼往前推、一面說道：「Rouge.（紅。）」

天城向荷官打了聲招呼。荷官點了個頭，拿走先前一直使用在輪盤上的小白珠子，並打開身邊的盒子。

盒子裡頭放了兩顆被綠色羅紗覆蓋住的小珠子。紅色與黑色。

荷官拿出紅色珠子，展示給天城與貴族看。打珠員將紅珠子扔入輪盤裡，珠子隨著喀啦喀啦的聲響在輪盤裡跳躍，最後啪地停在某一格的數字裡。

荷官在一片吵雜聲大聲宣布：「Onze. Noir.（十一、黑。）」

紅色珠子失去自由（Prisonnier），工作人員用耙子收走星型籌碼。

貴族站起身，喋喋不休地說著什麼。原本以為他是在抱怨，但看起來又不是那樣，反而比較像是在纏著天城，苦苦地哀求。

世良的推測是對的。戴著頭巾的貴族直接跪在地板上，謙卑地懇求，像在跟阿拉真主禱告似的。天城一臉高傲地俯視對方，一口氣喝乾手中的粉紅香檳，接著宣布。

「Chances simple. C’est la vie.」

天城頭也不回地拋下跪在地上的貴族，乾脆地離開 SALLE PRIVÉE。

「走，去酒吧！我請你們喝一杯！」離開那間包廂後不久，他回頭對世良一行人說道。

世良、垣谷與駒井，和天城一起在賭場附設的酒吧裡喝著香檳。他們身後的輪盤桌不斷傳來歡呼聲。終於，世良起了一個頭。

「剛才的輪盤賭博到底是在做什麼？」
天城舔了一口香檳，淺淺地笑了一下。
「那個人是我的病患，不對，正確說來，他是有可能會成為我的病患的人。」
「你讓病患跟你賭博？」已經有點醉了的垣谷粗魯地問道。
天城聳了一個肩。
「不是，我才不會做那種事，是病患自己要跟神打賭的。」
「你在說什麼？我明明親眼看到了，病患在你面前輸了一大筆錢不是嗎？那名患者在剛剛的賭局中輸了多少？」
「果然怎麼找都沒有，書裡面沒有提到星型的籌碼啊！」從剛才就一直翻著旅遊手冊的駒井放棄似地開口。
「廢話，那可是一枚價值一百萬法郎的籌碼，平民一輩子都沒機會遇到。」天城笑道。
「一枚一百萬法郎，那剛剛那場賭局到底賭了多少？」垣谷小聲地詢問駒井。
「一百萬法郎大概是日幣兩千萬，十枚籌碼的話就是一千萬法郎，也就是說，那個貴族大概輸了兩億日幣。」
「兩億？」他吃驚地大叫。
原本在周遭說笑的人們也轉頭看向世良一行人。
「你讓病患拿了兩億來賭，到底是要幹麼？」

「剛才那名患者因為冠狀動脈高度硬化，時常發生狹心症。他的冠狀動脈已經亂七八糟了，什麼時候出現心肌梗塞都不奇怪，所以他才來拜託我幫他做繞道手術。我跟他說，只要他給我一半的財產當治療費我就幫他動手術。但對方可是相當厲害的人物，一半財產怎麼可能才只有兩億而已。說到底，兩億也是他自己說的，就是因為說謊了才會賭輸的吧！」天城一口氣喝盡手中的香檳，徐徐說道。

世良越聽越疑惑，已經完全都搞混了。他不自覺地將腦中浮現的疑問全盤說出。

「我完全聽不懂，你說治療費要一半財產，然後還有剛才輪盤的賭賽，這樣患者不就虧大了？」

「那我換個方式說吧！想要接受我的手術有兩個條件：第一、對方有沒有交出一半財產的覺悟；第二、對方有沒有撐過手術的運氣，就是這兩個。不走運的病患，就算我的手術動得再好，也一定會發生什麼問題。而這個系統最棒的地方就是，只要贏得賭賽，就可以讓我免費幫他動手術。」天城一副原來如此的表情，接著低聲說道。

「在賭場玩一玩就可以得到免費治療，哪有這麼簡單！」垣谷聽完漲紅了臉，反駁說道。

天城搖了搖頭，笑著說道：

「這個系統就是擁有這種魔法！稍微想一下你們就懂了，病人拿出一半的財產來賭，只要他能在 Chances simple 二選一中獲勝，就能拿到兩倍的賭金。然後他只要再拿那一半出來當治療費，可以說一點損失都沒有。換句話說，他們可以讓我免費幫他們動手術，而我也可以拿到從天而降的龐大手術費。」

「那要是病患賭輸了呢？」

「那就只好放棄治療啦！雖然他損失了一半財產，但話說回來，連這種二分之一的賭率都無法獲勝的病患，之後的命運也無法好到哪裡去啦！想要活下來的話，就要好好證明自己強大的生命力給我看，這也是對我自己的安全保障啊！」

垣谷站起身，他的身子因為憤怒而顫抖著。

「你根本是個行為卑劣的醫生！就算你的技術再怎麼高明，也只是金錢的俘虜罷了，根本不配稱為醫生！」

天城露出笑容。

「那樣就好，趕快回你們舒適的老家去吧！要是我接受你們老闆的邀請，教學中心可是會變成一團亂的。就這樣跟佐伯教授說吧：天城是個腐敗的醫師，不適合待在我們教學中心！」

天城挑釁地看著垣谷，接著說道：

「那種無聊又乾枯的工作機會，我才不幹咧！誰規定你們的理論才是對的？在我看來，你們才是自私自利、只想待在那種岌岌可危的溫室裡偷懶怠惰！」

聽到天城如此說道，垣谷挺起身子，轉身準備離開。

「走吧！世良，佐伯外科不需要這種傢伙！教授那邊我會負責去報告。」

天城朝著正要跟著垣谷離開的世良身後大喊。

「喂！朱諾，你還年輕，回到旅館後再仔細想想看吧！我有強迫病患給我錢嗎？病患只要戰勝命運，就能不痛不癢地接受從天而降的龐大手術費，這種系統哪裡有問題？」

「世良，快點過來！佐伯外科不需要這種會把醫療跟賭博相提並論的醫生。」

世良因為天城的話略顯猶豫，垣谷忍不住罵道。

因為垣谷的呼喚而回過神的世良，離開了歡聲四溢的大賭場。

回到房間後，世良將自己往床上丟去，仰望著褪色的天花板。只是前往蒙地卡羅小旅行，又額外去了大賭場再遇到天城，世良周遭的顏色就變了個樣子。

回到尼斯後，垣谷在旅館附設的酒吧裡不斷怒罵。

「那傢伙到底把醫師這種神聖的工作當成什麼了？醫者仁心，只想著賺錢的醫生實在太荒謬了！而且他竟然還把病患的命運放在牌桌上賭，不可原諒。不過我們可以事前看到天城的真面目也算幸運了，佐伯教授大概只是聽說過天城的技術，就直接下邀請了。這次會讓世良直接當傳信鴿，絕對是要讓你來鑑定本人的。」

正面迎擊垣谷怨念的世良，一直到黎明前才筋疲力盡地回到自己的房間。

世良仰望天花板思考著。

垣谷的判斷是正確的，但卻理解錯誤了。如果是要鑑定本人，佐伯教授應該會直接指派垣谷才對。世良閉上眼睛，原本想要將天城的存在從腦中消除，然而天城的輪廓越來越清楚，深深地刻印在世良的腦海裡。

天城說過的話，不斷糾纏著正準備就寢的世良。

——我有強迫病患給我錢嗎？從天而降的龐大手術費。我只是希望病患能夠證明自己強大的生命力給我看。

雖然身體並不覺得累，但內心卻十分疲憊。什麼是對的？什麼又是錯的？不斷自問自答後，世良的意識漸漸模糊，融入白色的天花板。

隔天早上，三人沉默地吃著旅館的早餐。

「明天是下午一點才要從尼斯出發，所以就約早上十點大廳集合吧！在那之前大家就自由活動吧！世良也辛苦了，雖然只有一天，但就好好放鬆一下吧！」

世良點了個頭。

「不好意思偶要先走一步了，因為偶是今天下午的飛機，等一下還要先去買一些紀念品。垣谷醫生，謝謝您這幾天的招待。世良學長，連假結束還拜託你多多指教了。」駒井開口說道。

說完想說的話後，駒井便離開了。垣谷也起身離去。被獨自留下的世良愣愣地看著桌上的橘子發呆。回到房間後，世良再度陷入深深的沉睡。

待他再次睜開眼時，他動了動身子，看了一下時間。

下午三點，距離早餐吃完，他睡了將近六個小時。

世良坐起上半身，伸了一個大大的懶腰。就在那時，原本在他心中一角空轉的齒輪突然喀的一聲，合上了另外一個齒輪。

他走向洗手臺洗臉，用毛巾擦完臉後穿上白色夾克。

——天城醫生說得沒錯，我什麼都還沒賭。

進到賭場前，世良還看了一下皮夾，確認裡面還有等同十萬日幣的法郎。對賭場而言，十萬日幣連塞牙縫都不夠，但對這次因為國外旅行而將存款全部換成法郎的世良來說，這些錢就是自己所有的財產。

世良進到賭場時已經是晚上八點左右，然而在這個世界裡，夜晚才正要開始。

世良繼續等待著。因為沒有事前預約，這樣等或許只是徒勞無功。然而世良還是深信自己能夠再次見到天城。

他的身體深深陷進賭場沙發，彷彿跟沙發融為一體。正當世良漸漸失去知覺時，他也意識到自己的直覺是正確的。隨著一陣吵雜聲，大賭場的國王——天城現身了。

世良站起身。原本慢悠悠地走著的天城，在注意到世良之後，張開了雙手。

「朱諾，真開心再次見到你，今天是因為快回國了所以才來跟我道別的嗎？」

世良壓抑著逐漸顫抖的雙腿，搖了搖頭。

「我是為了達成佐伯教授的命令才又過來見您的。」

天城愉快地拍起手來。

「真是當今難得一見的忠犬啊！為了讚賞你的勇氣，我就請你喝一杯香檳吧！不過朱諾老闆的邀請對我來說一點魅力都沒有，何況日本也沒有賭場。」

世良不知不覺受到天城直爽的笑臉深深吸引著。

「就算你要盡忠職守，我的答案依舊不會改變。對於你老闆的邀請，我的答案是**Non**。」天城爽快地繼續說道。

世良一口氣喝乾手上的香檳，將玻璃杯往地上一砸。隨著清脆的聲音一響，玻璃杯的碎片也散落一地。整個賭場瞬間安靜下來。

天城一臉驚訝地看著地上的玻璃碎片。

「我是來這裡跟天城醫生一決勝負的。天城醫生說只要病患願意拿出一半財產並且賭贏的話就幫他動手術。我想將醫生帶回日本，因此我也願意拿出相對應的代價。我帶了所有的財產過來，您願意接受我的挑戰嗎？」世良開口說道。

天城瞪大眼睛看著世良，接著輕輕一笑。

「有趣，你想挑戰 Cérémonie 嗎？很好，去 SALLE PRIVÉE 吧！」

天城抬了一下下巴，轉身離去。

明明昨天晚上就來過 SALLE PRIVÉE 了，但當自己變成當事人受到觀眾注目之後，感覺就像來到了另外一個世界。天城和世良在裡頭的輪盤席上對峙而坐。荷官備好之前也登場過的箱子，恭敬地坐在天城身邊。

「那麼，朱諾，在 Cérémonie 開始之前，先來確定你是否真的帶了所有的財產吧！」天城喝了一口香檳，開口說道。

世良從口袋拿出皮夾，掏出鈔票遞了過去。

「我還是實習醫生，幾乎沒有什麼存款。為了這次旅行，我把所有存款都換成法郎了，這就是我全部的財產。」

荷官勤快地數著那些紙鈔後聳了個肩。

「在這牌桌上，Mise minimum（最低下注金額）是一萬法郎（約二十萬日幣）。朱諾，雖然很遺憾，但就算你拿出所有財產，也還不夠十萬日幣。」天城說道。

世良聽完當場嚇呆，賭一次最少要二十萬日幣？

他掏了掏胸前的口袋，接著交出一張紙。

「這是我的回程機票，扣掉取消費用，應該也還值十萬日圓以上。」
天城向荷官翻譯世良說的話。荷官搖了搖頭，將機票丟還給世良。
「他說這裡一定要用現金。這間賭場是擁有百年歷史的賭場，就算是我，也無法改變他們的規則。」
「怎麼這樣！我都拿出所有財產了。」
「**C'est la vie.** 這就是人生。人生就是這麼不平等、就是這麼不公平，所以才說人生殘酷，所以才說 **Belle vie.** 人生就是如此美麗啊！」天城看著世良，唱歌似地說道。
世良將皮夾裡的零錢全部倒在綠色檯面上。
「什麼百年歷史啊！我可是將我所有財產都賭上了，開什麼玩笑！」
掉出來的錢幣轉啊轉地，在綠色檯面上留下拋物線與雙曲線等二次曲線的軌跡後。其中，有一枚硬幣滾到荷官的面前，轉了幾下後正面朝上停了下來。
荷官拿起那枚硬幣，高舉在水晶吊燈之下。過了一會兒，他小聲地向天城說了幾句話。
天城不禁睜大雙眼，他抬起頭來看著世良。
「這還真叫人吃驚，朱諾你真是個 Lucky boy！」
世良因為天城的話露出驚訝的表情。
「他們特別為你網開一面，你可以參加 Cérémonie 了。感謝自己的好運吧！」

天城從荷官手中接過那枚硬幣，用拇指將它彈回給世良。

「多虧了這枚硬幣，它可是沒有在市場流通的珍貴摩納哥硬幣。大賭場宣誓效忠摩納哥公國的公主，因此不論你手中的摩納哥硬幣價值多少，都能在每一張牌桌上使用。朱諾拿這枚硬幣出來賭就好了，這是價值十法郎的摩納哥硬幣。」

接著他冷冷地放話。

「把其他不是摩納哥硬幣的錢都收回去，那種東西在這張高級牌桌上根本不能看。」

世良趕緊伸手將桌上散亂的紙鈔、硬幣，以及機票都抓了回來。他的雙頰通紅，心臟撲通撲通地跳動著。

世良將桌上的香檳拿起，一口氣喝盡。

——好，一決勝負吧！

他回想起學生時期盛夏中的那場冠軍賽，廣大的綠色球網彷彿現在就架在自己面前。

就算沒有人下注，Cérémonie的輪盤也會不斷地轉動著。天城開口說道。

「在這裡，他們稱我為Neige Noir。你聽得懂法文嗎？」

「一點點而已。我知道在賭場裡Noir是指黑色，Rouge是紅色。」世良回答。

「Très bien. 知道這兩個就夠了，Neige是雪的意思。也就是說，我被稱作黑雪，你知道這是什麼意思嗎？」

世良搖搖頭。

「我在賭博的時候，只要下黑就一定會贏。不知道是不是因為知道這件事的關係，大家在跟我打賭的時候通常都會下紅。」天城繼續說道。

世良回想起昨晚的情景，那時連續出現了五次黑色。同時，世良也覺得不可思議。

「為什麼你要告訴我這件事？你想讓我贏嗎？」

「這場賭局是上帝跟朱諾之間的比賽。我是一位旁觀者，而朱諾是執著於老闆命令要將我帶回去的人。既然如此，我希望你可以知道一些關於我的事情，我的想法就這麼簡單。」天城笑著說。

世良感到面紅耳赤，自己在不知不覺之中得到天城的幫助了嗎？

——這樣是贏不了的。

世良閉上雙眼。在時間到之前，往自己飛來的那顆幸運之球。一旦有任何猶豫，就無法撼動球網。

快想起來！那深深刻印在體內的記憶、那在陽光之下，滿身是汗的光榮瞬間。

那是我所有的財產。

「我要把 Cérémonie 下在……」世良睜開眼睛，對天城說道。

世良輕輕地放下手中那枚金銀雙色的摩納哥硬幣。

「你要下在紅色七？」天城一臉不可思議地問道。

「Cérémonie 的規則是 Chances simple（二選一），只要選擇紅或黑，其中一個就好了。」

世良搖了搖頭。

「昨天天城醫生是那樣說的吧！想要您跟我們走的話就必須打動你的心。您在這場 Cérémonie 中並不是旁觀者，這是我跟您的比賽。要是我贏了，就能將您帶離蒙地卡羅，大概吧。既然如此，只是因為比較幸運才偶然登上 Cérémonie 舞臺的我，如果想要打動您的心，就必須賭中其中一個數字才行。所以我決定要這樣下。」

天城靜靜地看著世良，過了不久，他露出微笑。

「我明白朱諾的決心了。的確，我不太可能只因為 Chances simple 就跟你回去日本。真有趣，要是你贏了，我就接受那份邀請吧！話說回來，雖然我很欣賞你的決心，但還是希望你能遵守當地規則。不管怎樣，Cérémonie 規則就是二選一，這點是不會改變的。」

天城命令荷官將放在七號的摩納哥硬幣移到紅色欄位。世良吞了口口水。

究竟能不能贏呢？明明機率就有二分之一，但站在帶有壓迫性存在感的天城面前，世良不禁在內心覺得自己的獲勝機率逼近於零。

為了替自己打氣，世良不斷對自己說著：有二分之一的機率，對，絕對不是零。

荷官從箱子裡拿出紅色珠子，打珠員不加思索地將珠子投進輪盤裡。

紅色珠子撞上輪盤的木框，彈了幾下，隨著喀啦的聲音，落進了數字欄裡。

那個瞬間，圍觀的觀眾都不禁發出嘆息。

天城的右眉稍微抽搐了一下。

電子看板上顯示著數字零。

「勝利的是白色嗎？」

喃喃自語的天城用法文對荷官說了什麼，接著對世良說道：「En Prison[8]．不是紅，也不是黑，零代表白色。根據規則，只要出現零，桌上的下注金額就全歸莊家。但 Chances simple 是例外，莊家只會暫時保留雙方籌碼。這時候，可以選擇再次決勝負，也可以拿回一半賭金結束比賽……」

天城對世良說道。

「這是特殊情況，Cérémonie 向來都是一決勝負。而摩納哥硬幣也只有一枚，不可能退一半給你結束比賽，這樣根本沒完沒了。所以……」

天城將籌碼遞給荷官，拿走桌布上的摩納哥硬幣。

8 根據歐洲的賭場規則，出現數字零時會將下注的籌碼稱作「En Prison（俘虜）」，並由莊家暫時保管。

「只能拿回一半賭金結束比賽。不過，因為要是將摩納哥分成兩半就顯得不敬了，所以只能繼續繳交保證金，由我來解救 Prison（俘虜）了。」

「所以會變得怎麼樣？」

「這樣一來，朱諾就變成我的俘虜了。」天城用手指將摩納哥硬幣往上一彈，在空中抓住那枚硬幣，冷冷地說道。

「這樣不公平，再比一次 Cérémonie……」

天城乾脆地駁回世良的抗議。

「別太天真了，這是上帝的旨意。朱諾已經很幸運了，所以才可以一路走到這裡。但是你無法取得勝利，也沒有能力將被囚禁的摩納哥硬幣贖回去。俘虜的保證金是最低下注金額的兩倍，也就是四十萬日幣。雖然你用偶然得到的摩納哥硬幣幸運地站上舞臺，但在出現 En Prison 的瞬間，你就已經失去獲勝的資格了。」

世良低下頭來，一句話都無法反駁。

他沒辦法取得勝利，這是鐵錚錚的事實。

「朱諾，雖然你沒辦法贏，但你也沒有輸。」天城看著世良，低聲說道。

嘗到失敗滋味的世良，完全聽不進天城的一言一語。

世良跟著天城離開了大賭場。廣場的噴水池在燈光的投射之下，不斷溢出彩色的波浪。天城快步通過巴黎大飯店，走進冬宮飯店。櫃檯人員在對天城說出

**Bonsoir**（晚安）的同時遞出了房卡。

天城回頭看向世良。

「雖然朱諾因為天意成了我的俘虜，不過我可不執著於你。等一下看你是要來我房間說服我，還是夾著尾巴逃回家都隨便你。回到日本之後，你那一本正經的上司也會幫忙找什麼藉口吧！怎麼樣？朱諾，你要來我的房間嗎？」

「我去您的房間就有機會說服您嗎？」

「誰知道啊！不過，如果你現在掉頭離開的話，機會就是零。而如果你來我房間的話，至少還有點可能。」

天城的話非常合理，重點在於自己怎麼選擇。

世良抬頭望向中庭的天花板，向日葵在夜空中絢爛地綻放著。

假如這裡是地獄的話，掉頭離去是理所當然的，沒有理由繼續前進。然而不親眼瞧瞧地獄深淵的話，總覺得永遠無法獨當一面。

在這裡掉頭離去的話，之後一定會一直後悔的。世良有這種預感。

既然如此，就走下去吧！世良看著天城說道：「那我就打擾了。」

天城輕輕地笑了一下。

「這才是 **Lucky boy** 朱諾！」

天城大步走向中庭側邊的樓梯，世良也緊跟在後踩上階梯。

在水晶吊燈的照射之下，擺放在桌上的的花朵生氣勃勃地綻放著。插著百合與玫瑰的花瓶旁，擺放了一個香檳冰桶。冰桶裡裝滿了冰塊和兩瓶香檳。除此之外，還有一大盤色彩鮮豔的水果。

天城拿起一瓶香檳，再拿了兩個玻璃杯並打開落地窗。

「朱諾，過來這裡。」

一走出陽臺，世良的臉頰便能感覺到徐徐吹來的海風。

從旅館的窗戶可以看到摩納哥港的夜景，那裡的燈映照出大大的橘色光暈，就像從寶石箱裡掉出來的黃寶石一樣。而飛翔在夜空中的鳥，彷彿散發出銀色的光芒。

「那是海鷗嗎？」

「不知道，也可能是海燕吧！」

天城打開香檳，將液體倒入玻璃杯後遞給世良。

「乾杯！」

「要敬什麼？」

「敬一路走來的朱諾，你的幸運與勇氣。」

世良戰戰兢兢地接下玻璃杯。

兩人坐在陽臺的沙發上。世良與天城的玻璃杯，輕輕地碰撞在一起。

「天城醫生每天晚上都住在這麼豪華的房間嗎？」

「我固定投宿在這裡。雖然剛搬到蒙地卡羅時租了一間房子，但幾乎沒什麼回去。讓我說的話，我幾乎每天都住在這裡。」天城伸出兩條細長的腿，點頭說道。

「在蒙地卡羅當心臟外科醫生這麼好賺嗎？」

「是滿好賺的，但重點是我也很會花錢。」

「我聽不太懂。」

「你知道 High roller 這個字嗎？」

世良搖了搖頭。

「意思就是在賭場砸了很多錢的金主。對大賭場來說，我就是 High roller。所以這裡的住宿費也是他們幫我出的。」天城繼續說道。

「但是天城醫生昨天晚上不是贏了嗎？」

「那個只是小朋友的遊戲。我在說的是 Cérémonie，一旦站上 Cérémonie，不管要賭多少錢都可以。假設客人輸了，那些錢就全歸賭場；而如果客人贏了，表面上賭場看似輸了，但客人贏的那部分卻會跑到我這裡來，而我又會把那些錢寄放在賭場，所以賭場還是可以拿到我賭贏的那一份。因為金額太過龐大，所以我也不知道到底寄了多少。但因為我從來不會把錢從賭場拿出來，所以就算賭場輸了，就結果而言也不算輸。因此賭場才會將我視為金主。他們也幫我想得很周到，讓我住在舒適的冬宮飯店，想要什麼就有什麼。」天城笑道。

世良將手中的香檳一乾而盡。他盯著在夜空中飛翔的銀鳥留下的軌跡。

「為什麼天城醫生要用那麼特別的方式來決定對方適不適合動手術呢？」世良心意已決地說道。

天城看著世良，一口氣喝光手中的香檳。他將玻璃杯放在桌上，低聲說道：「在我回答你的問題之前，你先告訴我，為什麼我不能用這種方法決定呢？」

「那是因為……」世良說不出話來。

幫助眼前的病患是再自然不過的事了。但就是因為太過理所當然，被這樣一問，反而不知道該怎麼回答才正確。

世良將腦中閃過的念頭直接說出口：「醫生幫助病患是很理所當然的事，就跟我們不能殺人一樣。」

「那種事情，是誰決定的？」天城的眼裡散發出黯然的光芒。他翹起腳來，將身子往前傾，壓低聲音對世良說道。

眼前宛如黑暗深淵的出口，原以為可以輕鬆從那扇門逃出，沒想到米諾陶洛斯[9]卻隱身在那。世良拚命地抓著阿里阿德涅[10]的紅線前進。

「那種事在現今社會是基本常識。」

---

9 希臘神話中的牛頭人。

10 希臘神話中米諾斯王的女兒，將紅線交給雅典王子忒修斯引導他逃出米諾陶洛斯的迷宮。

「並不絕對就是那樣吧！那戰爭怎麼說？不是將殺人合理化了嗎？」
「戰爭本來就不是好事，沒辦法。」
「那為什麼這麼不好的戰爭依舊存在於這個世界呢？」
「大概是因為我們的社會還不夠成熟吧……」
「Non. 你這種想法才是大錯特錯。就算社會變得成熟了，戰爭也絕對不會消失，人們還是會繼續殺人，因為……」
天城突然閉口不語，海風輕輕吹拂兩人的臉頰。
世良手中拿著裝著香檳的玻璃杯，他拚命壓抑著不斷顫抖的手，像鸚鵡學話那樣重複著天城剛剛說的話。
「因為？」
天城直直地盯著世良，像要將他看穿似地說出如刀刃般凶狠的話。
「因為人天生就被設定成會去殺害他人的生物。不只是人，所有動物都被設計成會去傷害自己以外的存在，這是地球上的生物被賦予的可悲宿命。」
天城看著專心聆聽自己說話的世良，像是要讓他幻滅般地冷冷說道：「之所以會這樣設定，大概、是為了要讓自己存活下來吧！」
黑暗之中，天城目光如炬地說：「殺人這種事是不會消失的。因為人體原本就設有殺害他人的程式，如果將那個程式從根本上移除的話，人也不會是人了吧！」
世良目瞪口呆地看著天城。銀色的鳥在黑夜中發出尖銳的叫聲。

終於，世良找到了反擊的線頭。

「那為什麼相信人體設有殺害他人系統的天城醫生，卻要從事幫助病患的醫療工作呢？」

天城聳了個肩。

「看來自己的價值觀快被摧毀時，朱諾也會做垂死掙扎呢！不過，要是你知道了我的答案，就會直接掉入地獄喔！這樣也沒關係嗎？」接著他又低聲說道：

「這樣說好像有點不太對，一旦意識到自己身在地獄，只會像從淺淺的夢甦醒過來……」

「我根本不在乎那種事，請告訴我吧！」世良瞪著天城，開口說道。

天城再度露出無力的樣子，他倚靠著椅背，仰望著夜空。接著他將那些宛如香檳泡泡的文字，往夜空撒去。

「我之所以會幫助病患，就是為了賺錢，為了賺那些等同於人命的重要的錢。」

——這個人到底為什麼會被稱作蒙地卡羅之星？為什麼會擁有國際學會議論紛紛的高超技術？

如此優秀的外科醫師居然說自己是為了賺錢而行醫。世良站在這頭悠然咆哮的怪物面前，目瞪口呆地喃喃自語著。一直以來支撐著世良的中樞，伴隨著聲響，漸漸崩落。

——我的未來，也會像他所說的那樣嗎？

「我話都說得這麼明白了，朱諾還是想乖乖地遵守上司的命令，將我帶回櫻宮嗎？」黑暗之中，天城低聲詢問。

「我的內心一直在大叫，要我快點離開這間房間，但是又有什麼一直在挽留我，我也不知道那是什麼。我只知道，我現在不能離開這間房間。」世良眼神空虛地看著天城，無力地回答。

「真是固執啊！為什麼要這麼拚命呢？」

為了什麼？為了誰？世良捫心自問。

但他得不到任何答案。天城看著沉默的世良，從鼻子發出哼的一聲冷笑。

「果然是運氣很好的朱諾，就像你在 **Chances simple** 下了一個數字，結果卻變成 **En Prison** 一樣。你的直覺是正確的，最糟的情況就是你現在夾著尾巴逃離這間房間。畢竟你到目前為止，完全沒有輸給任何人。」

天城繼續說道。

「天真爛漫就是你最厲害的武器。我已經掉進朱諾的重力場了，在你離開蒙地卡羅之前，我想確認你能否承受地獄的重量。明天我要動一場繞道手術，你親眼看過後再決定吧！如何？」

「可是我明天就要回日本了。」

「隨便你，我無所謂。」

世良聽著天城如此說道的同時，意識也漸漸模糊起來。這幾天出席國際學會、還有因 Cérémonie 開始的賭場之夜，累積下來的疲勞瞬間爆發出來。

他勉勉強強地將酒杯放回桌上，接著立刻陷入沙發，倒頭睡去。

受到光線的刺激，世良不由得睜開眼。刺眼的陽光印入眼簾，耳邊也傳來接連不斷的汽車聲。正想伸展一下胳臂時，才發現身上蓋了一條毛毯。

看來昨天晚上他應該就這樣直接在陽臺的沙發上睡著了。

他起身回房，才發現床上留了張紙條。

「手術是早上九點開始，看你是要來觀摩還是回日本都沒關係。Chances simple.」

世良看了一下記事本，尼斯－巴黎的飛機是下午一點起飛，要去觀摩手術的話絕對來不及。

世良拿起桌上的橘子放進嘴中。他咀嚼著鮮嫩多汁的果肉，往床上躺去，望著天花板發呆了一陣子。在早晨陽光的照射之下，再輝煌的水晶吊燈，看起來也只是許多玻璃球擺放在一起而已。

世良突然坐起上半身，拿起床邊的電話撥起號碼。

「Hello, Hôtel Paradis? Room 37, please.」

他拿起一串葡萄，從最下面那顆開始吃起。

「垣谷醫生，我是世良，我應該趕不上飛機了，你自己先回日本吧！我現在在蒙地卡羅，接下來要去觀摩天城醫生的手術。」

電話另一端傳來垣谷大聲的怒吼。

「退房手續就拜託你了。我房間有一個小皮包，還有一些換洗的衣服，幫我直接丟掉就好。另外我還喝了一罐礦泉水，麻煩你先幫我付錢。」世良不加理會，繼續說道。

還沒等到垣谷回應，他就掛斷電話了。

因為冬宮飯店的六樓長廊直接連接蒙地卡羅心臟中心的服務臺，所以他只走了一小段路，就來到前天親切回答他們問題的櫃檯小姐面前。

一頭金髮的櫃檯小姐還記得世良，她引領世良走到一間宛如會議室的房間後便開始操作起面板。窗簾自動往兩旁拉開，窗戶外頭是一大片海洋。在此同時，眼前的螢幕也亮了起來，畫面中有一顆正在鼓動的心臟，以及閃閃發亮的手術刀。

天花板傳來天城的聲音。

「Bonjour. 朱諾，醒來之後感覺如何？」

糟透了。世良小聲回答。天城充滿活力地繼續說道。

「那邊可是貴賓席喔！坐在那專心享受我的手術就好了。」

「這邊的聲音可以傳到手術房？」世良看著畫面問道。
「手術房跟你那邊可以直接對話，看是想問問題還是聊天都可以。」
「病患是怎麼樣的人啊？」
畫面的另一頭陷入了沉默。
過了不久，天城拿起銀色的止血鉗，指著露出來的心臟回答：「朱諾也看過他喔！」
世良感到不解。他在摩納哥並沒有認識誰，何況還是病患……
突然，世良腦中閃過一幅畫面。
「該不會是那個中東貴族吧？」
「真不愧是朱諾，正確答案。」
「為什麼啊？那個人不是輸了嗎？」
天城又沉默了一下，但螢幕那方很快又響起充滿活力的聲音。
「朱諾，你覺得人生中最重要的東西是什麼？」
世良不發一語，歪著頭開始思考。
天城一派輕鬆地回答：「答案是執著。」
螢幕裡的天城似乎看了一下世良，接著他繼續說道：「生命垂危的傢伙可是很拚命的。那天晚上，在你們離開酒吧之後，我就被他堵到了。他拚命懇求我，說自己剛才說謊了，那些賭金並不是他一半的財產，所以那場賭局不算數。這次他一定會拿出一半財產，希望我可以再跟他比一次。我當然沒有拒絕他的理由，所以就接受了他的要求，然後他就贏了。」

世良目瞪口呆地聽著，天城絮絮叨叨地繼續說道。

「現在放棄的話一切就結束了。這傢伙可是個偉大的男人喔！畢竟他又一次走到這一步了。」

他揮舞著手術刀，隨著談話的流暢度，速度也跟著提升。眼前的景象，是世良成為外科醫生之後從沒看過的手術技巧。

不知不覺，世良只能目不轉睛地注視著螢幕畫面。

手術結束後，天城穿著剛才在螢幕裡看到的手術服進到世良所在的房間。

世良一臉恍惚，還陶醉於初次見到的天城高超的手術技巧。

「我的手術怎麼樣啊？」

世良老實回答：「非常厲害。」

「你以前應該沒有看過這種手術吧？」

「嗯，我有生以來第一次看到這樣的手術。」

「Très bien.」

天城點了個頭，對世良坦率的回答感到心滿意足。櫃檯小姐送來兩杯咖啡，天城拿起其中一杯一口氣喝掉，再將空的杯子放回去。

「現在你還想將我帶回日本嗎？」他問世良。
世良沒有想到他會問這個問題，突然猶豫起來。
「如果我說想把天城醫生帶回日本，您就會跟我回去嗎？」
「Bien sûr.（當然。）」
「為什麼？蒙地卡羅這邊的待遇明明比較好、大家對你的評價也很高、在這邊生活心情也很愉悅，還在賭場吃得這麼開，然後還可以住在四星級飯店的高級套房，而且……」
天城舉起食指，暗示世良住嘴。
「我只想聽簡單的答案，Oui ou Non（想還是不想）？」
世良眼前突然出現了一顆球。他回想起還在足球社時的最後那場比賽，那顆球撼動了球網。下個瞬間，世良不再猶豫，他抬起腳往前一踢。
「Oui.」
「Bien.」
天城往椅子坐了下來。就在那時，房間的音樂盒演奏出悠揚的旋律，那是法國民謠《La Mer》的其中一小節。中午了嗎？天城喃喃自語著，接著他問向世良。
「話說回來，你的回程班機是幾點出發？」
「其實就是今天下午一點，從尼斯出發，不過已經來不及了。」
「你說什麼？這種事你要早點說啊！」

世良露出笑容。

「為了看天城醫生的手術，就算錯過班機也是無可奈何的事。」

「我剛剛不是說了嗎？現在放棄的話一切就結束了。」

天城一面脫下手術服，一面對金髮的櫃檯小姐下著指令。櫃檯小姐飛快地抄寫著他的指示，並複誦了一次內容。確認無誤之後，她便轉身離開。

天城回頭問向世良。

「你的護照和行李在哪？」

「我把護照跟錢包都帶在身上，行李直接丟掉了。」世良拍拍夾克的口袋，開口回答。

「真是乾脆啊！那就走吧！」

「走？去哪裡？」

「當然是機場啊！不然還有哪裡可以去？」

天城大步走出房間。世良雖然還沒理解天城的話，但也跟在後頭追了上去。

他們穿過醫院玄關，一回到冬宮飯店的高級套房，就看到穿著制服的飯店人員站在房間門口聽著櫃檯的金髮小姐交代著什麼。

「天城先生，您要出遠門嗎？」

天城一踏入房間，便快速地換上襯衫、領帶，以及長褲。他簡短地交代著如影隨形地跟著自己的飯店人員。

「這些日子謝謝你，管家。我要回日本了，再幫我跟總經理說一聲。」

「遵命。」

「房間裡的行李就交給你們處理了，有想要的東西大家就自己拿去分吧！」他一邊將衣櫥裡的衣服塞進皮箱，一邊對管家說道。

「大賭場已經幫天城先生預付了三十五年的租金，在您回來之前，房間會一直保持原樣。」

天城蓋上行李箱，準備就緒。

「不需要做到那種份上。不過，如果這樣你們才會心安的話，就隨便你們吧！」

他的穿著從原本隨興的打扮，搖身一變成衣冠楚楚的西裝男子。在他隨興繫上細長的領帶，並把義大利百年名牌 Borsalino 的帽子斜斜地戴在頭上後，才對世良說道。

「好了，走吧！」

「已經來不及了喔！而且天城醫生也沒有機票吧？」

「不用擔心！這裡可是蒙地卡羅，這是能實現所有願望的城市！」

他向飯店人員握了個手，又補充交代。

「晚點可以幫我把馬利西亞號用船運送到日本嗎？還有小綠也要。」

「遵命。」

飯店人員點了個頭，將天城的行李放進停在飯店門口迎賓處的高級轎車裡。待天城與世良一上車後，高級轎車便飛快地奔馳起來。

「再過三十分鐘就不能登機了，絕對來不及的。」

天城坐在後座，一邊抱著膝蓋一邊小聲哼唱著法國民謠，並向外頭認識的女生揮了揮手。高級轎車奔馳在海岸道路上，抵達了港口。

「Merci.（謝謝。）」

天城接過司機手上的票，往服務臺走去。鐵絲網的另一面，停了幾架直升機。

「先生，已經準備好了，隨時都可以離開。」

停放在碼頭的紅色直升機的螺旋槳開始旋轉，等待著天城和世良穿越金屬探測機。世良進到直升機裡，聽到後方傳來關門的聲音。螺旋槳的旋轉聲越來越大，直升機輕輕地飄浮在半空中，往大海的方向出發。

直升機在海上迴轉了一個大彎。他們的左手邊是蔚藍海岸的湛藍大海，右手邊則是蒙地卡羅時髦的街頭。在他們觀賞著底下風景的同時，直升機也飛在海陸交界的正上方，朝著尼斯機場前進。

「Le dernier appel, pour Paris, vol 449.」

世良與天城一邊聽著宛如暗號的機場廣播，一邊全速朝登機口衝去。

已經有乘客在排經濟艙的隊伍了。

「看，趕上了吧！如果剛才放棄的話，那個瞬間一切就都結束了。」天城對世良說道。

世良將天城的話銘記在心。

天城舉起手來，笑著對世良說：「掰啦朱諾！到日本再見啦！」

天城慢悠悠地通過頭等艙的優先登機口，消失在世良眼前。世良走到隊伍最後面準備開始排隊時，突然有人從後面拍了自己的肩膀。

一回頭，只見垣谷正在瞪著自己。他的手上抱著世良的包包和自己的行李，另外還提了裝滿紀念品的紙袋。原本壯碩的身材，也因為滿身行李瞬間像是縮小了一截。

「你這樣擅自行動是怎樣？」

世良露出笑容，他從垣谷手中接過自己的包包與紀念品袋，開口說道：「總算是趕上了，這趟旅行我的收穫不少，反正等下要搭很久的飛機，我再慢慢跟你說。」

登機廣播又重複播放了幾次。接近最後登機時，本來排在登機口的人潮也明顯紓解了不少。世良與垣谷跟在隊伍的最尾端，慢吞吞地走著。

採用硬鋁材質的飛機從尼斯機場起飛，往夏爾・戴高樂國際機場的方向前進。垣谷看起來心情不是很好，不知道要怎麼向他說明前因後果的世良獨自陷入沉思。

飛機飛過銀白色的阿爾卑斯山脈。在午後陽光的照射之下，閃閃發亮的群山看起來十分動人。

對東城大學醫學部佐伯教學中心而言，自己的選擇究竟會帶來福音還是惡耗呢？這時候的世良，還無法得知。

世良的腦中倏地閃過在盛夏中受到撼動的球網。

「世良，回來都不用說一聲的喔？」

聽到同儕北島如此調侃後，世良聳了個肩。

「什麼嘛！原來是北島，你怎麼還在這裡？」

早上八點通常是幫住院病人抽血的時間，因此世良還以為這時候應該不會有人待在值班室才對。但就在他偷偷將巧克力禮盒放在桌上時，卻被睡在視線死角沙發上的北島給撞見了。

「北島，你可別蹺掉抽血的工作啊！」

「我才不想被剛從尼斯回來的你這樣說咧！」

「好吧，說得也是。」世良老實地同意。

世良是星期五傍晚回到日本的，為了調時差跟消除疲勞，整個週末他都待在公寓裡。每當他開始思考什麼就會覺得想睡；但真的要睡覺時又亢奮得睡不著。

世良放棄跟意志呈相反狀態的身體作對，他順從身體想做什麼就做什麼，結果就是今天早上徹底遲到，所以也蹺掉了早晨抽血的工作。儘管如此，正值四月下旬兼黃金週前夕的現在，抽血的工作也轉由剛從外院實習回來的三年級實習醫生負責。這些同儕都已經是經驗豐富的外科醫生了，因此就算有一兩個人蹺掉工作，大家也不會像實習第一年時那麼不爽對方。

一旦有了實力，就不太會起衝突了。

「虧我們還在外面的醫院實習了一年半，本來想說都做過那麼多手術了，能力也提升了不少，沒想到一回到大學醫院馬上又變回第一年剛進醫院的樣子，真受不了這種愚蠢的人事安排。」

世良點頭贊同北島的話。

「只要忍到連假結束，馬上就會有搞不清楚狀況的一年級實習醫生進來代替我們了。」

「說到這個，我倒是有個壞消息。今年申請綜合外科的新人似乎滿少的耶！往年大概都有二十個人左右，但我聽說今年好像才十個人而已。」

「我們綜合外科這麼不受歡迎嗎？」

北島壓低音量。

「這幾年神經外科、胸腔外科，還有小兒外科不是一個一個都從綜合外科獨立出去了嗎？身為外科醫生人才的搖籃，佐伯外科一點向心力都沒有。聽說外面都在傳這件事。」

「也就是說，我們的打雜工作完全不會變少就是了。」世良撕開巧克力的包裝紙，開口說道。
「我絕對不要做那些工作！」
北島站起身，拿起一個巧克力放進嘴中。
「話說你真的去了尼斯嗎？夏威夷豆明明就是夏威夷的名產。」
「我也沒辦法啊！誰叫機場就只有賣這個。」
「是喔，那還真奇怪。」
「比起那個，你還在這裡打混沒問題嗎？下午第一場發表不是你負責的嗎？」
北島一邊咯吱咯吱地咬著巧克力，一邊繼續說道。
世良看了一下窗外，接著像是突然想起什麼似的。
「田坂先生的發表是今天嗎？」
「國際學會已經結束了，別再發呆了你。不過你還真走運啊！才剛被指名參加心臟血管團隊的國際學會，一回國馬上又可以回到腹腔外科團隊進行高階醫生的Snipe食道癌手術。」
世良從房裡飛奔出去，毫不在意北島還在身後說著什麼。要是在發表之前，還沒把該做的事情先處理好的話，一切就來不及了。
早上是電梯搭乘的尖峰時刻，幾乎沒有任何一臺電梯會停在三樓。在電梯螢幕顯示為一樓之後，塞滿人的電梯便會順著軌道上升，直接通過三樓。眼看著三臺電梯都直接通過三樓後，世良只好掉頭往樓梯間跑去。

他仰望著燈光昏暗的螺旋狀樓梯，嘆了一口氣。聳立在前的樓梯，畫出一圈一圈的圓弧。樓梯的頂點彷彿消失在黑暗之中，而他的目的地就在那一端。

下個瞬間，他一口氣衝上眼前的樓梯，目標是最高層的十三樓，東城大學醫學部新院區的院長辦公室。他一邊在樓梯上奔跑著，一邊依稀回想起搭上回日本的飛機後，和垣谷在飛機上的對話。

「為什麼要把那傢伙帶回來？話又說回來，你到底是怎麼說服他回日本的？」垣谷問了一般人都會問的問題，然而當時的世良卻無法簡短說明。他繞過一個圓弧，繼續往上跑。

在夏爾戴高樂機場到處搜購紀念品的時候也是，垣谷一臉焦躁地問著：「那傢伙在哪裡？」但世良也毫無頭緒。直到機場廣播宣布登機時，垣谷才聳了個肩。

他再度在螺旋狀的樓梯上繞了一個圓弧。畫面換成在Skyliner[11]上時和垣谷的對話。

「禮拜一一早就去和佐伯教授報告這件事吧！我就當作完全不知道這些事。」

他在樓梯上跑著，大口地喘著氣。

11 往返成田國際機場與東京上野之間的機場特快車，由京成電鐵營運。

天城到底想對東城大學醫學部佐伯外科做什麼？

佐伯教授究竟是知道天城的為人才邀請他來的，還是……

只剩一圈就能抵達螺旋狀樓梯的頂端。越接近頂點，他的回憶也變得越斷斷續續。

他奔向最後一層樓梯，當他踩上最高層的平臺時，腦海也浮現出鮮明的畫面。那是大賭場天花板上的溼壁畫，畫著受到成群天使祝福的創世紀。接著是天城用拇指將摩納哥硬幣彈起的瞬間、輪盤桌上的綠色檯面、在輪盤上不斷跳動的命運紅珠子。還有蔚藍海岸的湛藍大海、從度假村看到的耀眼陽光……各式各樣的光景宛如跑馬燈般穿梭在世良的腦海裡。

最高樓層。世良走在悄然無聲的院長辦公室樓層，調息著呼吸。

雖然已經沒有剛才那麼喘了，但心跳的速率卻越來越激烈。他大步走向院長辦公室。

深呼吸一口氣後，他敲了敲那扇門。

門的另一端傳來低沉的回應，世良內心的鼓動也到達了最高點。

打開門後，頂著一對白色眉毛的佐伯院長就出現在門的正對面。他背對著沙發，坐在桌子上。

「回來啦！辛苦了，進來吧！」

世良點了個頭，走進房間，並用手帶上後方的門。

他環視著院長辦公室。在他的正前方，有一張黑檀木的雙邊辦公桌，散發出黝黑的光澤。左側的牆是一面書架，塞滿了醫療用書，其中半數是厚重的原文書。右側則擺了玻璃櫥櫃，另外還有一扇通往隔壁房間的門。因為那扇門現在是開啟的狀態，感覺也減輕了不少院長辦公室裡原有的沉重壓迫感。

他往窗外看去，發現從這裡可以看到遠方的櫻宮灣。

新院區已經建好一年了。因為建設當時正值世良這一輩的醫生外院實習，因此對剛回到醫院的他們而言，一切都非常新鮮。

世良回想起舊院區的赤煉瓦棟，還有那時霸占著手術房的「惡魔」。

但是那間老舊的手術房已經消失了，居住在那裡的惡魔也離開了。

再踮一下腳，就能從大片窗戶的右下方看到舊院區赤煉瓦棟的屋頂。

他往佐伯教授指定的沙發坐下。佐伯院長站起身，走到世良的正對面坐下。

「事情辦得怎麼樣了？」

「我順利完成您的命令回來了。」

佐伯院長瞇細了眼睛，從白眉下射出一道銳利的眼光。

「我見到了天城醫生，把信交給他時，他說會按照教授的要求處理。」世良繼續說道。

「垣谷說了什麼？」

「垣谷醫生反對醫院招聘天城醫生。」世良突然猶豫起來，接著心意已決地說。

「理由？」

世良看著院長，在他那道銳利的眼神面前，不容許有任何虛假。

「您只要去問垣谷醫生本人就可以知道了。」

佐伯院長嘴角微微上揚。

「那我換個問題。世良，你對於佐伯外科招聘天城這件事是怎麼想的？」

意料之外的提問。世良仰望著天花板。

他的身體深深沉入沙發裡。過了不久，他坐起身子，面向佐伯院長說道：「我不明白為什麼貴為院長的佐伯教授會想知道我這種小醫生的想法，但既然您開口了，我就回答吧！」

世良避開了佐伯院長的眼神，繼續說道。

「天城醫生是一名出色的外科醫生，我有幸觀摩了他的手術，真的非常厲害，重點是完全沒辦法想像為什麼他會那樣動刀。話雖如此，我也明顯感受到他不適合日本醫療的部分，因此我無法判斷佐伯外科是否應該招聘他。」

「什麼嘛！你在逃避問題嗎？」

院長站起身，背對著世良，望向窗外。

「我一直都記得喔！過去，在優秀青年就要妥協於現狀時，你這個狂妄的實習醫生踢了我的桌子，當場把他給罵醒。沒想到去了外院實習後，現在的你卻沒那個膽量了。」

世良用力咬牙。

過了許久，他才對著佐伯院長的背影說：「我只是不曉得在這裡發表我的個人意見好不好而已，但如果這是您所希望的，那我現在就講了。」

世良吐了一口氣，等待接收到佐伯院長的默許，繼續說道：「如果天城醫生的技術能在日本扎根的話，日本的醫療一定會有大幅的進步。但支撐著那份技術的天城醫生的心態，是無法被日本接受的。」

世良停止說話。佐伯院長背對著世良，看著窗外。

房間裡流淌著一股沉默的氣息。許久，佐伯院長才再度開口。

「話說完了嗎？那你還是在逃避啊！」

世良向著佐伯的背影點了個頭。

「我已經表達自己的意見了。」

佐伯院長意味深長地笑了一下。

「你那只是單純的評論而已。事已至此，一定得有誰來決定天城能不能進到我們教學中心。你閉口不談贊成還是反對天城成為我們的一分子，相較之下，垣谷就勇敢多了，他很明確地表達自己反對天城的加入。雖然不知道換作站在我面前，他還能不能說出相同的話就是了。」

佐伯院長輕輕地笑了起來。被指出盲點與欺瞞的世良因此羞紅了臉。

「我想聽的是，如果你是醫院院長的話，能否包容天城的加入？」

世良站起身。方才坐著的時候，只能從窗戶看到天空。但一站起身後，便能看到遠方大海不斷上升的水平線。

「那我就老實說了，我跟垣谷醫生一樣，做為本院的醫生，我反對天城醫生的加入。」世良對著佐伯院長的背影說道。

佐伯院長的肩膀輕輕地晃了一下。世良繼續說道：「但是……」

佐伯院長緩慢地回過頭來。

「但是？」他宛如鸚鵡學話似地重複了世良的問句。

世良深呼吸了一口氣，接著毅然決然地說道：「但是做為一名外科醫生，我希望能夠在這間教學中心看到天城醫生的手術。」

佐伯院長看著世良。過了許久，他呵呵地笑了起來。

「什麼嘛！真是任性的小鬼。」院長朝著那扇半敞開的、連接隔壁房間的門說道。

「你都聽到了嗎？這才是這小鬼的真心話。」

世良順著那句話往右方的門看去，露出驚訝的表情。

出現在那裡的是又高又瘦、一身黑衣的『大賭場的國王』兼蒙地卡羅之星——天城雪彥。

「**Bien sur.**（當然）就跟我想的一樣，不過一點也沒關係。」天城對佐伯院長說道。

天城看了一下跌坐在沙發上的世良。

「話說回來，朱諾還真是難得一見的忠犬吶！」

佐伯院長坐在世良的正對面，坐在兩人垂直方向的天城開口說道：「不過這個工作邀請還真亂來耶！Monsieur 佐伯，這樣我不就四面楚歌了。」

佐伯院長得意地笑了起來。

「你那叫自作自受，誰叫你要蹺掉國際消化器官學會的研討會，一向正經八百的垣谷會因此反感也是理所當然的。」

「要是 Monsieur 垣谷知道事情真相，應該會厭惡自己厭惡到想逃跑吧！」天城回嘴道。

「這句話是什麼意思？」

天城聳了個肩，沒有回答世良的問題。佐伯院長開口替他說明來龍去脈。

「研討會最初是先邀請天城，但那傢伙卻把這個工作原封不動地丟給我，然後我又把它交代下去給黑崎，黑崎再命令垣谷去參加。最後加布里教授說，他可以接受垣谷上臺發表，但天城一定得出席。沒辦法，天城只好表面上假裝答應邀請。這就是事情的前因後果。」

也就是說，垣谷是因為天城的關係才能出席研討會的嗎？的確，要是讓這方面有點潔癖的垣谷知道事情真相的話，也太慘無人道了。

「天城一開始就不打算要參加研討會，所以我只好拜託別的醫生幫我送信。然後，世良就雀屏中選了。要是換作其他醫生，在知道天城放研討會鴿子時，大概就會直接放棄了；但是世良，應該會想辦法做些什麼才對，我是這麼想的。」佐伯院長繼續說道。

「的確，誰叫他是難得一見的忠犬嘛！」

世良因為天城的取笑滿臉通紅。

「結果世良真的把天城帶回來了。多虧了你，昨天蒙地卡羅的里都院長還打了國際電話來抗議了很久呢……」

世良縮了縮身子，看到這樣的世良，天城微笑著對他說道：「不用在意喔朱諾，反正蒙地卡羅對我來說也只是暫時遮風避雨的地方而已。就連現在這個工作，對我而言也不一定能做長久呢！」

「我身為院長，打算進行大學醫院的改革。這項重大改革必定會動搖日本醫療的根本，成功的話，便能青史留名。為了達成目的，心臟外科醫生——天城雪彥的能力對我來說是必要的。」聽到這句話後，佐伯院長正色說道。

天城眼中散發出黯淡的光芒。世良看著自己面前的兩人，吞了一口口水。

天城的身子率先放鬆下來。

「真不愧是日本第一名醫佐伯教授，馬上就知道我的重點在哪。」

「世良的看法是正確的。要是現在直接把天城放到我們教學中心，一定會造成一片混亂，所以天城需要一隻獵犬保護他。我想把這個任務交給讓天城願意回來日本的你。」佐伯院長對世良說道。

「朱諾是獵犬？真要說的話，他比較像吉娃娃那種觀賞用犬吧！」天城笑著對佐伯院長說道。

佐伯院長看著天城，露出微笑。

「我給你一個忠告吧！你要是真這麼想的話，可是會被他咬到手的喔！」

天城露出意外的表情，聳了個肩。他直盯著世良。

「總之就是這樣，朱諾，接下來就請你保護我啦！」

「我才剛結束基礎實習，再加上前幾天已經確定要專攻腹腔外科了，而且心臟血管外科也跟我的志向不合，這樣我的未來該怎麼辦？」世良來回看著天城與佐伯院長這兩位老大，接著終於開口問道。

「你只需要當天城的護衛兩年而已。你們這屆的實習醫生，有半數在基礎實習後半段時都會被調去外院實習。現在之所以把你們叫回來，是因為教學中心面臨緊急情況，所以這兩年你就當作是基礎實習的其中一環。心臟血管外科的實習對於腹腔外科也是很有幫助的，這點我可以擔保。」

「但是我在腹腔外科團隊裡還有工作。」世良不氣餒地繼續追問。

「在你待在天城底下時，那些都免了。」

「但我覺得自己沒什麼心臟血管外科的天分。」

「朱諾，你就這麼討厭跟我一起工作嗎？」天城一臉天真無邪地問道。

「才沒有那種事，但是……」經他這麼一問，世良內心也跟著動搖，他反射性地回答。

「那就這樣決定了，你就來幫忙我工作吧！兩年後你就自由了。」天城立刻笑道。

世良沒有說不的餘地。

滿溢著晨光的院長辦公室，瞬間充斥著一股令人虛脫的沉默。

「我知道了，那我們趕快進入正題吧！請告訴我天城醫生的工作內容，還有我需要負責做什麼事情。」許久，世良開口說道。

天城和佐伯院長對看了一眼。佐伯院長對天城點了個頭。

「現在先說也不會怎樣吧！反正下午大家就都會知道了。」

天城抬起頭來。

「朱諾，你知道佐伯教授給我的第一個任務吧！」

世良點了個頭。

「我記得是東城大學要成立心臟外科中心，所以邀請您擔任院長。」

「剛才我和佐伯教授討論了一下，最後雙方同意要新建一個設施。包括設計，一切都由我來主導。雖說會以東城大學醫學部附設醫院的分院之名來新建這個設施，卻會是與東城大學完全不同的新穎醫院。它的名稱是Cerisier Heart Center（櫻色心臟中心）。」

「Cerisier？那是什麼？」

「那是法文『櫻桃』的意思。難得我回來日本了，今年的櫻花季卻已經結束了，真是可惜。」天城如此回答世良。

世良不禁懷疑起自己的耳朵。他們說要建立櫻色心臟中心，而且那項建設還沒有冠上東城大學的名字。

「天城的構思多少會跟我們教學中心的心臟血管團隊有所衝突，因此垣谷一定會站出來反對，反對派的先鋒應該就是黑崎了。不過有件事我只先跟世良你說，最後阻擋在天城面前的不會是黑崎也不是垣谷，而是優秀青年。」佐伯院長說道。

世良倒吸了一口氣。被大家稱作東城大學醫學部佐伯教授的心腹、佐伯教授私底下則稱他為優秀青年、另外還被稱作是阿修羅的食道癌手術專家——高階講師一臉沉穩的樣子浮現在他的腦海中。

「為什麼高階醫生要阻擋天城醫生呢？」世良問道。

「因為高階無法容許天城的存在。」佐伯院長輕輕地笑道。

佐伯院長以銳利的眼光注視著世良，告誡著他：「萬一有一天他們兩人起了衝突，希望你一定要好好保護天城。」

「即使我是高階醫生的腹腔團隊成員，也必須站在天城醫生那邊嗎？」世良吞了一口口水，嘶啞地問道。

佐伯院長點了個頭。

「沒錯。我剛才說錯了，不是我希望你這麼做，而是教授的命令。」

世良彷彿聽到自己的內心正在說著：現在就站起來拒絕！

但下一秒，彷彿像是要蓋過那道聲音似的，天城充滿朝氣的聲音隨之響起：

「不要這麼嚴肅啦！朱諾，就算佐伯教授用命令來威脅你，人的心也沒這麼容易就被束縛的。不知道該怎麼辦的時候，就順從自己的心吧！不過，在這麼忠心耿耿的獵犬面前，我也會努力當個乖孩子的，就請你盡可能地守護我囉！」

「就是這樣，世良。這陣子就麻煩你多多照顧天城了。」佐伯教授露出一臉苦澀，他輕咳了一聲，沙啞地說道。

世良點了個頭。

「我知道了。」

天城笑著伸出右手。

「那就請你多多指教囉！朱諾。我只能依靠你了，因為我在日本可是無依無靠呢！」

世良不曉得要不要握住那隻手，但在他還在猶豫時，天城便強硬地握住他的手。世良僅僅回握了一瞬間，下一秒他便甩開那隻手，站了起來。

「我還有工作要做，先告辭了。」

「我打算在今天下午的會議介紹天城給其他人認識。」

世良點了個頭，關上教授辦公室的門。

回到樓下的醫院門診時，一名年輕護士叫住世良。

「世良醫生，抗生素的指示掉了喔！」

「啊！不好意思。」

「大學醫院跟實習醫院不一樣，請忘記您少爺的身分。」坐在護理站一角的另一名護士對世良說道。

「對不起，藤原護理長。」

藤原護理長兩年前還是手術室的護理長，現在已經是綜合外科醫院的護理長了，據說還是下任總護理長的第一候補，這是最近從北島那裡聽來的消息。

世良撿起指示板，寫上抗生素的名稱。正要轉身離去時，藤原護理長的聲音再度傳來：「處方箋。」

「啊，糟了。」

世良搔了搔頭，從架子上取出處方箋。藤原護理長對著正在書寫醫囑的世良說道：「只有外面的醫院才是請護士整理醫生的口頭囑咐，再記錄要採用什麼藥物。你們這些醫生剛從外院實習回來，馬上就對大學醫院感到不滿，真傷腦筋。」

世良趕緊將處方箋交了出去，並快步離開護理站以逃避藤原護理長的滿腹牢騷。

下午一點，身穿白袍的醫師們聚集在醫院大樓的會議室。今天的術前評估有五例，都是後天要動手術的患者。

「綜合上述，由於胃賁門的淋巴結腫大，為了避免轉移，須進行該處淋巴結切除。吻合將採用食道自動吻合器『Snipe』。」世良替換著X光片的投影片，流暢地繼續說明著。

會議室裡的醫生們一邊假裝聆聽世良的報告，一邊不時打量著坐在佐伯院長身邊的黑衣男子。

「有其他問題嗎？」黑崎助理教授發問，無人回答。

黑崎助理教授繼續說道：「沒有的話，術前評估會議就到這裡結束。」

平常只要一結束，大家就會立即起身和誰聊天或直接離開會議室，然而今天的情形卻不同往常，所有人都注視著佐伯院長身旁的男人天城，沒有其他動作。在這些好奇的目光之中，唯獨垣谷一臉非常反感的樣子。

佐伯院長站起身。

「接下來我要跟大家介紹我們教學中心的新夥伴，天城雪彥醫生。他是心臟冠狀動脈繞道手術的權威，之前在蒙地卡羅的心臟中心擔任部長一職。」

黑崎助理教授瞪大了眼睛。會議室裡吵雜起來。

「連假結束後他就會正式加入我們教學中心。天城，自我介紹一下吧！」佐伯院長繼續說道。

天城穿著黑衣，看起來十分瘦長。他輕快地站了起來，向大家點頭示意，接著大聲說道：「我是天城，之前在蒙地卡羅心臟中心工作，這次是接到了新建心臟手術專門醫院的請託才回到日本來的。」

「你說要新建心臟手術專門醫院？」黑崎助理教授以粗暴的口吻問道。

他的反應十分理所當然。身為佐伯綜合外科心臟外科的領導人，這句話等同是宣告教學中心不再需要黑崎了。

「想必您就是佐伯外科心臟外科部門之首 **Monsieur** 黑崎吧！」天城遠遠地觀察著黑崎助理教授的表情，一派輕鬆地回答。

「本院的心臟外科是由我來管理的，為了避免指揮系統發生問題，請再三考慮這個議題。」

天城輕笑道：「黑崎醫生，請您不用擔心，我對這種小小教學中心的小小部門裡的權力鬥爭一點興趣也沒有。」

「難道你不知道要是沒有你口中的小小部門的我們，要建立心臟手術專門醫院根本不可能嗎？」垣谷嚴厲地說道，但天城只是冷淡地回應。

「**Bien sur.** 看來連垣谷醫生都誤會了。櫻宮心臟外科醫院，也就是櫻色心臟中心的新創，完全不需要佐伯外科心臟外科部門的幫忙。說不定哪天心臟外科部門的成員還會反過來希望能加入我們呢！」

「好大的口氣，究竟是不是真有實力啊？」黑崎助理教授冷冷地說道。

「那就先讓你們知道我的優越成績吧！我去年接到了五次國際學會的研討會邀請，雖然我都拒絕了。那你們呢？佐伯教學中心這一年中在國際學會上發表過幾次了？」天城回答。

黑崎助理教授沉默不語，現場也沒有人敢站出來，表明垣谷前幾天的發表正是今年唯一一場國際學會發表。

「佐伯教授方才的介紹中有一點很大的錯誤，我並不是心臟繞道手術的世界權威。」

天城如此說完之後，佐伯院長抬起白眉，不發一語。

現場陷入一片寂靜。似乎再也無法忍受那份沉重的氣氛，垣谷講師開口詢問。

「那請問這位身穿黑衣的大前輩又是哪方面的權威呢？」

「我是世界上唯一可以做到冠狀動脈繞道手術的進化型——Direct Anastomosis的心臟外科醫生。」天城立刻回答。

「Direct Anastomosis……你是說直接吻合法嗎？」黑崎喃喃自語著。

「Oui, c'est ça.（沒錯）！這可是最尖端的心臟血管繞道手術喔！」天城繼續說道。

天城在蒙地卡羅心臟中心揮舞著手術刀的樣子，還有在冬宮飯店的陽臺上徐徐吹來的陣風，倏地在世良的腦袋裡甦醒過來。

至今一直沉默不語的矮小男子起身發言。

「我明白天城醫生的話了，但我們畢竟是專業的外科醫生團隊，就算您說您是世界唯一擁有那份技術的醫生，我們也很難想像是怎麼一回事。能否請您直接操作那個手術給我們看嗎？」

「你是哪位？」天城瞇細眼睛，直盯著對方，他開口問道。

「我是講師高階。」

天城立刻瞪大眼睛，張開雙手。

「原來你就是高階醫生啊！希望醫生你一定要參與新創櫻色心臟中心的未來計畫。」

「我不屬於心臟血管外科，我的專攻是消化系統。」高階一臉納悶，回答道。

「但是你很擅長食道癌手術吧？雖然櫻色心臟中心會以心臟手術專門醫院的名義創立，但因為日本各式各樣的制度關係，不難想像在新創醫院時一定會碰到一些困難。雖然我有自信只要能夠順利新建醫院，就一定能夠持續經營下去。」

天城在這裡斷句。他直盯著高階，眼神銳利到像要將對方看穿似的。

「若要排除這些不安要素，一般會先打穩地基。但也有別的處理方法，那就是一口氣擴大整個治療範圍，也就是把醫院改稱為胸腔手術中心，如此一來，就需要胸腔消化系統外科、食道癌手術權威高階醫生的協助了。」天城繼續說道。

「我們這邊也有自己的事情要處理，因此我不曉得能夠幫忙到什麼程度，但最重要的還是，我想親眼確認天城醫生的技術。在那之前，什麼都不好說。」高階醫生沉默不語，過了不久才低聲說道。

天城看著高階講師，接著又瞄了佐伯院長一眼，露出微笑。

「嗯，果然不好對付。」

那句話只有坐在天城身邊的世良才聽得到。天城輕咳了一聲。

「那就直接讓你們看看我的手術吧！請給我適合的病例……」

他環視著現場，繼續說道：「……換作是普通的外科醫生，應該會這樣說吧！可惜的是，我的手術如果沒有合適的場地，就無法展現給你們看。我會準備好理想的病例以及適合的環境，現在就請大家先耐心等待。」

「原來只是個會說大話的傢伙嗎？只要選擇不會失敗的簡單病例，就可以吹牛吹到飽啦！」黑崎助理教授忍不住破口罵道。

「如果是普通的繞道手術，我今天就可以做給你們看。但我沒那個義務，也不想賣你們面子。」天城俯視著黑崎助理教授，開口說道。

「身為佐伯外科的一員，這是你應該說的話嗎？」

垣谷放大音量，然而天城只是聳了個肩。

「Oui. 大家好像都誤會了，我雖然是佐伯外科的一員，但也不是佐伯外科的一員。我在佐伯外科裡可是完全沒有容身之處呢！」
「這句話是什麼意思？」高階講師詢問。
「佐伯教授給我的任務是成立櫻色心臟中心。在這段期間，我不會從東城大學得到半點報酬。換句話說，我是免費在幫東城大學工作的。等到心臟中心順利成立後，才會按成果表現支付薪水給我。」天城回答。
「竟然用這種亂七八糟的條件雇用這麼厲害的醫生，到底有沒有常識？」高階講師向佐伯院長抗議道。
「這種工作條件的確非常人所為，如果這是由我提出來的條件的話。」佐伯院長抬起白眉，開口回答。
「但是這部分一點問題都沒有，因為這是我提出來的條件。」天城代替佐伯院長繼續說下去。
「為什麼要提出這麼奇怪的雇用條件呢？」
在場所有人都十分在意天城會怎麼回答高階講師的提問。
「不這麼做的話，就沒辦法在日本建造富有創造力的系統。」天城開口回答。
黑崎助理教授插入兩人之間的對話。
「廢話一堆，我就直截了當地問了，天城醫生什麼時候才能展示天才般的技術給我們看？」
「至少也得等到梔子花開的時候。」

梔子花，在小雨中散發清香的白。花季正值梅雨時節。

兩個月後嗎？世良如此猜想。就在這時，天城突然提到了世良的名字。

「我會獨立進行這些事項，但希望能有一位助手協助我。多虧世良醫生願意在我底下幫忙，讓我能夠從這些雜事中得到解放。」

教學中心全員一起往世良看去。

「這樣可以嗎？世良。」高階講師向低著頭的世良說道。

世良瞬間猶豫了一下，但馬上就點了個頭。

佐伯院長站起身。

「我非常期待天城醫生實現這些話的那刻到來。還有其他問題嗎？」

佐伯院長環視著周遭。

「看來沒有，那術前評估會議就到這裡。解散吧！」

穿著白衣的醫生們一同起身，待佐伯院長離開之後，一個接著一個離開了會議室。

醫生們不停打量著世良，令他覺得很不自在。

「才剛結束實習，馬上就搶著立功啦！還是老樣子，真會做人啊！世良小弟。」在佐伯外科待了四年的一般醫生關川更是出口罵道。

「高階、垣谷，還有世良給我留下。」黑崎助理教授朝著世良的背影粗暴地喊道。

因為自己的名字沒有被叫到，身穿黑衣的貴族天城，順理成章地從座位站起，舉起兩隻手指頭向世良敬了個禮，再踩著輕快的步伐離開了會議室。

會議室只剩下隨手披著白袍的高階講師、靠在椅背上的垣谷講師，以及兩手交叉於胸前，不停抖著腳的黑崎助理教授。

會議室裡充滿散亂擺放的折疊椅，彷彿是留下來的四人各自的陣地。地位最低下的世良站在靠近入口的一角。

「這到底是怎麼一回事？垣谷。」黑崎助理教授假意咳了一聲，開口說道。

「佐伯教授指派世良參加國際學會，要他藉機將聘書交給天城醫生。」

「佐伯院長指派這個菜鳥？」

「這是真的嗎？世良？」原本一臉無聊地看著病歷的高階講師抬起頭來詢問。

世良點了個頭。

「佐伯院長為什麼會突然做出這麼異常的舉動……」

對於黑崎助理教授的疑問，世良一言不發地搖著頭。黑崎助理教授不停搖晃著椅子，發出吱吱嘎嘎的聲響。

「算了，管他是什麼理由，現在最重要的是怎麼處理這個狀況。」

黑崎助理教授轉頭盯著垣谷。

「為什麼要把這種麻煩人物帶回來？他會把大學醫院搞得什麼樣子，你稍微動動腦子就知道了吧！」

「是我疏忽了，但我也沒想到那傢伙竟然願意回日本……」

話一說完，垣谷便指責似地瞪向世良。

垣谷老實的回答反而更加激怒黑崎助理教授。

「遲鈍的傢伙！要是天城真的創立了心臟手術專門醫院，我們心臟血管外科團隊不就要喝西北風了！」

垣谷低下頭來。

「如果是你的話，或許還可以待在那傢伙底下安享天年。但我還是無法原諒你會犯這種低級錯誤，就這樣不要不緊地把那種危險分子帶回日本，你是不是覺得只要那傢伙沒有表現的機會，沒有犯下任何過錯的你，就可以繼續留在大學醫院了？」

垣谷縮了縮身子，斜眼瞪向世良。

「世良似乎成了天城的跟班了，但他不是才剛加入你的團隊嗎？為什麼你會讓他去當天城的手下？」黑崎助理教授轉向高階講師說道。

「我還沒有接到這次的人事調動通知，所以也不算同意。」高階講師放下手中的病歷，開口回答。

「所以你不打算同意囉？」黑崎助理教授嚴厲地問道。

高階講師聳了個肩。

「教學中心的人事是由佐伯教授決定的，我只能遵從他的指令。而且那本來就是經過世良同意才決定的事。」

高階講師看向世良。

「世良已經決定要到腹腔外科團隊了，如果現在接受佐伯教授的指示，就等於要進到心臟血管團隊進行專科訓練了，這樣也沒關係嗎？」

高階的話宛如一條救命繩索，朝著在名為佐伯外科的大海中遇難的世良扔了過去。只要世良伸出手，這一切就會結束。

世良正想開口，腦海卻突然閃過一道強烈的視線。

——Chances simple. Rouge ou noir? 二選一，紅還是黑？

我並沒有回答那個問題，只是一直以自己是否安全來抉擇未來。

世良環視著周遭，這才注意到一件事。現在留在這裡的，都是支撐著佐伯外科未來的人，但他們之中卻沒有任何人認同天城的存在。

這份不寬容到底是怎麼一回事？

大概是因為教學中心的人再怎麼樣都無法認同身為醫生的天城的價值觀。但如果世良現在伸手抓住那條救命繩索，天城便會立刻失去立足之地。

世良看向高階講師。

正是因為崇拜著他的生活姿態，世良才會選擇進入腹腔外科團隊。那份心情至今也沒有改變。

然而世良的人生已經和別人的牽扯在一起了。因為世良一句話，蒙地卡羅之星，天城雪彥便從遙遠的異國之都來到櫻宮。

——我必須對自己的選擇負責、也有義務要守候著天城醫生走到最後。

「剛才佐伯教授直接對我下了指示，說這是實習的一部分，必須協助天城醫生兩年。我會遵從佐伯教授的指示。」他張開一直抿著的嘴脣，斷然說道。

高階講師瞪大了雙眼。黑崎助理教授也睜開原本一直閉著的眼睛。

「你的勇氣值得讚許，我們心臟血管團隊非常歡迎你。但是，既然你直接越過我們接受院長的指示，那我也在這裡說明白了。我們團隊不歡迎天城，今後跟天城相關的事都由世良負責。從今以後，我們團隊會拒絕提供所有協助。」

黑崎助理教授瞄了高階講師一眼。

「我身為心臟血管團隊的管理人，會下這種判斷是理所當然的。我不會直接跟佐伯院長表明要不要接受天城。如果你有不滿的話，現在就說出來吧！高階。」

一直低頭傾聽黑崎說話的高階講師，鬆開原本環抱住的雙臂，抬起頭來。

「我對於黑崎助理教授的決定，沒有任何異議。」

「那就這樣決定了，以後天城跟教學中心和心臟血管團隊的聯繫都交由世良處理。以此為開端，你直接去跟天城報告吧！就說雖然我覺得很遺憾，但我們沒有那個餘裕協助天城醫生。」

世良點了個頭，膝蓋輕輕地震了一下。他這時才發現，自己不知從什麼時候開始，已經成了第二個被大家針對的目標了。

正要離開會議室的高階講師，叩叩地拍了兩下世良的肩膀。

「如果將來想走腹腔外科，學會怎麼處理血管也是好事。雖然你之後就是心臟血管團隊的一員了，但只要你想，不管什麼時候都歡迎你回來腹腔外科團隊。不過現在你已經屬於那邊，只要專心學習特殊技術就好了！」

世良點了個頭，眼眶裡滿是淚水。

世良走出會議室，發現北島站在走廊上等他。

「怎麼了？」

經世良一問，北島一臉僵硬地回答：「天城醫生有事找你，叫你去他的房間一趟。」

「房間？那你知道天城醫生的房間在哪嗎？」

北島還是一臉僵硬，他回答世良。

「我說了你可別太驚訝喔！天城醫生的辦公室就是以前佐伯教授在赤煉瓦棟的辦公室。」

「原本的教授辦公室？」

世良不禁提高了音量。

北島與世良一同走向舊院區，原本位於赤煉瓦棟的教授辦公室。

新院區一建好之後，舊院區就被各個臨床教學的醫學研究中心給瓜分了，結果就變成新舊兩區都設有教授辦公室。除此之外，講師階級以上醫生的起居室也散布在新舊院區。而佐伯院長似乎直接將舊院區的教授辦公室讓給天城當起居室。

新院區的院長辦公室位於最高層的十三樓，因此也不能說佐伯院長這個舉動特別禮遇天城。但即使是剛回到大學醫院的醫生，也能深刻地感受到這項決定，對教學中心的其他成員而言十分有影響力。

一踏進舊醫院大樓，世良便陷入深深的回憶裡。他略帶感慨地回想起自己還是一年級實習醫生的時候，那時他每天都在這塊土地上努力掙扎。原本充滿活力與殺氣的建築物已不復返，這棟大樓現在充滿了基礎研究實驗的沉穩氣息。

他們站在標示著「教授辦公室」的門前，北島拍了一下世良的肩膀說道：「我的工作就到此結束了，因為天城醫生的指示是『把世良帶到我的房間』。真可惜，我還想說可以和你一起在腹腔外科團隊做研究的。」

北島冷冷地看著世良，就像在看和自己選擇了不同人生的陌生人一般。

「對了，所以剛才世良報告的那個病人，手術也會變成由我輔助。」

世良感覺自己過去與高階講師緊緊相連的那條線，就那樣硬生生地被剪斷了。他想回頭去向北島道謝，殊不知一回頭，北島的身影早已消失。被獨自留下的世良在原地呆立了一會兒，接著才下定決心，敲了敲舊教授辦公室的門。

「門沒鎖喔！」

聽到對方低聲回應後，世良推開了門。

桌上擺著一只打開的皮箱，從裡頭露出的衣服散亂在周遭。最引人注目的是桌上的西洋棋盤，紫水晶製的棋子排列在黑曜石的棋盤上。

換了主人的教授辦公室失去原本的莊重，一改原來的樣貌。並不是格調降低的那種感覺，而是冬宮飯店（Hôtel Hermitage）原封不動被移過來了的感覺。Hermitage 的意思是「隱居」，這是天城之前在賭場告訴世良的。

穿著黑衣的貴族天城，不論住在哪裡，那裡都會變成冬宮飯店的客房吧！

世良與隨興地躺在沙發上、伸直長腿的男子四目相交。

「下一步應該怎麼走？」天城看著一句話也不吭、呆呆站在那裡的世良，他開口問道。

「真不巧，我不知道怎麼玩西洋棋。」世良看著紫水晶的棋子發出敲擊般的聲音，回答道。

「嗯，簡單說來就是西方將棋。順便告訴你，下一步應該這樣走。」

天城拿起馬的棋子，讓它跳躍在棋盤上。旗子宛如知音似地發出共鳴，擊倒了圓頭士兵。

「這樣一看，佐伯教學中心簡直跟西洋棋盤一模一樣。」

「為什麼會這樣說？」

「因為跟這些棋子身分相符的人都到齊了啦！」

天城用手指彈了一下戴著皇冠的棋子，棋子發出乾脆的聲響，晃動了一下。

「國王（King）是佐伯教授，因為他非常有王者風範，在棋盤上就像是國王一樣。」

接著他從棋盤上拿起國王旁邊的棋子。

「最強的戰士，女王（Queen）目前就是高階講師吧！」

他將女王底下對面的棋子彈起，再將女王放在倒下棋子的那個欄位。接著他輕輕捏起那枚倒下的棋子，用右手玩弄著。

「雖然我也喜歡光明磊落的戰爭，但只能斜著走的主教——黑崎助理教授總有一天必須面臨被高階講師從檯面上清除的命運。」

他戳著佇立在棋盤上一角的棋子，開口說道：「頑固的城堡會繼續守護著城牆，就算他的老大已經被彈出棋盤了，他也有顆比石頭還要堅硬的忠誠心。」

雖然天城沒指名道姓，但世良相信他正在說的人就是垣谷。

「這隻馬的棋子又是什麼？」

天城高舉那枚棋子。

「騎士（Knight）。它是可以東奔西跑、不受拘束的厲害角色，跟其他棋子所屬的世界不同，擁有的道德觀也不一樣。其他棋子在前進的時候，一旦遇到障礙物就必須停下來。即便是最強的戰士——女王也逃不出這個規則。但騎士就不同了，它可以輕鬆跨越眼前的障礙，擊倒城牆另一側的敵軍，跳躍到星星觸手可及的高處。」

那個瞬間，蒙地卡羅之星這個稱號也在世良耳裡甦醒過來。

「那我是哪隻棋子呢？」世良開口詢問。

天城輕輕地笑了。他拿起離自己最近的小棋子。

「目前就只是個士兵（Pawn）吧！一次只能往前一步，在地上苟延殘喘爬著的可悲存在。」

「這盤棋要打倒的敵人又是誰？」

天城閉上眼睛，吐了一口氣：「嗯。」

他翹起伸長的腿，將手腕交叉於頭後，深深地躺在沙發上。

「問得好，敵人是誰呢？嗯，當前的敵人大概是佐伯綜合外科對外的名聲吧！」

「天城醫生明明受邀任命於佐伯綜合外科，還要成立新分院，為什麼還把我們教學中心當作敵人看待？」

「這個原因就剛才的會議看來應該很明顯了吧？不這麼做的話，柔弱的他們只會越來越無法自保而已。不過，把我逼到這種地步的人，除了佐伯教授，別無他人。國王要求我要在繼承者之戰中贏得勝利，既然如此，除了取下國王的首級之外，沒有其他的生存辦法了。」天城輕輕地笑道。

「我聽不懂您在說什麼。」世良進一步追問。

若在這裡照單全收的話，自己跟天城就會變成命運共同體了。

天城看著世良，他的表情就像當初看著世良將零錢扔到賭盤上那般無動於衷。那時天城的表情，鮮明地烙印在世良宛如感光紙的心上。在世良心中，那個模樣等同於虛無兩字。

天城吐了一口氣。

「你還是老樣子，依舊這麼天真啊！原本懶得跟你說了，但朱諾現在已經是我的保鑣了，如果不能徹底理解主人我的心情，對我而言也挺頭疼的。沒辦法，我只能像餵嬰兒吃飯要先把食物嚼碎那樣，一個一個說明給你聽吧！為什麼派朱諾來招聘我這件事這麼有趣呢？如果不先從這點說明，還沒長出乳牙的朱諾一定無法理解的吧！」

世良瞪著天城，天城毫不介意地繼續說道：「國王送了一個士兵過來我這裡，這樣就算被我拒絕，也不會傷到教學中心的名譽，只要對外宣稱已經盡力就好。但如果我接受了，也算任務達成，還十分有效率。」

因為這個工作十分危險，所以才找個傳令官來，萬一失敗也能斷尾求生嗎？世良可以接受這種說法。天城鬆開原本翹著的雙腿，坐起上半身。

「接下來才是重點，不受西洋棋規則拘束的騎士到了東城大學後會引發什麼事情呢？答案是開啟戰國時期。國王佐伯並不會直接指名繼承人，而是會將江山讓給在戰役中脫穎而出的勝者吧！」

「為什麼天城醫生一直在想這些有的沒的的呢？」

世良好不容易才擠出這些話，他的心跳越發激烈。

「簡單說來，這個工作的本質就是佐伯教授要直接邀請我擔任下一任心臟血管團隊領導人。而為了達成任務，首先要將垣谷講師降級，最後再把黑崎助理教授趕下臺才能結束吧。」天城回答。

世良抬起頭。

「難道天城醫生要把垣谷醫生趕出教學中心嗎？」

「一旦我展現實力，他就會被自己擊倒了。聽好了，朱諾，佐伯教授將新分院的事情全權委託給我，但垣谷有接到什麼任務嗎？」天城聳了個肩，輕笑道。

不用想也知道，現在的垣谷絕對沒有接到任何關於新創分院的事務。世良已經理解佐伯院長給予天城地位的真正原因了。教學中心的權力鬥爭，宛如冬季的荒原般淒涼，浮現在世良的腦中。

天城一直觀察著世良的表情，確認世良真的聽懂了自己說的話。

「然而問題才沒有這麼簡單，國王——佐伯在我將垣谷跟黑崎助理教授趕下臺之後，就會老老實實地將我指名為他的繼承人嗎？」

天城測試性地拋出問題，世良搖了搖頭。天城滿意地點了個頭，自己接著回答：「沒錯，你猜對了，答案是Non。」

天城乾脆地擊毀自己建築起來的邏輯之城，世良已經無法跟上天城思考的速度了。

「國王將我放在心臟中心這個新分院領導人的位置以示警告，但只要稍加觀察一下佐伯外科就會明白，心臟血管團隊只是一個支派，國王的直系繼承人是女王才對。」天城聳了個肩，輕笑道。

世良宛如爬著一層又一層的理論樓梯，逐一展開背後的內幕，過程中沒有任何一絲不自然。然而在踏上五層樓高的理論之樓後，回頭一看，盡是從未經歷過的風景，世良因此感到有點暈眩。

「說起來，要成立從未有過的新機構，還要擔任那個機構的領導人，這項任務本身的實績就得從零開始算起，所以被大家視為是騙人的賭注也是很正常的。說到這裡，國王又是怎麼評價我的呢？猜猜看吧！朱諾知道答案嗎？」

世良搖了搖頭，天城回答：「國王將我視為鍛鍊子弟兵用的小狗[12]，他心中應該早就決定好繼承人了。但他對於其他人多少有些不捨，因為不方便自己開口，所以從外面找了一隻沒用的狗，來清掉自己繼承人的敵人，這才是他的真正目的。」

所有的齒輪都嵌在一起了，世良不禁感到佩服。

12 為了訓練鬥犬更具有攻擊性，訓練師會找來其他弱小的流浪狗，再放出獵犬來攻擊牠們。

「另外或許還有一個有趣的發展。佐伯教授非常清楚身為心臟外科醫生的我的實力，包含我對這裡沒有半點忠誠心他也知道。但他還是招聘了如此危險的騎士到自己的領地來，難道他覺得騎士真的有可能唯唯諾諾地當隻乖狗狗嗎？」天城繼續說著。

「太危險了……」世良低聲回答。

天城笑道：「沒錯，國王一定會被自己養的狗咬到手。但是擅長洞察的國王佐伯不可能沒有想到這點吧！那麼問題來了，為什麼佐伯教授要邀請這麼危險的人到自己的王國呢？」

天城露出陰沉的笑容，繼續說道：「結論就是，國王認為就算我造反了也沒關係，甚至，他還會親手破壞自己的王國。但究竟為什麼要這麼做我就不清楚了，嗯。」

西洋棋盤呈現了世良從未想過的局面，即便他想反駁天城突如其來的結論，但站在那些強而有力的邏輯面前，他完全找不到任何可以攻擊的紕漏。

天城的推理還沒有結束，他拿起棋盤上的城堡。

「還在蒙地卡羅時，垣谷之所以會動怒，並不只是因為看到我做為醫師的道德淪喪，而是他在那瞬間徹底明白自己的地位已經岌岌可危了。在招聘我之後，佐伯教授所策劃的未來藍圖中並沒有垣谷的位置。憨直的城堡——垣谷不知不覺下了這樣的推測。只要有誰指出他內心這份心情，他的自尊便會粉碎，自己在教學中心的存在意義也會跟著消失，真是可憐。」

充滿惡意的地雷，世良心想。一旦被告知某處藏有地雷，今後他便只能戰戰兢兢地與恐懼共處。明明不告訴他的話，他便能自由自在地奔馳在草原上。

知識宛如一把折刀。這把刀除了可以用來切肉，也可以用來殺人；可以給人勇氣，同時也能奪走人的勇氣。

世良的雙腿不自覺地顫抖著。天城繼續說道。

「朱諾，我的勝利已經堅若磐石了吧？」

天城指著棋盤並加快說話速度。

「保護著國王主城大門的主教黑崎，將防衛前線交付給憨直的城堡垣谷，但城堡是一枚只要發現事實，便會直接退場的死棋。而只要城堡倒下了，主教便會自取滅亡，接下來就只要單挑女王。女王現在還不曉得這個黑騎士是敵人，所以只要取得他的信任，就能一口氣結束這局。」

棋子一個接著一個從棋盤上消失，最後只剩下兩枚棋子。

「這樣就將軍（Checkmate）了。」

桌面發出鏘的一聲，天城將騎士擺在戴著皇冠的棋子面前。

世良看著充滿士氣的棋子，就像被鬼壓床似地動也不能動。

天城呼地嘆了一口氣。

「但是目前還有一道怎麼樣都解不開的謎題。」

天城看著世良。

「讓我們回到謎題的原點，也就是影響整個局面、被託付重大任務的士兵。國王到底為什麼要將這麼危險的賭注託付給還無法獨當一面的朱諾呢？」

那種事情我怎麼會知道啊！世良沉默以對。但天城毫不氣餒地繼續追問。

「士兵存在的意義，究竟是什麼呢？」

他仔細地觀察著世良的表情，接著再次壓低音量，換了一個問法。

「朱諾，你到底是何方神聖？」天城看著依舊沉默不語的世良，喃喃自語起來：「就成功將我從太陽之城蒙地卡羅帶離這個結果看來，國王佐伯應該在我身上藏了一道謎題。看來他非常清楚我的個性。」

再這樣繼續被困在天城的推理城堡內的話，世良就要變成教學中心的叛徒了。然而身處天城布下的天羅地網中，世良沒有其他選擇。

天城注視著世良。

他的眼神，就像是還不懂事的孩子拔掉手裡的蟬的翅膀一樣，儘管是無心之舉，卻十分殘忍。

天城坐起身。

「朱諾，你明白騎士的本質了嗎？騎士會飛越夥伴和敵人，跳到真正的敵軍面前。雖然現在的敵人是佐伯外科，但那場戰役早已跟結束沒什麼兩樣，因此下一個站到我面前的便是真正的敵人，那之後才是關鍵。到了那時，我必須使出全力應戰，只要有任何一枚棋子沒有按照我的意思行動，幾乎就不可能獲勝了。而那個時候，士兵也會有出場的機會。」

世良一點也無法理解天城口中的世界。

但他至少明白了一件事情。

天城對於讓黑崎與垣谷感到恐懼、稱霸佐伯外科的小小戰役一點興趣都沒有，他的戰役在更高的層次，黑崎他們根本無法與之相提並論。

想到這裡，世良彷彿目睹了黑崎與垣谷在天城面前投降的姿態。

世良的耳中，再度浮現出蒙地卡羅賭場的喧鬧聲。

「Chances simple?」荷官發問。

世良小小聲地回答「Noir, tou.（全下黑。）」。

房間裡傳來人工心肺機單調的電子音。他在手術房一角坐下，將頭靠在膝蓋上後，便能聽到房間各處傳來窸窸窣窣的聲音。主要的流動護士正在和巡視手術過程的老練護士聊著天。

「……就算是這樣也、對吧！」

「對對對，前陣子也是，突然就闖進手術房裡，兩隻手盤著，動也不動地站了兩個小時，在那邊觀摩人工代用骨重建術。」

「但人工代用骨不是Orthopedics（骨科）的嗎？」

「可是骨科的醫生好像也很怕他，一句話都不敢吭，最可憐的就是井上助理教授了。畢竟他是佐伯醫生特別招聘來的，所以井上助理教授也不敢多說什麼，但是兩人之間又沒有共通話題，井上助理教授一臉不知道該怎麼辦的樣子。多虧他，手術還一再延長呢！」

「可是井上醫生平常動作就夠慢了吧！」

「真的很傷腦筋。要是藤原護理長一定會直接說，明明以前就沒有這種特殊待遇。」

「真的，松井護理長老是對地位高的醫生比較好，半句話都不吭！」

就在這時，一道罵聲傳來，猛然打斷那些窸窸窣窣的聲響。

「那邊的！吵死人了，安靜點！」黑崎助理教授看著術野，頭也不抬地說。

原本還在聊天的護士因此縮了縮肩膀，交換了一下眼神，一同離開了手術房。

「世良學長，碎冰這樣可以嗎？」

世良抬起頭來，看向有著細長雙眼、正在俯視著世良的新人駒井。接著他將視線移到塑膠製的洗臉盆裡。

「嗯，感覺還不錯啊！」

「不行，要再用更碎一點。」背後傳來了聲音，那是世良的同儕青木。那道聲音聽起來既冷淡又尖銳。

結束專科訓練回到大學醫院後，青木便直接選了心臟血管團隊，似乎是因此才對聽從教授命令而從原本的腹腔外科團隊跳槽過來的世良感到反感。

世良拍了拍駒井的肩膀。

「接下來就好好聽從青木醫生的指導吧！我在這裡就跟你一樣，只能算是第一年的實習醫生而已。」

「世良學長、青木學長，偶知道了，偶會再把冰塊用碎一點。」駒井立刻做出反應，他大聲地說道。

駒井偷偷瞄了一眼世良，點了個頭，同時也露出疑惑的表情。

一年級的實習醫生是在五月連假結束才進到綜合外科教學中心的，醫師國考則在那之後又過了一個禮拜才放榜。幸運的是，今年進到醫院的新人全都合格過關，也讓上層安心不少。

駒井這屆的狀況歉收，往年都會有二十名左右的新人，今年卻只有九個人，比之前的一半還少，尤其從東城大學內部申請而來的新人醫生更是屈指可數。因為這個原因，就連剛從外院回來的學長也必須攬下醫務管理或醫院業務，這種原本應該丟給第一年實習醫生做的勞力工作。

從其他學校申請入院的駒井打從一開始便在一年級生中嶄露頭角。自我介紹時，他提到自己在進到醫院前就去參加了國外的國際學會，其他醫生會對他刮目相看也是理所當然的。可惜的是，駒井太過心急了。

「垣谷醫生在研討會上的發表實在太讓我欽佩了，另外當天備受大家矚目的天城醫生竟然放研討會鴿子！不過幸好天城醫生也變成我們教學中心的一員咧！」

現場瞬間鴉雀無聲。天城並不在宴會上。駒井的演說前半段原本還挺帶動現場氣氛的，但後半段卻漸漸失速。然而駒井完全沒意識到自己踩到了地雷，還頭頭是道地繼續說了下去。

「敬佐伯綜合外科光明的未來，萬歲！」

駒井真是太強了，完全沒察覺到現場的氣氛變化，還熱鬧歡騰地引爆地雷、大放煙火秀。負責帶動氣氛的主持人見狀，趕緊炒熱冷卻下來的會場。

「說得好，今年的一年級生真是前途有望，接下來就請隨意暢飲。」醫務長垣谷也接著說道。

下個瞬間，駒井便拿著酒杯，撲通一聲坐在佐伯院長面前。世良呆愣地看著駒井，打從心底佩服他。

手術結束後，青木與駒井負責將患者運回病房，離開了手術房。正當世良獨自在手術室走廊散步時，突然傳來一道清脆的聲音。

「……那個。」

回過頭去，一名身型嬌小的護士正盯著世良看。

世良慌忙地回話：「怎麼了嗎？」

「天城醫生請您到六號手術房去。」

六號？世良想起了手術預定表，六號手術房通常都是拿來進行燒燙傷的植皮手術……

世良向過來傳話的護士點頭示意，正要經過她的時候卻突然停下腳步。這才發現眼前的她戴著帽子和口罩，露出一對大眼睛，時不時低下頭，卻又一直盯著世良。突然襲來的沉默包圍著兩人。

一名老練護士剛好路過，她拍了一下世良身邊的年輕護士的肩膀，開口說道：「花房，護理長在找妳喔！好像是明天負責遞器械的人有變。」

「我知道了，我現在就過去。」

花房快速經過世良身邊，留下微微的花香。

世良的目光不由自主地追著那個嬌小的背影。

六號手術房非常安靜。一打開門後，正在動手術的醫療團隊全都往這裡看了過來，一副救兵來了的樣子。

整形外科的多田教授是皮膚科的醫生，是從麻醉醫生到其他組員、甚至連流動護士的名字都叫得出來的健談醫生，個性十分開朗。世良還是學生的時候，曾經在臨床實習觀摩過他的手術，那時他一直在講笑話，既和藹又親切地進行了手術。

然而今天手術房裡卻瀰漫著一股詭異的緊張氣氛。

從主刀醫師開始、助手、麻醉醫師，就連外圍的流動護士動作看起來都十分僵硬。唯一和平常沒有兩樣的是已經全身麻醉、橫躺在手術臺的病患，以及負責遞器械的護士。

「貓田，給我紗布球。」

貓田在聽到「紗」這個字的時候就已經將紗布球遞過去了，幾乎是以最快速度理解主刀醫師的意思，流暢地將紗布球遞出。

世良打量了一下周遭，才發現有個環抱雙臂的影子倚靠在手術房一角的牆壁。認出世良後，天城舉起單手。

「辛苦了，朱諾，那我們出發吧！」

出發去哪？

在世良提出疑問前，天城已經大步走出手術房。

世良跟在他的背後，同時也感到背後正在動手術的其他人安心地吐了口氣。

天城脫掉身上的白袍，換回便服。世良將手術服脫掉，換上T恤，再將白袍披在身上。

「白袍丟進置物櫃就好了。」天城見狀，開口說道。

「但是在醫院一定要穿白袍。」

「我們現在要去外面，兜風。」

「那個、現在還是上班時間。」

世良看了一下牆上的時鐘，才剛過下午兩點。

「沒事的，我已經得到國王的允許了。」

世良將白袍放進更衣室的置物櫃裡，追著天城的背影飛奔而去。

站在停車場旁的天城看起來十分時髦，總覺得他在櫻宮的街上顯得十分突兀，還是比較適合走在蒙地卡羅那種時尚之都。世良在心中如此想著。但比他那身時髦衣服更引人注目的卻是天城身旁的機械。

「那是哈雷嗎？」

「你也喜歡重機嗎？」天城露出意外的表情，他開口詢問。

「不是，只是我以前有騎過機車而已，其實沒什麼興趣。」

「那我只好忍住不跟你聊型號規格那種艱深知識了，不過至少聽我說說這傢伙的由來吧！雖然我的手術報酬都是天價，但偶爾也有例外。我在幫哈雷創辦世家動手術時開了條件，希望他們能讓我訂製頂級配備的機車，那時的報酬就是這傢伙。」天城笑咪咪地說。

「手術進行得很順利嗎？」

「廢話！朱諾，你現在不是已經看到馬利西亞號了嗎？不順利的話它怎麼會在這。」天城回答。

世良抓了抓腦袋，若無其事地換了別的話題。

「它叫做馬利西亞啊！」

世良總覺得這個名字跟踢足球時常常聽到的「Malicia[13]」很像，不知道兩者之間有沒有關係。

天城的身影和那句話完美地吻合在一起。天城背對想要打聽馬利西亞名字由來的世良，跨上那架鐵馬。

他踩了一下離合器，馬利西亞號的咆哮聲便劃破周遭的空氣。

「上來！」

世良接過安全帽，一邊戴上安全帽一邊跨上天城的後座。

「我們要去哪裡？」

重機乘著風奔馳起來，前座沒有傳來任何回應。黑漆漆的馬利西亞號在人來人往的櫻宮市街引來不少注目，它穿越市區，出現在沿海小道上，速度漸漸地慢了下來。

「我們是要去蝸牛嗎？」

「蝸牛？那是什麼？」

「蝸牛是碧翠院櫻宮醫院的外號，那是櫻宮最老的醫院。」速度又更慢了下來，世良趁機回答。

13「惡意」的意思。源於西班牙語，意思是「遊走法律邊緣的小動作」。比如說在裁判看不到的死角拉扯對方球衣，或是領先時用盡辦法拖時間。

「哦，那個破舊醫院啊！總覺得可以理解、但又有點不是很懂……」

當潮汐聲與重機的爆破音混雜在一起時，馬利西亞號也已穿過櫻宮醫院，抵達海岬突出那端的展望臺了。

天城從哈雷上下來，沒有熄火。世良也摘下安全帽。

因為是平日下午的關係，海岬的展望臺半個人影也沒有。初夏的陽光打在平穩的波浪上，隨著波浪顯得支離破碎。偶爾還能看到宛如白兔的海浪奔馳在大海這片草原上。

「你不熄火嗎？」

馬利西亞號不斷地從排氣管發出聲響，像要蓋過海浪聲一樣。

「我喜歡那個聲音，那個聲音比其他音樂更能打動我的心。」

他回頭看向世良。

「朱諾，你知道我為什麼要來這裡嗎？」

「想轉換心情嗎？」世良歪了歪頭，回答道。

「怎麼可能。」

天城一笑置之。雖然世良還在等著他的答案，但天城在那之後什麼話也沒說。

世良的四周充滿了海浪的聲音。

「那個、不好意思……」

清澈悅耳的聲音從背後傳來。宛如在重機聲與海潮聲之中插入了鋼琴的聲音似的。世良與天城回頭看過去。

那是一名穿著牛仔褲的女子，她將濃密的黑髮隨意紮成三個辮子綁在後面。她的身旁站了一名大約五歲、緊緊抓著她的腰的小男孩。女性提高音量。

「不好意思，可以請你們把機車熄火嗎？這個孩子會怕。」

天城兩手一攤，點了個頭。

「抱歉，因為我很喜歡這個聲音，所以才這樣放著。」

他將哈雷熄火，走向那名女子跟小男生。接著他蹲了下來，將視線降低到與小男生一樣的高度。

「對不起嚇到你了，它叫做馬利西亞號，是個乖孩子，一點都不可怕喔！」

小男生抬起頭來。

「馬利西亞號？它會咬人嗎？」

「當然不會！它很聽話的，因為它個性很好嘛！你想不想騎騎看？」

天城將小男生從女子旁邊帶開，抱了起來，讓他坐在馬利西亞號上。當天城開始說明這臺機械時，小男生也著迷地撫摸起馬利西亞號。

「忠士，差不多了吧？我們也該回去囉！」

男孩看起來不太想離開馬利西亞號的樣子。天城再次將他抱起，帶回那名女子身邊。

「這傢伙發出吼叫的時候，就是在說『我要開始奔跑啦！』的意思喔！」

天城說完後，小男生輕輕地點了個頭。

「你住在哪裡？如果離這裡很近的話，下次就讓馬利西亞號載載你吧！」

「真的嗎？」

小男生抬頭仰望著身旁的女子，那名女子露出遲疑的表情，但還是回答：「非常謝謝您，如果之後有機會的話，再麻煩了。」

說完之後，女子用手梳著被風吹亂的頭髮。

「小鬼，念哪裡的幼稚園？我們下次就去那裡吧！」天城開口問向男孩。

男孩露出困惑的表情，緊緊抓著女子的牛仔褲。女子輕輕撫摸著他的頭髮，向天城打了個招呼：「不好意思，我還沒自我介紹。我是碧翠院櫻宮醫院的醫生，櫻宮葵。」

「真是奇遇，其實我也是醫生呢！我是東城大學醫學部佐伯綜合外科的天城，那位是我忠實的助手世良。」天城睜大眼睛，接著伸出右手說道。

世良點了個頭。

「佐伯外科的醫生嗎？父親平常也受佐伯教授不少照顧了。」葵接著說道。

「該不會妳的父親也是醫生吧？」

「是的，我父親是這間醫院的院長。」

天城大大地點了個頭。

「想必妳父親一定很放心吧！有這麼優秀的醫生女兒繼承家業。」

櫻宮葵搖了搖頭，露出微笑。

「父親最常對我說的就是，離開這個小城市，去外面做番偉大的事業吧！但是我很喜歡這個城市，所以一畢業就從東京回來這裡了。雖然只能盡微薄之力，但也希望自己能夠為這裡的醫療幫上一點忙。」

天城注視著櫻宮葵。

「真巧，其實我也在思考著相同的事情。但跟妳有點不一樣的是，我不喜歡但也不討厭這個城市就是了。」天城繼續說道：「話說回來，這個小孩是妳的孩子嗎？還是……」

「忠士現在住在小兒科大樓。」櫻宮葵低下頭來，一邊撫摸著男孩的頭，一邊回答。

一陣狂風突然往海岬吹了過來，男孩緊緊地抓著葵。葵從自己的手掌感到那副嬌小的身軀開始發寒，於是她開口說道：「好像有點待太久了，我們回去吧！」

「你想不想看馬利西亞號跑起來的樣子？」天城笑著對男孩說。

男孩點了個頭。

天城繼續問道：「只要你答應我不會怕的話，我現在就讓它跑起來給你看。」

「真的嗎？我絕對不會怕的。」

天城對世良打了個眼色。世良跨上馬利西亞號的後座，重新發動引擎。當馬利西亞號一開始咆哮，男孩也睜大了眼睛。天城戴上安全帽，伸出兩隻手指頭向男孩敬了個禮。下個瞬間，油門全開。

後視鏡中，佇立在海岬的女醫生與男孩的身影越來越小。待他們在上坡轉了個彎之後，兩人的身影便完全消失了，獨留微紅的夕陽映照在天上。

回程的路上突然氣氛一轉，平穩地畫下句點。

「朱諾，我們的團隊也差不多要開始動作囉！手術日已經決定在七月十二日了。」在迎風前進時，天城對後座說道。

「已經決定日期了嗎？是怎麼樣的病患啊？」坐在後座的世良發問。

他回想起還在等待手術的病患名單。排在兩個月後的話，也太早講這些了。天城沒有回答，卻將哈雷停在路肩，拿下安全帽。

「話說回來，剛才觀摩完植皮手術就直接過來了，還沒吃午餐耶！才一餐而已，就讓我請你吧！不過，都到這個時間了，或許應該說是提早吃晚餐才對。」

雖然世良想盡早回到醫院，但還是聽從了天城的建議。

因為世良有一件事，無論如何都想現在確認。

兩人走進一間樸素的咖啡店，留著鬍子的老先生出來迎接他們。

「老爹，這裡什麼東西好吃？」

這間店的名字叫做「櫻桃」，然而老闆的外貌卻跟店名給人的感覺搭不起來。
「我們家什麼都好吃。」對方低聲回答。
「那還真是失禮了，那哪道菜能比較快做好？」天城聳了個肩，回答道。
「牛肉咖哩或蝦仁炒飯吧！」老闆嘶啞地回答。
「你要吃哪個？朱諾。」
「那我要吃咖哩。」世良稍微想了一下，回答道。
他們點了兩份咖哩後，天城拿起冰涼的毛巾擦拭著手。
「不過，嗯，今天也算有收穫啦！」
咖哩送了上來，香料的味道撲鼻而來，原本被拋置腦後的食慾瞬間覺醒，兩人狼吞虎嚥地吃著咖哩。
「我有一個問題想問。」待吃到咖哩醬大概還剩下一半時，世良開口詢問。
天城一邊咀嚼著咖哩，一邊用眼神回問：什麼問題？
「在天城醫生動第一場手術前，我想先確認一件事。佐伯外科同意你開給手術病人的條件嗎？還是你打算改變遊戲規則？」世良若無其事地詢問，但這個問題其實是世良準備已久的祕密武器。
世良現在受命於專制國王佐伯教授的命令，成為天城的唯一部下。但是世良的行動不只受限於佐伯教授，也被天城的理論之牆給困住了。
弱者一旦受限於雙重約束，便會露出破綻。為了自保，一定得掙脫其中一方的束縛。因為世良身為佐伯外科的一員，不得不放下與天城之間的約束，因此他只能拿起打破天城論點的王牌。

世良遵從佐伯院長的指示，必須幫助天城完成使命，然而他已經能夠預見雙方決裂的那天了。到了那時，只要自己偏袒其中一方，就是背叛另外一方。那麼一來，世良也會被迫毀滅。他不想看到自己像那樣被什麼囚禁著，無法自由自在地行動。為了避免那種事情發生，自己必須保持中立立場。

為了達成目的，他才會對天城拋出這個問題。

世良拔出無形的刀刃，斬斷虛空。

「要我這種人改變自己的遊戲規則？佐伯外科不過是間鄉下大學的教學中心，卻要我配合佐伯外科去做調整？太荒謬了吧！」

天城一面吃著咖哩，一面斷斷續續地說道：「我不會改變遊戲規則，但會讓他們接受我的手術的，朱諾你就安心吧！」

「天城醫生的遊戲規則不是要手術患者用輪盤贏得 Chances simple 嗎？可是日本沒有賭場，更不可能會接受那種賭博性的冒險，這樣不就只能改變要病患拿出一半財產的遊戲規則了嗎？」

天城注視著說個不停的世良，許久，他才不懷好意地笑了起來。

「原來如此，朱諾為了咬掉脖子上的項圈，一直虎視眈眈地等待機會來臨啊！可惜朱諾雖然敏銳，但頭腦還是有點太硬了。」

天城一口氣喝掉水杯裡的水，將杯子放回桌上後繼續說道：「不用急，到了七月你自然就明白了。還剩下兩個月，如果你能在這段期間內找到答案的話，我就會對你另眼看待的。」

天城起身付了錢。世良將剩下的咖哩塞進嘴裡，向老闆敬了個禮後轉身離開。馬利西亞號一開始咆哮後，世良便直接跳上後座。

從那天起，原本到處觀摩手術的天城再也沒有出現在手術室裡。

六月中。

今天的手術是由佐伯綜合外科黑崎助理教授率領的心臟血管團隊所負責的，雖然只是再平常不過的冠狀動脈繞道手術，手術房卻籠罩在一股異樣的狂熱氣氛中。

為了維持將血液送到全身上下的肌肉幫浦——心臟的運作，心臟本身也會仰賴血液運送氧氣或其他營養素。雖然布滿全身、負責運送氧氣與營養素的動脈較其他血管粗大，但負責運輸血液到心臟的冠狀動脈卻是跟細麵差不多粗細的血管。一旦冠狀動脈阻塞，血液無法繼續向前流通，心臟肌肉組織便會壞死。這種情形通稱為冠狀動脈心臟病，包含狹心症、心肌梗塞等疾病。

心臟的血液循環與冠狀動脈的關係，就像是負責運送貨物到各個村落的物流公司與道路。萬一不巧遇到土石崩落中斷道路，就無法將物資運到位於道路另一端的村莊，這時就必須另闢新路。狹心症和心肌梗塞這種病就像是血管裡發生了土石崩落，必須在塞住的地方另闢一條道路。繞道手術便是將這種手術內容簡單且確實表現出來的命名。

佐伯外科一年大約會進行三十例左右的繞道手術，一般大學醫院的心臟外科團隊差不多都是這個數字。而這種再普通不過的手術，之所以會聚集了手術房無法容納的觀眾數量，原因只有一個：那就是醫院目前最出名的蒙地卡羅之星・天城雪彥，前一天突然表示要觀摩佐伯綜合外科心臟血管團隊的老大——黑崎誠一郎的手術。

只不過是一名醫療人員加入手術觀摩，竟然會引來這麼多觀眾。教學中心的成員都難以相信眼前的事實，簡直不可思議。更別說這還不是天城親自進行手術，他只是來觀摩黑崎助理教授的手術而已。

但那些觀眾之所以會聚集於此，只是為了一窺即將在此爆發的權力鬥爭。過去很少會有權力鬥爭在眾目睽睽下進行，因此為了親眼目睹這場說不定會發生的鬧劇，大家都專程跑來湊熱鬧。

主刀醫師是黑崎助理教授、垣谷講師擔任第一助手、第二助手是在職七年的平井、流動人員則指名了青木跟細心的一年級實習醫生駒井。技術受到好評的田中助手擔任麻醉醫師一職，負責遞器械的護士則由手術室的王牌貓田主任擔任。人工心肺機由機器廠商外派來的醫療設備技師中村負責。

世良的觀摩位置已經決定好了，就是天城雪彥身旁的貴賓席，同時也是罪犯的位置。其他醫護人員看著世良的眼神，彷彿就像在責備他是叛徒一樣。

低著頭的世良，感到一股異於他人的眼神投射在自己身上。他抬起頭來，才注意到那道目光來自一名臉完全被口罩與帽子遮住、唯獨露出一雙大眼睛的流動護士。

切除大隱靜脈並搭橋結束，已經是手術開始後一個小時了。移植用部位被放在培養皿中泡著生理食鹽水。袒露的胸骨也被骨鋸咯吱咯吱地切斷。過了一會，大動脈被阻斷，人工心肺機也開始運作。

心臟停止跳動。原本人聲鼎沸的手術房陷入一片寂靜。

黑崎助理教授細心地開始縫合。過了許久，手術房內又開始出現窸窸窣窣的聲音，那些視線時不時在黑崎助理教授與天城之間來回交錯。

這時突然咚的一聲，眾人齊往手術區望去，只見駒井從踏腳臺上摔了下來。黑崎助理教授也在此時抬起頭來斥責駒井。

「吵死了，一直發出噪音，我的手都不聽使喚了。」

駒井縮了縮身子，小聲地回了一聲略欠莊重的「拍謝」。原本窸窸窣窣的聲音也因此安靜下來。

當黑崎助理教授終於縫合好兩處切口後，他吐了一口氣。

「人工心肺機，開始移除。」

機械發出的單調電子音跟著消失，過了不久，心電圖上的綠線開始上下跳動，宣告恢復心跳。

手術房內也流出安心的氣息。

平常一開始縫合胸腔切口就會離開手術房的黑崎助理教授，今天難得地站在手術房一角觀察著切口作業。站在他對面的則是抱著雙臂、倚靠在牆上的天城。垣谷與第二助手平井花了比平常還要多出一倍的時間，動作生硬地結束縫合。圍觀的群眾輕輕地將病人移回病床，待病患被送離手術房後，大家也一臉遺憾地離開手術房。現場只剩下黑崎助理教授、垣谷講師、天城雪彥、世良，以及不知道為什麼也留了下來的駒井。

「為什麼一年級的還留在這裡？」黑崎助理教授惡狠狠地瞪著駒井，說道。

「偶、偶是流動人員，想說要留下來收拾。」駒井驚慌地回答。

「不用！後面會有護士來處理，一年級的工作是照顧病人吧！」

在黑崎助理教授的凶狠目光下，駒井飛也似地逃離手術房。

世良原本想跟在駒井的後頭一起離開。

但就在這時，後方傳來兩道聲音阻止了他。

「朱諾，你給我留下。」

「小子，你給我留下。」

黑崎助理教授與天城的「你給我留下」不期而遇地重疊在一起。

真的是天註定。滿臉好奇、還想留下看戲的駒井被趕了出去；一直在當夾心餅乾、只想趕快落跑的世良卻逃跑失敗。人生就是這麼不如意。

黑崎助理教授與垣谷講師，面對著天城雪彥與世良。黑崎助理教授率先開啟話題。

「你今天到底是來幹麼的？」

「我是來觀摩手術的喔！」天城回答。

「不可能只有那樣，你一定有什麼企圖。」

「真敵不過黑崎助理教授，被看穿了嗎？就如您所說的，我的確別有目的。」

「就算你想找出黑崎助理教授的弱點，也只是在浪費時間而已！」

「Non.我的確是別有目的，但不是你說的那樣。兩位醫生是無法猜到我想做什麼的。」當垣谷為了防守而發出攻擊時，天城只是兩手一攤，開口回答。

「別把人當傻瓜！」黑崎助理教授繼續罵道：「而且你都來觀摩手術了，卻一句感想都沒說，你到底在打什麼主意？」

「我不知道在日本觀摩手術還要交心得感想耶？」天城一臉驚訝地抬起頭來。

「你這傢伙！」

品學兼優的垣谷氣得抓起天城的衣領。

「是外科醫生的話就用手術來決勝負，行使暴力只是在丟人現眼。」天城不懷好意地笑道。

垣谷憤恨不平地瞪著天城，將手從他的衣領拿開。

眼看不管怎麼攻擊天城，他都一副無關緊要的樣子，完全無法得知他的底限。黑崎助理教授因此大發雷霆，氣得破口大罵：「你都來佐伯外科一個半月了，卻連一場手術都沒動過，也該適可而止了。把你手上的牌亮出來吧！不然大家只會覺得你都是在說大話罷了。」

「我又不在乎大家怎麼想，我的薪水是靠之後的成果來決定的，跟大家的薪水制度不一樣。不動手術就沒有錢，不過就是這樣而已，各位醫生就為了自己的薪水好好努力吧！不過……」天城輕笑道。

他露出惡作劇的表情，瞄了黑崎助理教授一眼。

「不過我也明白主教黑崎會想罵我的原因就是了。」

「主教？那是什麼？」黑崎低聲問道。

「反正時間也差不多了，的確要趕快開始準備工作了！剛好明天就是醫院內部週會，下午一點，我會在會議上發表今後的計畫。」天城繼續笑著說道。

拋下那句話後，天城轉身離開手術房。

隔天。

天城是不是天生就有吸引人的體質啊，世良心想。

佐伯外科對外宣稱在院醫生每週會有一次外勤，醫生必須到外面的關係醫院打工。雖說是為了要填補大學醫院微薄的薪水，但其實不用動手術的日子通通被塞滿了外勤工作。綜合外科教學中心的手術固定在星期一、三、五進行，而將外勤排在星期四的醫生一向最多。尤其深受佐伯院長信任的高階講師也是週四外勤，所以這天通常無法下什麼重大決定。

因此，星期四的內部會議一向都只是報告一般業務而已，也有不少人會乾脆蹺掉。

然而今天的員工會議跟往常不太一樣。因為天城要發表今後的計畫，沒有預定會來的人一個也不少地都出席了，還有許多不能參加會議的人因此感到扼腕，甚至拜託能夠出席的醫生隔天一定要鉅細靡遺地告訴他們會議內容。

會議室跟昨天的手術觀摩一樣，呈現人聲鼎沸的狀態。

天城雪彥穿著一身時髦的便服，咻的一聲往折疊椅坐了下來。黑崎助理教授帶領底下的心臟血管團隊進到會議室，他輕咳一聲，沉悶地坐在最裡頭的位置。垣谷講師在他的身旁坐下後，偷偷瞄了一眼世良。青木與駒井則隨意挑了空位坐下。

「時間差不多了，內部會議開始。垣谷醫務長，會議流程就麻煩你了。」在一片吵雜中，黑崎助理教授再度輕咳了幾聲，開口說道。

垣谷講師站了起來，在白板上書寫了流程。上面有健保診斷點數更動、後門的密碼，最後還添加了「其他」這個項目。

垣谷原封不動地唸出手上的資料，然而在場的與會者都沒有注意在聽他說什麼。

終於，垣谷講師結束了該報告的事項。

「最後是其他，兩個月前剛加入我們教學中心、來自蒙地卡羅的天城醫生要報告他接下來的計畫。天城醫生，麻煩您了。」他瞄了一眼白板，看了一眼一臉無聊的天城說道。

垣谷講師在黑崎助理教授身旁坐下，盤起兩隻手並翹起腿，眺望著天城。

「不過是我的計畫而已，不用說得這麼慎重，簡直跟侏儸紀的恐龍一樣笨重。」原本還昏昏欲睡的天城，在聽到自己的名字後，看了一下周遭，輕輕笑道。

天城似乎很習慣這種挑釁的說法。在一片反感之中，他大聲地宣布：「我已經決定好第一場手術的日期了，七月十二號星期四，就在一個月之後。」

垣谷提高音量。

「佐伯外科的手術只有一三五，禮拜四無法動手術。」

「誰說要在東城大學的手術室動手術了？」

天城說完這句話後，現場沒有任何一人反應得過來。

「也就是說，您要在東城大學以外的地方進行第一場手術囉？」過了一會，這群醫生中唯一早就習慣天城跳躍式思考的世良開口問道。

「C'est vrai.（就是這樣），真不愧是朱諾。」

雖然不討厭被稱讚，但這種情況下就免了，世良如此想著。可是話都問一半了，也只能硬著頭皮繼續問下去。

「不在這間醫院的話，那到底是要在哪裡進行手術呢？」

「要在東京有樂町國際會議廳的大型演講廳喔！朱諾。」天城露出一臉燦爛的笑容，像小鳥一樣喋喋不休地回答。

在場的人都無法理解天城的話，一臉納悶地陷入沉默。

「開玩笑也要有個分寸，我們可是很忙的，請你認真回答。」黑崎助理教授又咳了幾聲，起身說道。

「我很認真在回答啊！」

「東京國際會議廳就只是個會議廳而已，你是要怎麼在那裡動手術？」擅長拍馬屁幫腔的駒井也跟著附和。

「對呀！而且下個月十二號日本胸腔外科學會也要在東京國際會議廳舉辦，會場應該很早就被訂下來了。」

為什麼這傢伙馬上就能說出學會日程那種無關緊要的小事啊？世良在心中感到佩服。天城也抱有同樣的想法，他一臉吃驚地瞪大眼睛。

「我記得你是在大賭場輸到快哭出來的小鬼吧！」

「偶才沒有輸咧！偶只是先將一些錢寄放在賭場而已，而且偶也沒有一臉快哭出來的樣子。」駒井反駁。

眾人因此更加確信天城這一個月在教學中心裡有多麼不受歡迎。

「算了，那種事無所謂啦！我在日本的第一場手術，將會在東京國際會議廳的主會議廳進行。十二號，日本胸腔外科學會第一天下午的黃金時段。換句話說，學會排在黃金時段的精采節目就是我的手術。」天城笑著回答。

「你這傢伙到底在說什麼？」黑崎助理教授的聲音顫抖著。

駒井宛如一隻白兔，飛快地跑出會議室。

「看來那個愛哭鬼還滿機靈的嘛！」天城看著他的背影，小聲地向身旁的世良說道。

沒過多久，駒井便隨著腳步聲回到現場，手裡還拿著日本胸腔外科學會的學會週刊。他將《總會特別號》，也就是記載著節目流程大綱的特刊放在桌上，快速地翻閱著。其他醫生也聚集到駒井身邊。

「就是這個唄！」

七月十二日星期四，學會首日下午，國外特聘講者的座談會演講。因為那一頁的內容全是以英文書寫的，所以誰都沒注意到。

垣谷大聲朗讀出那頁內容：「什麼什麼，上半場是過去的冠狀動脈繞道手術的歷史背景，還有加布里教授所提倡的動脈繞道手術的歷史，另外下半場是……」

垣谷倒吸了一口氣。天城抱著膝蓋，坐在折疊椅上搖來搖去的。

「怎麼了，繼續翻譯呀！」

在黑崎助理教授的催促下，垣谷繼續唸出後面的文字。

「下半場為冠狀動脈繞道手術的奇蹟，繞道手術的最終進化型 Direct Anastomosis（直接縫合法）。將為大家呈現由蒙地卡羅心臟中心天城雪彥所確立的新型手術，誠心歡迎日本的各位前來欣賞嶄新的手術技巧。」

垣谷講師在心中默念以確認講者姓名。

——牛津大學醫學院加布里教授……

「**C'est vrai!**（沒錯！）在尼斯沒看到的手術，將在日本凱旋出演！前因後果就是這樣。尼斯只不過是鄉下地方的小型國際學會，在那裡展現我的手術實在太浪費了，世界都會東京才是真正適合我公開手術的舞臺。」

「你說、公開手術？」

對於黑崎助理教授的疑問，天城優雅地點了個頭。接著他面向會議室裡的其他人。

「被幽禁在灰色手術室裡的佐伯外科的各位，大家一起過去吧！下個月十二號，先請到假的人先贏，千萬不要錯過了世紀性的表演喔！」

他伸出兩手，轉了一圈，拋下一個媚眼後往會議室的門口走去。接著又像是突然想起什麼似的，在門前止步回頭。

「這只是預告而已，詳細情形我會在下禮拜一的術前會議上發表的，好好期待吧！」

天城快步離開新院區，走向位於赤煉瓦棟的起居室。

「天城醫生，您剛才只說了那些，我實在聽不太懂您到底想做什麼。」世良從後方叫住天城。

「朱諾無法理解的話，之後會有很多問題的，就讓我來回答你的疑問吧！」

進到房間之後，天城坐在沙發上，伸出長長的雙腿，將手肘放在沙發的扶手上，幾乎是已經要準備睡覺的樣子。他仰望著世良，邀請世良就座，但世良只是繼續站在那裡。桌上的西洋棋盤上的棋子，在短短時間內產生了巨大變化。

天城從那些紫水晶棋子中拿起騎士。

「下一步就是騎士的跳躍了。」

「我不是很懂你的跳躍是什麼意思。」

天城抬起頭來看著世良。

「朱諾的不能理解，和其他醫生的不能理解應該不太一樣，你不懂什麼部分？」

「為什麼加布里教授會將天城醫生的手術放進研討會裡呢？而且還在這麼短的

時間裡。」

「原來是那個啊，很簡單啊！我到達日本之後就直接跟加布里聯絡了，叫他要把他的特別演講塞進日本今年夏天舉辦的國際學會裡。」天城一臉乏味地回答。

「為什麼加布里教授會答應天城醫生的邀請呢？」

「誰叫那傢伙超級想看我的手術嘛！我跟他說只要他答應擔任講者，我就願意進行公開手術。這樣一來，舞臺就布置好了。」

「但是東京國際會議廳並沒有手術房啊！你打算怎麼辦？」

天城輕輕地笑了起來。

「別擔心，我想去的地方，這個世界都會自動為我開路的。」

總覺得繼續跟他認真講下去根本是在浪費時間，已經沒什麼好說的了，世良暗下決心。反正到了星期一，那些對術前會議興致勃勃、愛湊熱鬧的傢伙們一定會追根究柢努力調查的。在那之前就等吧！世良心想。

隔天是星期五，結束早晨醫院抽血工作的駒井叫住了世良。

「世良學長，下個月十二號的假你已經請好了嗎？」

「沒有，我不打算請假。」

「真的假的？」駒井一臉吃驚地回答：「世良學長不是天城醫生的隨從嗎？你不用陪他嗎？」

「我又沒有被這樣拜託，而且天城醫生也不是小學生了，就算沒有我在身邊，他也能自己處理的吧！當然，如果他命令我一定得去的話，我也不得不去就是了。」

「那你也太鬆懈了吧！昨天內部會議一結束，我就馬上去請假了。今天早上聽說十二號那天要請假的單子多到都要滿出來了，現在去的話絕對請不到的。」

「沒差啦！倒是你，一定要好好看個仔細了。」

世良早就親身體驗過天城神乎其技的手術了。那是在異國之都，而且還是今後或許都無法遇到的特別寶座上觀看的。那天的手術已經在世良心底留下了深刻印象，深刻到世良完全沒有再看一次的欲望了。

蔚藍海岸湛藍的水平線以及海浪的聲音，再次閃過世良的腦海。

星期一。世良與天城一起到地下樓層的餐廳享用午餐。天城難得地穿著白袍。世良將天城點的A套餐交給他。

「這種東西能叫做食物嗎？食物明明是人生最大的樂趣，每天吃這種窮酸東西，這個國家的醫生還能提供多好的醫療服務？」天城一邊戳著套餐裡的配菜臘腸，一邊大肆地批評。

每天忙得都快死了，總之不塞點東西墊胃，腦袋都轉不過來了。世良原先想這麼回答，但馬上又住嘴不語。對於能夠在大賭場肆意喝著粉紅香檳的天城，這些話他應該聽不進去。日本的外科醫生努力一輩子都不知道能不能享受的奢華，卻是天城的日常生活。

雖然嘴巴上如此抱怨著，天城還是將A套餐都吃完了。

「看來還滿合您胃口的。」

「味道還不差，重點是這間醫院整體的政策吧！」天城一邊用餐巾紙擦拭著嘴角，一邊回答。

天城看了一下牆上的時鐘，站了起來。

「那麼，也差不多該登場了。」

一點半。過了午休時間，穿著白袍的醫生們也一一離開，食堂顯得十分冷清。會議是一點開始，但對於其他人而言，天城就算晚了三十分鐘出場也還算早的。

打開會議門後，窸窸窣窣的聲音立即停止。黑暗之中，散發著黯淡光芒的視線都集中在世良身上。世良趕緊低下頭，走向會議室的角落。那裡立刻空出兩個位置，天城接在世良身後坐了下來。

「現在還在發表，不要發呆。」待他一坐下後，垣谷便開口說道。

實習醫生的發表啊？天城嘖了一聲，小聲地對世良說道：「我都拖這麼久才過來，還以為病例討論早就結束了。」

終於，發表都結束了，會議室的燈亮起。

坐在前面的是佐伯院長、他的左側是黑崎與垣谷，高階講師則坐在天城與世良對面的後方。老一輩的醫生故意問些可有可無的問題吹毛求疵著，緊張兮兮的實習醫生們也跟著畫蛇添足地回應。

「太過繁瑣的問題就免了。垣谷，下一個。」佐伯院長抬起白眉，開口說道。

垣谷講師大聲讀出重要事項，宣布完超過七項聯絡事項後，原本吵嘈的會議室也瞬間安靜了下來。

「最後，下禮拜三開始就是消化系外科論壇，田町醫生跟三田村醫生會去京都出差三天，B套餐請好好協助。以上就是所有重要事項。」

是、好的。底下雜亂地應聲。

垣谷陷入沉默。在那陣沉默的催促下，黑崎助理教授開口了：「接下來是上禮拜四內部會議的延伸討論，有關今後的計畫，再把時間交給天城醫生。」

是。天城宛如資優生般地老實回應，站了起來。

他的白袍打扮令在場的醫師們吃驚得說不出話來。別在他白色西裝外套胸前的徽章，宛如動章般發出銀色的光芒。

「雖然我之前已經講了個大概，但現在再重新報告一次。我的第一場手術患者是一名四十五歲的男性，患有嚴重的狹心症，發作頻繁。CAG（冠狀動脈造影檢查）顯示為第四級狹心症，主要在左主幹枝、旋枝，以及右冠三處。這之中，嚴重狹窄的左主幹及旋枝兩處將採用 Direct Anastomosis 來治療。」
「Direct Anastomosis 到底是什麼?」黑崎助理教授開口詢問。
「Direct Anastomosis 是我所創立的手術方式，冠狀動脈繞道手術的進化版。一般的繞道手術是將堵塞的血管，換句話說，就是繞過土石崩落的道路，新建一條道路。這間醫院習慣採用世界標準的大隱靜脈來進行手術，那天黑崎助理教授的手術也是這樣做的。但這個技術本身已經跟不上時代了，現在已經不用靜脈來繞道，而是改用動脈來替換。」天城回答。
黑崎助理教授的肩膀因驚訝而震了一下。天城繼續說道。
「但我的手術是還要再更超前的完成版，我並不是在發生土石崩落的道路上建立新的道路，而是重新建造原本那條道路。」
「你要怎麼做?」黑崎助理教授回問，在場其他人也都抱有相同的疑問。
「要重新建造原本那條道路，就得先切除阻塞的血管，再替換新的血管進去。」天城想都不想便直接回答。
垣谷咕咚一聲從座位上站起。
「那種事情……」
有可能做得到嗎?他將後面那句話吞了回去。
「當然，這部分需要高超的技巧，風險也很高。原本的繞道手術除了原本新建的血管，還有舊的血管在，因此可以分散風險。但 Direct Anastomosis 的成敗在於血管是否縫合恰當，就像抱著一顆定時炸彈睡覺一樣。」天城大聲地繼續說道。

「為什麼天城醫生要選擇做這麼危險的手術呢？」

「因為這種做法比較簡單啊！」對於垣谷的問題，天城不假思索地回答。

世良看向沉默不語的黑崎助理教授，突然想起自己和前女友分手時的表情。當他發現原以為屬於自己的人早已奔向天空翱翔，再也毫無瓜葛時的表情。

「我明白這個手術的大概做法了，的確是很出色的想法，但我不明白特別安排公開手術的目的與必要性。」

高階講師將話題帶往別的方向。

「女王終於登場了。」天城向身旁的世良說道，並面向講師開口回答：「以治療的角度來看，的確沒有必要進行公開手術，但這場公開手術背後含有更重要的使命。」

天城偷偷瞄了一眼佐伯院長的表情。他拉了拉白袍的衣領，將手放至胸前的徽章、那枚銀色的動章上。

「今後的外科醫生，要是沒有吸引客人的手術，就無法在這個世界上生存。我要表達的是，手術要像雜耍那樣吸引人，明白嗎？」現場恢復寧靜後，天城大聲地說道。

高階講師一臉訝異，過了許久才終於再次開口。

「你說，手術要像雜耍表演那樣？」

天城點了個頭。

「我不能裝作沒聽到你說的這句話，把手術當成是表演，這根本毫無意義。」

高階講師接著說道。

「不愧是女王，馬上就『將軍』了，可惜你這步棋下得太急了。」

「今後的手術將依病患需求細分化。一般病患在了解各項手術特性後，自行選擇手術方式的時代即將來臨，到了那時，勢必得舉辦手術展。既然如此，乾脆把手術變成雜耍表演就好了，這樣做不但可以吸引客人，還可以賺錢。」天城低聲說道，他抬起頭來看向高階講師。

「天城醫生，你這種人……」

高階講師一臉蒼白地注視著天城。會議室陷入一片吵雜。

「天城醫生已經到我們教學中心兩個月了，這是我第一次跟你聊得這麼深入，現在我總算明白了，天城醫生根本沒有資格在日本進行醫療行為。」高階講師大聲地提出抗議。

「為什麼你只用一句話就判我有罪呢？朱諾，你不覺得他這樣很過分嗎？」天城向身旁的世良說道。

「我會這樣說是因為，他都還沒開始治療患者就已經在談要賺多少錢了。」高階講師側眼看向不知所措的世良，開口回答。

「談錢很低俗嗎？那我問你，我接到的指示是，在東城大學新創心臟手術專門醫院。如果我不籌錢，是要怎麼建立新院區？」天城瞇細眼睛，注視著高階講師，挑釁似地說道。

「錢確實是很重要沒錯，但不應該是由醫生來籌錢。」高階講師愣了一下，但馬上接著回答。

「為什麼？」

「醫生的使命是治療病患，絕對不是幫忙集資。」

天城再次抱起兩隻胳臂，沉默地思考起來，就像在思考西洋棋的下一步應該怎麼走的樣子。下個瞬間，紫水晶的騎士跳躍到天空。

「原來如此，這想法真是天真啊！要是大家都這樣想的話，日本的醫療就要完蛋了。」天城鬆開原本抱著的手臂，開口說道。

「為什麼讓醫生專心治療，日本的醫療反而會完蛋呢？」

對於高階講師的疑問，天城冷冷地放話。

「這種想法就像是被寵慣的少爺，深信著自己無論何時都能在父親的庇護之下過著同樣的生活。高階醫生之所以可以那樣說，是因為現在的醫療體制有龐大的資金在支撐，但這種說詞就跟那些有錢人的想法一樣。現實是，空有實力卻沒有錢，一樣無法拯救生命。所以醫療如果無法確立在獨立的經濟原則之下，一旦社會結構發生改變，便會走向乾涸。」

天城將視線從高階講師身上移開，轉向待在會議室一隅的一年級實習醫生說道：「一年級的各位，你們對現在的狀況滿意嗎？夾在指導醫生和搞不清狀況的醫護人員之中，你們無法表達意見，一下被要求往左、一下又要往右，就連餐點也都是買現成的便宜貨，人生就這樣被消磨耗盡。這樣也能稱作是外科醫生嗎？你們覺得是什麼造成現在這種情形的？」

有幾位一年級生抬起頭來，他們一臉空虛的目光，綻放著異樣的光芒。

「錢跟人力資源都是有限的，所以才會有人一直在榨取你們這些年輕人。各位實習醫生付出的勞力，也都成了上面的醫生的功勞。既然如此，就靠自己的能力賺錢吧！這樣才可以吃到美味的食物、也能得到自由。我要創造的就是這種樂園，但是……」

天城環視著周圍，一年級的實習醫生全都抬起頭來。

「這根本並不是什麼樂園，只是實現醫生本來就應該得到的權利。醫生只要專心治療病人就好了，就是因為一直被這種根深柢固的想法洗腦，醫療跟金錢才會被認為是毫不相關的兩件事，樂園也漸漸離我們遠去。從事醫療的人最後只能淪落到低所得的藍領階級，漸漸失去自由與力量吧！」

「大家安靜，天城醫生說得太過了。」

即便高階講師想要制止現場的情況，一年級的實習醫生卻都屏氣凝神地聽著天城所說的話。

「我擁有 Direct Anastomosis 這項技術，將來會有許多病患過來請我幫他們動手術，屆時必定會產生競爭。面對一大批等著治療的病患，我應該怎麼決定先後順序呢？先到先贏？還是讓年紀比較小的排在前面？在這之中，我所選的是先幫報酬比較高的病患動手術這個選項。」

「你是說在你進行醫療時，會對病患有經濟上的差別待遇嗎？」高階講師追問。

天城當機立斷地撂下狠話：「你的用詞錯了，那並不是差別待遇，而是選擇。我只有一個人，能夠付出的時間有限，所以能接受我的手術的人也有限。在那些想要我幫他們動手術的人之中，有可以付出龐大醫療費用的人，也有可能付不出基本治療費的人，那我要先幫誰動手術？」

在場沒有任何人回答天城的問題。似乎是如果回答了這個問題，自己心中的價值就會跟著崩壞了一樣。

世良看著那群沉默的一年級實習醫生。在這種氣氛下，不可能有哪個勇者膽敢說出真話。

「夠了！」高階醫生大聲喊道，天城露出不懷好意的笑容。

「什麼夠了？動動腦筋嗎？假使如此，高階醫生根本不配當一名教育人員。就是因為被你這種窩囊廢指導，他們才會連這麼簡單的問題都無法回答。既然如此，就由我來說出大家心裡浮現的答案吧！大家應該都是這樣想的吧！應該要先幫能夠付出龐大醫療費用的患者動手術，對吧！」

「那種做法一點都不人道。」高階講師立刻反駁道。

「人道是吧，那讓有錢人排在後面治療就比較人道嗎？就算選擇了有錢人，能夠治療的人數也不會變。那把有錢人排在後面，窮人排在前面不也是差別待遇嗎？」

「生命不應該有貴賤之分，醫療不能用金錢多寡來衡量。」

高階講師說的這句大道理讓人有種虛假的感覺，這是為什麼呢？世良思考著，接著才注意到，高階講師這句話根本就是在叫人停止思考。簡直就像在呼應世良的新發現一般，天城毫不留情地集火攻擊高階的城塞。

「生命確實沒有貴賤之分，但每個人能夠付出的勞動力有限。所以我才會問大家，如果我遇到這種二選一的情況，應該怎麼做選擇。雖然這種一定要二選一的情況背離了人道主義，但現實中的確會發生這種事情。你現在不准他們思考，豈不是在欺騙他們嗎？」

世良在至今為止接受過的醫療教育中，從沒聽過這種論點。

「沒有病患就沒有醫療，患者並不是為了醫療存在的。」看似束手無策、站在世良對面的高階講師不死心地追問著。

「不對，沒有醫療就沒有病患，只是多了一個生病的人而已。醫療若不存在，生病的人永遠都只是生病的人而已。」

「世界上到處都有病人，拯救那些病患才是醫療的初衷。」

「高階醫生確實擁有做為醫生的技術，卻缺乏做為社會人士的常識。你還聽不懂嗎？要是醫療不存在，病患也會跟著消失，只是脆弱的存在而已。」

在場的人都覺得天城是在強詞奪理，卻沒有因此開口，反而在細細吟味過後，越覺得天城說的才是正當的言論。

「將軍。」天城以唯獨世良可以聽到的音量小聲地說道，接著輕輕地微笑。

反對的聲浪消失了。世良看向挺起胸膛的天城，與強咬著牙、抬頭瞪著天的高階講師。這場戰役誰勝誰負，已經很明顯了。

那瞬間，紫水晶騎士騰空跳躍，將守護神女王擊破得體無完膚。

就在這時，棋盤上的國王在一片靜默中開口。

「所以，班會結束了吧？」佐伯院長繼續說道：「這種幼稚的爭論怎樣都無所謂，重點是能不能順利完成我指派的任務。我的要求只有一個，就是在櫻宮建立心臟血管專門醫院。一旦達成任務，日本醫療也會跟著改變。你們那些爭論也會在那之後得到結果。在那之前，不管討論得多麼熱烈還是出色，都只是紙上談兵而已。」

「我當然明白您的意思。」天城一臉殷勤地回答。

佐伯院長抬起白眉，眺望著天城。

「明白的話就別再說那些五四三了，趕快動起來。」

「Oui, monsieur.（是的，先生。）」

天城將手放在左胸前，優雅地行禮。

乘著現場氣氛瞬間緩和下來，初生之犢不畏虎的實習醫生駒井大聲地問道：「偶有一個問題。」

認出駒井的天城露出笑容。

「請說。」

「偶是個笨蛋，問這個問題可能有點丟臉，但我還是想問，公開手術到底是什麼？」

「對自己不懂的問題發問，沒有什麼好可恥的。這裡的你的學長們，應該也有人沒看過、甚至沒聽過公開手術的。」天城回答。

駒井得意地環視著周圍。

「學長們也都不知道嗎？」

沒有任何人回答。

「我知道那個字，就是字面上的意思，在大家面前做手術，就這樣。」過了一陣子，高階講師才輕咳一聲，回答道。

「高階醫生有親眼看過公開手術嗎？」駒井回頭看向高階講師，開口問道。

「就只有一次，在沃森市，但不用特地去看這種手術也沒關係。」高階講師露出苦笑，全盤招出。

「哎呀，高階醫生平常總是說外科醫生要增長見聞，沒想到世界觀卻如此狹隘啊！我以為身為一位老師，應該鼓勵學生自己去體驗看看才是。」天城突然插入高階講師與駒井的對話裡說道。

高階講師陷入沉默，過了一會兒才再次開口。

「我之前觀摩的手術是食道切除術的公開手術，但心臟血管手術最重要的吻合部分卻幾乎看不到。那邊你打算要怎麼呈現給觀眾看？」

「利用螢幕放大縫合處，在放大鏡上架設攝影機，讓觀眾可以看到主刀醫師當下看到的影像。這樣會比一般在手術室能看到的部分還要更清楚。」

就在此時，黑崎助理教授打斷天城的話。

「東京國際會議廳沒有手術室這種東西，你打算要怎麼辦？」

「我要在主會議廳設置臨時手術房。」

「在國際會議廳設置手術房？怎麼可能！」擅長附和的駒井一臉驚訝地喊道。

「沒有什麼是不可能的。手術室原本就只是在醫院這棟建築物裡隔出來的房間，現在把建築物換成國際會議廳，也沒什麼好奇怪的吧？」天城馬上接著說。

「你到底有沒有想過這樣要花多少錢？」

「錢的問題不用擔心，我可是有強力的贊助商呢！」

「你是想跟藥商要錢嗎？你明明連個主管也不是，不可能跟他們要到錢的。就算只是一天的臨時設施，光租那些器具，還有布置場地的錢就不可能低於三千萬，才不會有哪個天真的藥商會贊助這種看不到未來的計畫。」黑崎助理教授聽著天城跟高階講師的一問一答，呻吟似地說道。

天城賊賊地笑了起來。

「看樣子佐伯外科雖然覺得談錢很骯髒，但對於醫院是怎麼籌錢倒是挺清楚的。雖然我不是很想這麼說，不過一提到贊助商只能想到藥商這種千篇一律的答案，大概也沒有創造新事物的能力了。這種說法只會讓人覺得現在的心臟血管團隊已經停止進步了。」

黑崎助理教授紅著臉，一言不發。要是佐伯院長不在場的話，他大概會直接破口大罵起來。

「各位高年級的實習醫生，還有一年級的實習醫生們，七月十二日公開手術結束後，為了在佐伯外科裡新設櫻色心臟中心，我將成立天城團隊。歡迎自認條件不錯又有來觀摩公開手術的年輕人加入。讓我們一起打造嶄新的日本醫療環境吧！我的發表到此結束，謝謝各位。」天城毫不在意地瞄了黑崎助理教授一眼，一臉平淡地繼續說道。

他舉起兩隻手指頭向大家敬了個禮，正要走出會議室時，佐伯院長從後方叫住了他：「天城，等一下，當天的工作人員你打算怎麼辦？」

「我不小心忘了這個了。我已經獲得了佐伯院長的全力支持，所以當天也要麻煩您協助了。我打算將東城大學醫學部附設醫院的精英都送到東京國際會議廳，讓大家看到最完美的手術，這樣才是在積極幫東城大學打廣告吧！因此，第一助手就麻煩佐伯教授了。」天城在會議室門前停下腳步，轉身說道。

「混帳！真是無禮至極的傢伙！」

黑崎助理教授氣得瞪大雙眼。

「你打算讓教授在公開場合協助你動手術嗎？那種程度我來就好了。」

「非常感謝您願意幫忙，但恕我拒絕，因為黑崎醫生的技術並沒有達到進行公開手術的程度。」

「你無憑無據的，憑什麼毀謗我？」

「我當然是有憑有據才這麼說的。上個禮拜，您在進行繞道手術的時候，外圍的流動人員不小心從踏腳臺摔下來發出聲音，您就大怒了。只是那種程度的聲音您就會被影響，這樣公開手術是無法順利進行的。」天城具體且具有說服力地指出問題。

「只要我站上那個舞臺，那點程度……」黑崎助理教授站在原地動也不動，接著才低聲說道。

「不可能。若是將公開手術的環境比喻成是暴風雨，那麼那天的程度不過是夜半鈴蟲鳴叫的雜音而已。我不認為有辦法將您從那種程度直接帶到暴風雨中。」

天城想都不想便直接反駁。

天城用一句話就將黑崎助理教授的權威宛如打碎玻璃一般。在那之後，會議室裡沉默了好長一段時間，說明了在場的醫生有多麼受到打擊。

「因此，可以請 Monsieur 佐伯擔任第一助手嗎？」天城從這段沉默中明白了沒有其他異議，他向佐伯教授詢問。

「不好意思，我幫不上忙。」佐伯院長抬起白眉，冷靜地回答。

「為什麼？」

「在大家面前展現技術有違我的做事原則。」

天城聳了個肩。

「既然是原則就沒辦法了，那我只好拜託下個順位啦！第一助手垣谷講師、第二助手青木醫生，這樣就沒問題了吧？」

「我？我沒辦法就這樣拋下黑崎助理教授。」

天城搖了搖頭。

「垣谷醫生一定沒問題的。我之所以故意排除黑崎醫生還有另外一個原因，那就是他背負著心臟血管團隊的招牌。黑崎醫生除了責任感很強，還有剛才所說的弱點，這些都會增加手術風險。但是垣谷醫生只是個無名小卒，就算在臺上失敗了，大家也不會怪你，因此你應該可以像平常那樣發揮既有實力才對。現在佐伯教授說不行，黑崎助理教授又不適任，既然如此我只能拜託第三順位的垣谷醫生你了。」

天城看向佐伯教授。

「佐伯醫生下令的話，垣谷醫生一定會答應的吧！拜託您了。」
「垣谷，希望你可以協助天城。」佐伯教授鬆開眉頭，低聲說道。
垣谷講師一臉猶豫，他看向身旁的黑崎助理教授。黑崎助理教授兩手環抱於胸，一臉不高興地碎碎念著，但下個瞬間卻輕輕地點了個頭。
這樣一來，天城便順利得到心臟血管團隊的組員擔任助手了。
「剩下的人員，我希望麻醉醫生是田中醫生、貓田主任負責擔任遞器械的護士、人工心肺機就拜託醫療設備技師中村。」
會議室裡的人都同時嘆了一口氣。只要對手術室有一定了解的人，就會知道天城挑的成員都是這裡的精英。這樣不僅間接證明了天城十分有眼光，也讓他對黑崎助理教授的評價更顯得有說服力。
「話說回來，那天我還被問了為什麼會去看黑崎醫生的繞道手術，然後又為什麼沒有給出任何評價，我現在就開始說明。我會去觀摩那場繞道手術並不是為了觀察黑崎醫生的手術技巧，而是專程去看田中麻醉醫生跟貓田主任的能力。」就像要在戰敗的黑崎助理教授身上補上最後一刀似的，天城開口說道。
黑崎助理教授蹲坐在佐伯院長身旁，早已說不出半句話來。
天城環視著整間會議室，接著和一臉傲然、仰著下巴的高階講師四目交接。
「差點忘了最重要的部分，高階講師也有工作喔！我想拜託你擔任公開手術的主持人，請你記得把那天空出來。」他拍了一下手，開心地笑道。

「Any question? 那我的部分就到此結束。」他又再次問道。

他向坐在椅子上的世良使了個眼色，世良便像被控制了一樣，輕輕站起，跟在天城身後離開了會議室。那之後，會議室裡瀰漫著一股沉重的氣氛。

過了許久，突然聽到椅子發出喀鏘一聲，一名男子站了起來。

「那個，各位學長，看樣子會議已經結束了唄！」

見到大家都沒有回應後，駒井便往天城離去的方向追了過去。

「請等一下唄！」

聽到身後傳來的聲音，世良與天城回過頭去，只見駒井小跑步地追了上來。

「什麼嘛！是愛哭鬼呀！」

「這種叫法也太沒禮貌了，虧我還想報名當您第二個徒弟。」還在大口喘氣的駒井回答。

「最先反應過來的竟然是你這小子嗎？」

天城瞇細眼睛，世良接著說道：「真是太好了，天城醫生，這樣教學中心裡就有人是真正效忠您的，那我也可以回到原本的腹腔外科團隊了吧？」

「朱諾你就這麼討厭在我底下工作嗎？」

「不是，並不是因為這個原因。」

「既然如此，就別說什麼因為我有第二個徒弟，所以你要辭職了這種話。」

「對呀！偶也是因為有世良學長在，才敢安心加入天城醫生的團隊的。要是換偶被要求照顧這種任性的醫生，偶大概無法撐到最後唄！」駒井點頭說道。

話說完後，駒井才注意到自己說溜嘴了。

「嗯哼，還剛好知道應該閉嘴了啊？」天城冷冷地說。

「這傢伙只是不太會講話而已，他並沒有惡意。而且他為了去看下個月的公開手術，還是第一個衝去請假的。順便一提，我來不及請特休，機會難得，就讓駒井陪您去吧！」世良趕緊幫駒井說話。

天城聞言，眼睛一亮。

「朱諾不打算參加公開手術？我可不允許這種事發生。喂，愛哭鬼，我現在就交給你進到團隊裡的第一個任務，把你的假跟世良學長交換！」

「這也太殘忍了！」駒井不禁發出哀號。

「哪裡殘忍了，你是我第二個徒弟對吧！既然如此，本來就應該把機會讓給大師兄。」天城說道。

「早知道這樣，偶就等公開手術結束完再加入天城醫生的團隊。」駒井低頭埋怨著。

「沒錯，誰叫你要這麼早，所以現在也比別人早後悔了。」

應該說這個笑話很冷嗎？還是直接裝沒事比較好？天城的兩名弟子對看了一眼，遲遲不知該做何反應。

## 第五章　神聖的守財奴　一九九〇年六月

天城在佐伯綜合外科術前評估會議上大肆宣傳日後計畫的消息，當天就傳得沸沸揚揚，在東城大學醫學部附設醫院裡，幾乎到了無人不知、無人不曉的程度。隔天，世良收到了下禮拜醫院全體營運會議要求天城出席的通知。可想而知，一定受了那些謠言的影響。

世良從新院區大樓的祕書處拿到這封通知，他馬上就前往天城的住處，舊院區赤煉瓦棟原本的教授辦公室，然而天城卻不在那裡。

負責照料天城的世良，最近大概兩天還不一定能見到天城一次。照這個頻率看來，由於昨天已經在術前評估會議看到天城了，今天應該是見不到了。

沒有主人的房間讓人靜不下心，世良瞄了一下在桌上發著冷光的紫水晶西洋棋，將通知書丟在西洋棋盤旁後便匆忙離開。

一週之後，星期二。

新醫院大樓三樓的大會議室裡，天城一臉無聊地坐在位置上。

醫院全體營運會議是醫學院附設醫院每個月的例行公事，各單位的大老都會因此聚集於此，是僅次於教授會議的重要會議。一般醫生並不會參加這種場合，然而今天只是一般外科醫生的世良卻出席了這場會議，他直盯著坐在自己身邊的天城。

天城一臉高傲地翹著腳，銀色的星型勳章在他西裝式的白袍胸前閃閃發亮。

世良環視著會議室。佐伯院長坐在最上位，他的左側是對手陣營的領導人兼副院長，正睥睨著整間會議室的第二內科江尻教授。占據右側位置的則是緒方理事長，雖然外表看起來身材矮小、十分寒酸，但他顯現出來的傲慢可不輸另外兩人，令人無法忽略他的存在。這三人坐在主席位上，不斷地對周遭釋放巨大的壓力。

會議桌的兩邊坐著一般成員。

坐在左側的三人是經常出席會議的常客。首先是擔任總護理長的榊護理長，她一臉沉穩地翻閱著手上的資料。接著是向來井水不犯河水的放射線技師長曾野與藥局長遠藤，他們兩位不願共用一張桌子，分別占據了桌子的兩端，維持著最遠的距離。

如果只是這些經常露面的成員，醫院全體營運會議還不至於那麼緊張，然而今天的成員大多是稀客。首先是坐在右邊那側的麻醉科富田教授、手術室的松井護理長，以及佐伯綜合外科教學中心醫院的藤原護理長。

就職別階級而言，他們完全具有參加會議的資格。但這次卻多在主席對面新設了平常沒有的旁聽席，那裡坐著只要有點常識、就絕對不會參加這場會議的人們。他們是受指名擔任天城手術團隊的醫護人員：從左邊開始是綜合外科教學中心的垣谷與青木、接著是世良。世良的隔壁是坐在最中間位置的天城，天城右側則是手術室的貓田主任，她正咬牙忍了個哈欠。再過去是田中麻醉醫生，高階講師則坐在最右側的位置。由於這些手術人員的參與，營運會議的氣氛也跟平常不太一樣。

江尻教授稍微調整了細長下巴下的華麗領帶，以尖銳的聲音宣布：「時間到了，現在開始醫院全體營運會議。真難得呢，今天所有人都出席了。」

在說最後那句話時，他刻意壓低了音量。發現大家對他的發言沒什麼反應後，江尻教授輕咳了一聲。

「本次開會的重要事項都記載在各位手邊的資料上了，請帶回各自部門，徹底傳達下去。到這邊有什麼問題嗎？」

會議室裡傳來翻閱紙張的摩擦聲。不只沒有提問、也沒有任何異議。確認大家以沉默代言之後，江尻教授宛如公雞似的尖酸輪廓有了些許變化，他微微睜大細長的雙眼，說話的音調也變得更加低沉。

「那麼，今天之所以聚集大家，是因為有件緊急事件需要大家幫忙判斷。身為營運會議主席，我們想跟大家討論一下，東城大學是否適合參加公開手術這項挑戰，因此召集了相關人員參與這場會議。」

江尻教授往旁邊瞄了一眼，但佐伯教授一點反應都沒有。

「說起來，將醫療現場當作表演那樣公開，好像不太妥當吧！萬一手術在公開場合上失敗了，過去東城大學偉大的前人們所累積的名聲將瞬間一敗塗地。再者，最令人驚訝的是，這場企劃的負責人竟然是才剛到我們醫院兩個月的新人。」

江尻教授搖了搖頭，繼續說道。

紅潮浮上江尻教授的臉頰，顏色宛如公雞的雞冠一般。

「根據我的了解，這名醫生在我們醫院還沒動過任何一場手術，這樣要叫我們相信他，也太說不過去了。更別說要我們在這種情況下同意這個企劃，各位不覺得太冒險了嗎？」他嚴厲地問道。

與會者松井護理長及緒方理事長點了個頭。江尻教授明顯地對依舊無動於衷的佐伯教授感到不滿。

「因此，我身為醫院全體營運會議的主席，想就這項企劃是否妥當為題，做為本次會議的重點。」取得周遭的同意後，他繼續說道。

在充滿著對天城不是很友善的氣氛下，醫院全體營運會議正式進入主題。江尻教授一結束冗長的開場白，天城便伸了一個大大的懶腰。

「該不會是要我來回答吧？如果是的話，我要怎麼回答比較好？」他環視著全場，開口說道。
江尻教授的臉頰稍微抽搐了一下。
「您要怎麼回答比較好？您真的覺得舉行公開手術也沒問題嗎？您認為這種事情是可以被容許的？」
「當然是因為覺得沒問題才要辦啊！」天城一臉不可思議地回答。
天城一臉純真的回問讓在場的人不禁失笑。
「他說得也沒錯呢！」幾位護理長在底下窸窸窣窣地說著。
「看來天城醫生聽不太懂日文委婉的表現方式，也是，畢竟您是從歐美回來的。那我就直接挑明了，如果您還當自己是東城大學醫學部附設醫院的一員，就絕對不准進行公開手術這種沒格調的企劃。」江尻教授強硬地回答。
如此強勢地斷言之後，江尻副院長打量著周遭的反應，又補充了一句話：
「……我想大家應該都是這樣想的。」
天城搔了搔脖子。
「原來如此，這次的說法簡單明瞭多了。我明白江尻醫生反對公開手術了，順便一提，這是東城大學全體的主張嗎？還是只是江尻醫生的個人意見？」
江尻教授的臉瞬間漲紅，接著又轉回蒼白，原本握起的拳頭也輕微地顫抖著。他不斷看著周遭，像是要逼迫誰站出來附和自己剛才所說的話。
「真是作賊喊抓賊，公開手術這種事根本不值得討論。」他狠狠地說道。

「為什麼？我之前在歐美也辦過幾次，而且都頗受好評。」天城想都不想地回問。

「也就是說，天城醫生有過公開手術的經驗了，對吧？」

天城轉向那名出聲的女性。

「請問妳是哪位？」

「您竟然在眾目睽睽之下，正大光明地表示不知道我是誰，這樣會讓我很困擾的。我是天城醫生目前所屬的，綜合外科教學醫院的護理長藤原。」

天城完全無動於衷，毫不在乎地向對方打了聲招呼。

「原來如此，妳就是佐伯外科的護理長啊！初次見面。」

天城的回答讓會議室的眾人陷入一股奇妙的興奮狀態。天城竟然不曉得自己所屬教學中心的醫院護理長！這種只要身為大學醫院的一員，都會為此感到震驚的事實，就這樣赤裸裸地呈現在大家面前。

世良一臉忐忑不安，天城卻絲毫不介意，平淡地繼續說道：「難怪我剛才還想說好像在哪見過妳耶！不過這部分就先不管了，關於您剛剛的問題，我在國外有過五場公開手術經驗，因此這部分完全不需要擔心。」

「我並沒有在擔心天城醫生的技術，那並不是我們護士應該擔心的，而且對於沒看過的東西，就算擔心也沒用。更別說您都待在這裡兩個月了，卻忙到連自己醫院的護理長長什麼樣子都不知道，看樣子也不會有需要我擔心的餘地。我想醫生一定是忙到只能住在手術室裡，才會沒有時間過來醫院大樓看看。」藤原護理長諷刺地說道。

「那些都是誤會啦！藤原護理長，天城醫生並沒有在手術室忙喔！他都旁若無人地四處闖，昨天在皮膚科、今天在婦產科，神出鬼沒、縱橫天下，手術室的護士們常常被他嚇著呢！」手術室的松井護理長也接著說了下去。

眾人一同大笑，明顯可以看出醫院裡的人都對天城十分反感。但想想天城平常的所作所為，或許只能說是自作自受吧！

「先告訴我究竟是誰給你許可，讓你做這種計畫吧！」江尻教授乘著這股反彈的氣勢，跟著說道。

天城點了個頭。

「如果是這種具體的問題我還答得出來，請您去問坐在您隔壁的佐伯院長吧！」

江尻教授故意裝出吃驚的樣子，看著佐伯院長。

「佐伯院長，剛才天城醫生說的是怎麼一回事？」

佐伯院長抬起白眉，看著宛如一隻白色公雞盯著他咕咕叫個不停的江尻教授。

「是我聘請天城醫生到我們教學中心的，他的所作所為對於我交給他的任務來說都是必要的，詳細情形我沒追問，全權交給他處理了。」他露出一臉不耐煩的樣子，開口說道。

「您做為教學中心的領導人，把任務交代下去就不管了，這樣沒問題嗎？」

眾人皆知，江尻教授一直對院長這個位置虎視眈眈，眼下對江尻教授來說正是千年一遇的機會。

「我不覺得有什麼問題，有什麼地方不對嗎？」為了不讓江尻教授聒譟地說個不停，佐伯院長先發制人地說道。

世良坐在末座聽著兩人的對話，覺得佐伯院長的精神構造根本和天城的一模一樣。

「總而言之，關於公開手術的部分，已經超出東城大學醫學部附設醫院可以處理的範圍。加上這又是全日本都在關心的議題，像這樣無法確定誰可以扛起所有責任的現狀，卻還硬是要繼續辦下去，實在令人堪憂……」江尻教授一臉敗興地陷入沉默，但很快又重振旗鼓，開口說道。

天城打斷江尻教授高亢的長篇大論。

「要是公開手術中發生了什麼事，一切都由主刀醫師我，以及允許我做這些事的長官佐伯院長來承擔，這是已經可以確定的事實了。順便一提，請您儘管放心，因為我的公開手術絕對不會失敗。」

「就算你這樣說，我們也……」

「你這人還真煩啊！不好意思，雖然這樣有點不太禮貌，但我就單刀直入地說了。你不過就是個局外人而已，吱吱喳喳地吵個沒完，拜託你閉嘴！」面對仍然喋喋不休的江尻教授，天城一臉不耐煩地放話。

突然被投以如此無禮的言詞，鮮少遭受如此對待的江尻教授一臉不知所措地陷入沉默。

「身為理事長，我有一些疑問。聽說公開手術打算在東京國際會議廳的主會議廳設置臨時手術房，這部分的費用又要怎麼算呢？」一旁的緒方理事長見狀開口。

天城不懷好意地笑了一下。

「因為這是學會的特別企劃，當然是由學會買單囉！」

緒方理事長瞪大了眼睛。

「其實我和這次的主辦單位維新大學的理事長有點交情，前幾天我因為別的事情去找他的時候，從他那裡聽到這部分的費用將由我們東城大學來出，我聽完還嚇了一大跳。這到底是怎麼一回事？」

「維新大學也很會給人添麻煩呢！明明我之前就好好說明了前因後果才得到他們的同意。話說回來，明明就是知名大學，但不管是維新大學還是東城大學都對一些小事斤斤計較的。」天城搔了搔後腦杓，瞥了一眼身邊的世良，小聲嘀咕道。

他抬起頭來，對緒方理事長說道：「不愧是東城大學醫學部附設醫院的理事長，真是觀察入微。我確實有跟對方說過，臨時手術房的設置費用將由我們東城大學負擔。因為如果我不這麼說的話，他們的理事會就不會同意這件事了。」

「也就是說，天城醫生明明只是一個小小的醫生，卻擅自決定東城大學的經費要怎麼運用嗎？這樣我絕對不會允許這項企劃的。」

緒方理事長會有這種反應是很合情合理的，醫師本來就不能擅自處理醫院預算等相關事務。再這樣下去，不只是天城，就連院長都有可能遭受免職。正當世良如此擔心的時候，天城的聲音再度響起。

「讓理事長擔心了，真是不好意思。雖然順序顛倒了，但請讓我重新提出申請，請您允許東城大學支付公開手術相關的所有費用。」

「別開玩笑了，怎麼可能有那種事情。」

緒方理事長想都不想便直接回答。在座其他人也認為那種反應是理所當然的，他們幾乎都已看到天城的失勢了，然而天城卻讓他們瞬間放下那種不可靠的想法。

「不，就是有這種事。只要拜託願意幫東城大學出錢的朋友就可以了。其實，有一名慈善家願意捐贈這次公開手術的所有費用。」

「你說有一名慈善家願意捐贈？」緒方理事長反問回去。

天城點了個頭。

「沒錯，他願意支付所有費用。」

「我從維新大學的廣橋理事長那裡聽說，這次公開手術所需要的費用不低於五千萬圓，你現在是要告訴我，有人願意給我們這麼龐大的金額？」

天城再度點了個頭。

「我們這邊的行政手續就要花五百萬左右，沒問題嗎？」緒方理事長一臉懷疑地盯著天城，接著繼續說道。

天城自信滿滿地點了個頭。

「方便的話，可以讓我知道願意捐贈這筆金額的慈善家是誰嗎？」緒方理事長聲音嘶啞，他看著沉默的天城，忍不住焦躁地說道：「不，就行政手續而言這是必要項目，請告訴我對方的姓名。」

天城聳了個肩。

「那名慈善家是希望可以匿名捐贈啦！不過理事長的要求也很合理，所以我就只在這裡告訴大家，請大家千萬不要將他的名字說出去。」

天城環視著周遭，細細品嘗大家充滿期待的沉默，接著才徐徐說道：「願意捐贈這筆金額的人正是中東那邊的石油盛產國——哈璋公國的貴族，巴貝魯・哈森殿下。」

突然出現一名王公貴族的名字，現場所有人都陷入了沉默。天城對坐在自己身邊、目瞪口呆的世良拋了個媚眼。那瞬間，世良突然明白天城嘴裡的對象究竟是何方神聖了。

他回想起在蒙地卡羅心臟中心觀摩的那場手術。那名雖然在大賭場裡敗北，卻又再度挑戰並獲得手術機會，因此得以繼續生存在這個世界的幸運星。

那名病患確實是中東石油國家的貴族。

世良心中的齒輪全都連接起來了。

「中東目前石油價格高漲，景氣相當不錯。五千萬對他們來說只是舉手之勞而已，不用覺得有什麼虧欠。哪裡有錢就從那裡要錢，這是我的一貫作風。」天城鬆開翹著的雙腿，起身說道。

會議室裡悄然無聲。天城繼續說道：「有他的幫忙，要在一夕之間臨時搭建出設備齊全的手術室也只是小菜一碟，簡直可以說石油就是力量呢！」

現場已經沒有任何人能夠回應天城。江尻教授也只能將細長的雙眼瞪到最大程度，像隻公雞似的，慌張地來回看著佐伯院長與天城。

「雖然這部分的程序會很麻煩，但還請理事長到時用哈森殿下所捐贈的金額，轉帳給維新大學學會理事會所請款的項目，行政手續費直接扣掉也沒關係，餘額可以請東城大學理事會來處理嗎？大概會有將近一億圓。」

緒方理事長一臉吃驚，張大嘴巴看著天城。

「聽到您跟學會理事長有點交情讓我放心多了，就請您去向對方說明實情，請他們儘管放心吧！」天城繼續平淡地說道。

不知不覺，是否實施公開手術的討論就這樣被默許了。世良目瞪口呆地看著天城強勢突破的交涉，好一陣子才回過神來。

——這樣不就只是單純拿一把鈔票打在對方臉上而已嗎？

「還有什麼問題嗎？」

眼看操控著會議進行的天城即將結束會議，現場卻沒有一人能夠阻止天城的進軍。就在這個瞬間，會議室裡的眾人一同將目光轉向突然舉起手的那位人物。

天城因此瞪大了雙眼。

那個人正是世良。

照理說世良的行為已經僭越了，然而早已脫軌的會議，直接默許了這項不知分寸的舉動。

眾人皆知，比起其他人，世良是最了解天城的人。所以他們也曾想過，世良說不定能夠幫大家報一箭之仇。

「有什麼問題儘管發問喔！朱諾。不過你也太見外了吧！我們明明一直在一起，竟然故意在這麼正式的場合發問。」天城對世良露出微笑，回答道。

「我覺得這個問題要在大家面前問比較好，可以嗎？」

「**Bien sur.**（那當然。）」

天城點了個頭，世良繼續說道：「我曾經在蒙地卡羅拜見過天城醫生的手術，學藝不精如我，一眼便能看出天城醫生的手術有多麼優秀，因此我相信天城醫生在公開手術這種特別的環境下，也能成功完成手術。」

眾人臉上流露出安心的神色。

說起來，最一開始就是在擔心這種手術究竟是否可行，所以才會感到不安。因此即便只是口頭報告、又即便只是由醫院最底層的醫生所做的發言，他們都十分歡迎這種可以降低風險的資訊。然而世良的目的並不是讓參與會議的成員安心，他發動攻擊，筆直地往天城砍了過去。

「我在蒙地卡羅遇到天城醫生的時候，天城醫生跟我說了幫病患動手術的條件，請問那個條件至今也不會有所改變嗎？」

聽明白世良真正想問的問題之後，天城不懷好意地笑了一下。

「啊啊，你之前也問過我這個問題吧！竟然在這種場合下舊事重提，真是聰明的做法呢，朱諾。很好，我就回答你的問題吧！」

天城輕咳了一聲，場面瞬間安靜下來。天城開始說道：「我不打算要改變自己的原則，不管是日本還是蒙地卡羅，我的規則都不會有所改變。當然，這次的公開手術，我也會採用一樣的標準。」

會議室裡喧譁起來。什麼意思啊？大家互相低聲問道。

「也就是說，您會讓病患交出一半財產當作賭注，病患賭贏，您才會幫他動手術；賭輸了，您就不幫他動手術。您還是會堅持這個原則沒錯吧？」世良接著說道。

世良一說完，會議室裡的氣氛瞬間沸騰起來，眾人一同批評起天城。

天城用唯獨世良能夠聽見的音量小聲說道：不顧自己的無能，士兵竟敢從正面攻擊啊？

「士兵單兵突破這個戰略還算不錯，但依舊太天真了，不但沒有算準時機，攻擊也太過薄弱。」他凝視著世良，接著放話說道。

天城環視著周遭，用眼神平息喧鬧聲。

「為了不被大家誤解，我在這裡補充說明吧！我在蒙地卡羅的時候，只會幫在大賭場賭贏輪盤的病患動手術。」他慢慢地張口說話。

會議室裡再次喧譁起來。竟然讓病患去賭博、怎麼能拿走別人一半的財產……在抗議的聲浪中，天城一臉淡然地說道：「我之所以這樣做，並不是為了搜刮病患的財產，只是想用輪盤衡量他們的運氣而已。雖然我會從病患那裡拿到他們一半的財產，但那些錢我全都交給上帝保管了。至於治療費，我個人一毛錢都不會拿，而是把那些錢放在大賭場，做為基金來運用。」

「那個基金是用來幹麼的？」緒方理事長不禁好奇問道。

「那些基金會用在摩納哥公國的社會福利上。也是因為如此，摩納哥公國才會頒發勳章給我，就是這顆星星。」天城回答。

他伸出右手，指著別在西裝式白袍胸前上的星星。

「正如大家所知道的那樣，日本並沒有賭場，所以我才要創設這個基金。未來我會將手術得到的報酬，全部存在設置於東城大學的基金裡頭。」

緒方理事長一臉吃驚，但在他想要問問題之前，天城就已經率先回答了：「這些基金會用在即將新建於櫻宮的心臟手術專門醫院櫻色心臟中心上面。」

接著他又像突然想起什麼似地補充了一句：「另外，我的薪水也預定從這個基金裡來扣，金額將等同於東城大學的講師月薪。朱諾、不對，抱歉，世良醫生則會獲得與助手職位相當的薪水。但這部分的金額不會超過總基金的一成。」

「我從沒聽過這些事情。」

緒方理事長沉下臉來。

「我原本是想在說明公開手術時再說這些的，現在碰巧在這種彈劾兼審判的場合下說明，一定是我平常做人不夠圓滿。」天城注視著佐伯院長的臉，繼續說道：「聘用在蒙地卡羅心臟中心工作的我來這間醫院的人是佐伯院長，說起來，院長最初就是邀請我來櫻宮建立心臟血管專門醫院。我還以為這是東城大學的全體共識，看來並不是這樣呢，佐伯院長？」

天城的刀刃直接指向國王——佐伯院長的喉嚨。佐伯院長抬起白眉，注視著天城。

「真抱歉，這個想法目前還不是東城大學的共識，只是我個人的發想。但以天城醫生的實力，很快就能讓整間醫院都有所共識吧！只要讓公開手術成功，就能開啟這扇大門，畢竟我們東城大學向來都是用實戰成績來決定一切的功利主義。」

他露出微笑，乾脆地回答。

佐伯院長諷刺地笑著。聽到這句話後，原本被天城打得落花流水、陷入沉默的江尻教授又重振旗鼓，向佐伯院長提出異議。

「您事前完全沒有跟我們協商，這樣我們很難處理的。創設心臟中心這種攸關醫院整體的問題，應該先在教授會議上獲得全體同意後，再召開醫院全體營運會議，然後才會以東城大學之名發表正式公文。這些都應該要按照步驟來吧！」

「如果天城是跟其他醫生一樣的雇用型態，我當然會走這個流程。但這次的事件對東城大學來說非常有利，我認為事後再走這些流程也沒什麼問題。」佐伯院長瞥了一眼江尻教授，說道。

一名女性激動地開口，那是手術室的護理長松井護理長。

「哪裡有利了？他這麼強勢地決定公開手術的日期、又擅自決定要帶醫院的人去參加公開手術，難道您不覺得這樣會給醫院其他人帶來困擾嗎？」

「好啦好啦，松井小姐，妳先將佐伯院長的話聽到最後嘛！」一直保持沉默的榊總護理長以輕鬆的口吻告誡著松井護理長。

松井護理長雖然一臉不情願地看著榊總護理長，但還是乖乖地閉上了嘴巴。

「對東城大學而言，沒有比這個更好的條件了。關於醫護人員調動這部分，借用醫護人員的費用將由大學行政來支付，東城大學沒有直接責任。新的心臟中心從建立到營運初期，也因為跟東城大學沒有關係，他們必須獨自募款相關費用。但當營運上了軌道之後，又會變成附設醫院的相關設施。」佐伯院長用眼神向榊護理長道謝，繼續說道。

所有人看向天城，天城淺淺地笑了一下。

「要成立一項新設施，最困難的部分就是建設。尤其是初期，調配資金必須付出非常大的風險，我認為沒有必要跟只負責醫院行政事務的緒方說明吧？畢竟這項計畫的所有風險都由天城醫生獨立承擔的，我們只需要稍微協助一下就能全身而退，之後還能坐享其成高回扣，這不是非常完美嗎？」佐伯院長說道。

會議室裡恢復一片寂靜。雖是脫離常軌的做事方式，然而佐伯院長所說的內容卻毫無破綻，不管從什麼角度看，東城大學醫學部都是得利的那方。

「我可以問一個問題嗎？」

這時後方有人舉起手來，還未等到回應，他便直接站了起來。那人正是高階講師。

「您說東城大學不會有任何風險，但就我們腹腔外科團隊的立場而言，將世良這個人才奉獻出去可是受到了不少打擊，這並不是用錢就可以解決的問題。我認為，人心是沒有辦法用錢來解決的。」

「不愧是女王，視野果然比別人寬闊多了，攻擊我唯一的守護者——士兵是目前唯一的辦法。但是，還沒有確定國王真正意思就發動攻擊的話，只是在自取滅亡。」天城凝視著高階講師，悄聲對世良說道。

天城起身，向大家開口：「佐伯院長，請告訴大家世良醫生目前的勞雇型態。」

佐伯院長的白眉稍微抖了一下，接著他點了個頭，向高階講師低頭賠罪。

「高階，我沒有跟你和其他綜合外科的醫生說明天城相關的人事資訊，雖然是教學中心不成文的規定，卻也是我的疏忽，不好意思。」

高階講師一臉不可思議的樣子。佐伯院長繼續說道：「昭和六十三年畢業的實習醫生，今年有半數都回到大學裡來，在綜合外科研究室裡攻讀博士課程。然而還有半數仍然待在外院實習。世良是今年四月回到大學醫院的，一開始先暫且讓他進入專業技術訓練，五月之後會再次將他派往新的實習地點。」

「新的實習地點？我從來沒聽說過這件事？」聽完這番話，世良也愣住了，他忍不住開口詢問。

「那就是命令沒有完全下達下去，這是實習地點負責人的聯絡失誤，跟我無關。」佐伯院長無動於衷地回答。

「我的專科訓練不是在東城大學實習嗎？」世良再度追問。

「這一年的確不是，世良跟另外那半數在外院實習的同儕醫生一樣，屬於外院的醫師。」

「那我現在到底是哪間醫院的醫生？」

佐伯院長瞥了一下旁邊，世良順著他的視線看過去，卻是站在自己身邊的天城雪彥。

「我還以為世良醫生會從佐伯醫生那裡接到委任書呢！雖然我覺得這應該是佐伯教授的失誤，不過算了，我現在重新傳達這項委任。世良雅志醫師從今年五月十五日起，將被任命為櫻色心臟中心的住院醫師，世良醫生的薪資也將由本院支付。因此，高階講師的抗議無效。」在那道目光的催促下，天城滿臉笑容地回答。

原本急攻要害的棋步，現在卻掉入一個巨大的陷阱。

「我在蒙地卡羅被稱作『神聖的守財奴』。這個世界大半的問題可以用錢來解決，因此掌管這個世界的不是『神明』，而是『金錢』。然而也有金錢無法解決的問題，那就是『人心』。因此，我的目標是成立不需要心、一切都用錢來解決的醫療。我早已做好切割了，那種麻煩至極的『醫療之心』就交給其他醫生吧；我會專心地用自己的技術來為病患動手術。」天城悠悠地說道。

現場簡直成了天城的個人秀，誰也無法阻止天城的演說。

「櫻色心臟中心的經營理念將建立在單純的經濟原則之上：病患進來，經營順利，擴大資金回流；一旦資金短缺，就會倒閉，一切都跟著市場原理進行。我所主張的正義將會以這個醫療體制來延續，因此我也會徹底清除其他沒用的東西。這就是我現在思考的，醫療的未來型態。」

「天城醫生說要清除其他沒用的東西，那之中也包含了『人心』吧！這樣是很危險的，只跟著市場原理前進，整個醫療體制便會崩壞。」一直站著面對天城的高階講師勉勉強強地開口說道。

「你那種想法才太天真了！醫療也是社會中的一項要素，是無法脫離經濟原則的。」

「一旦遵循了市場原理，之後成效不彰的部門便會被縮減，病患也會開始挑選醫院，這對醫界來說是自殺般的行為。」高階講師繼續追問。

「因為生病而變得虛弱的人們，就算不自殺，總有一天也會被緩慢地殺死。現在的社會景氣大好，大家也因此忽略了市場原理，所以連厚生省暗中傳播的『醫療費亡國論[14]』那種玩笑也被忽視了。那種謬論才應該馬上被擊潰才對，明明那種想法就是導致醫療滅亡的問題所在。」

天城回擊，他說的那些都是世良不常聽到的單字，但天城沒有加以解說，只是繼續說道：「就這樣，這些危機被大家忽視了七年。現在，政府漸漸以市場原理為基礎，控制著整個醫療體制的走向。大浪已經往醫療現場襲來，然而現場的精英卻完全沒注意到眼前的危機，一如既往地批判著其他無傷大雅的小事。」

「天城醫生您到底在說些什麼？」高階講師一臉不可思議地問道。

「今年，綜合外科的新人醫生減少了一半，這象徵著親身體驗到醫師漸漸減少的新人不知不覺地開始從危險領域撤退了。跟從市場原理的話，選擇外科這種吃力不討好的專業就太白痴了，學生們就是這樣判斷的。所以，已經預見未來是一片黑暗的名醫 Monsieur 佐伯，才會聘用我並委託我改變未來的醫療走向。」天城

14　一九八三年，日本厚生省局長吉村仁提出了醫療費亡國論，認為增加醫療費會傷害日本經濟甚至會亡國，開啟了日本極度壓抑醫療費用的政策。導致連續二十年以上的醫療預算削減，使得許多醫院無法繼續生存。

回答。

不知道是從什麼時候開始的，會議室裡的眾人都開始認真地聽起天城的演說。

「一般市民，還有從事醫療相關工作的人都太缺乏危機意識了，再這樣下去，在不久的將來，醫療將會被毀滅。我們必須創造可以撐過那種時代的新式醫療。」

天城說出了大家至今從未在醫療現場聽說過的邏輯思想。沉默的會議室裡，只剩時針的走動聲大得嚇人。

就在這時，一道平靜的聲音在會議室裡響起。那個人並不是佐伯外科的王牌高階講師、也不是覬覦院長繼承人的野心家江尻教授，拚命發出的聲音，是方才發言的天城的心腹，同時也只是一隻雛鳥的外科醫師，世良。

「我明白您所說的內容了，但您還是沒有回答到我的問題。我的問題是，天城醫生在日本會改變對病患收費的標準嗎？」

「不會，我什麼都不會改變的喔！朱諾。」

「但就目前的日本醫療制度而言，醫生是無法跟病人求取這麼高額的手術費用的。」

天城一臉困擾的樣子，他聳了個肩。

「我不會免費幫別人動手術的，對方一定要拿出一半財產寄放在上帝那邊，這樣我才願意幫他動手術。」

「但是日本也沒有賭場喔！」

「所以為了取代輪盤，我準備了一個更大的賭場。」
世良歪著頭表示不解。
「你還不懂嗎？就是建設資金援助的從零開始的櫻色心臟中心啊！這正是最危險的賭博Chances simple了！」天城環視著會議室的所有人，開口說道：「機會難得，我就說明一下櫻色心臟中心的構想吧！本中心的基本原則是，只會為願意捐款一定金額的貴賓動手術。」
「只幫有錢人動手術也太……」青木不禁發出牢騷似地反駁。
天城立刻反駁青木。
「那要是同時有個有錢人跟一個沒錢的人，希望青木幫他們動手術，你會先幫哪個人動手術呢？雖然以前從未有過兩者都可以的情況，但勞力跟金錢有限，如果只能幫一個人動手術的話，那麼，你會選誰呢？」
天城毫不留情地扯下青木的偽善面具，青木瞬間語塞。
「先不論你的理念，現實中是絕對不允許用財力來衡量病患的。」
提出抗議的是藤原護理長，坐在他隔壁的松井護理長也深深地點了個頭。
「我只看到你們老舊的保守觀念。想要創造新的東西，就必須給予什麼優惠服務，否則是沒有辦法吸引人來投資的。替願意付出風險投資的病患優先動手術是很理所當然的，不管做什麼事都一定要錢。等到醫院順利成立了，到時你們想變成慈善團體還是寺廟我都無所謂，只要能順利經營，要我讓出位置也沒問題！」

天城平淡地回應著女性陣營傳來的反對意見。

天城毫不掩飾自己的熱情。藤原護理長凝視著天城，就像在觀察一個未知生物。

「在建立新設施時，我就是棟梁。做為經營人，要吸引大家投資的最低條件就是要提供投資客的特別優惠，也就是讓他們能優先得到平常無法接受的手術權利。只有這點是我無法退讓的底線。」天城繼續說道。

「您願意冒這種風險，還說等到醫院蓋好了您也願意讓位，關於這部分，我實在無法理解。而我無法相信我無法理解的東西。」緒方理事長一臉不可思議地詢問。

天城雪彥注視著緒方理事長，接著是一段很長的沉默。

「人總有一天會死，而且意外地會以非常簡單的形式離開。我們心臟外科醫師在生與死的邊界來回穿梭，比任何人都更能感受到這個世人經常遺忘的事實。因此對於心臟外科醫師而言，這個世界的榮華富貴，不過都只是泡沫罷了。」他靜靜地說道。

會議室裡的眾人全神貫注地聽著天城的演說，他繼續說道：「富貴如浮雲，能流傳於後世的只有自己走過的足跡。我想將自己的理念寄託在我所創立的設施上，這就是我微薄的請求。」

會議室裡一片寂靜。過了一陣子，溫柔的女性聲音傳來。

「Cerisier是什麼意思呢？」榊總護理長開口詢問。

「那是法文，『櫻桃』的意思，另外也是這個城市的名字。除此之外，還是我最喜歡的花名。我想在這個地方留下一棵雄偉的櫻桃樹，我希望能將Cerisier這個字烙印在櫻宮這個城市。百年過後，即便人們忘了我的存在，Cerisier一詞也能與這座心臟中心共存下去吧！」

天城眺望著窗外。他的眼中，應該浮現了太陽之城，蒙地卡羅的喧鬧吧！世良心想。無論是在滿溢著繁華人生的享樂街角，抑或是狹窄得令人難受的醫院會議室，天城都不會改變的。

他的演說即將走入尾聲。

「我將付出一切，盡我所有力量來創立櫻色心臟中心，可能因此才變成一個守財奴吧！所以，不好意思拖了這麼晚才向大家報告這件事，造成行政程序的延誤，還請諒解。」

天城結束了發表。

一陣寂靜之後，突然有人輕咳了一聲。佐伯院長抬起白眉。

「我知道有些地方大家無法認同，但關於這件事，就都交給我處理吧！公開手術是日本胸腔外科學會的招牌企劃，牛津大學的加布里教授也會協助我們，現在早就不是讓東城大學玩箱庭遊戲的舞臺了。」

江尻教授斜眼瞪向佐伯院長。

「越聽越覺得這個問題應該先在教授會議上討論才對，而且這些狀況也應該由醫院的監察委員會來決定才合理。但聽到現在，加上院長剛才的發言，講這些都為時已晚了。這個議題無法在現在這種狀態下，拿到教授會議上討論，只能全權交給佐伯院長處理，這是現在唯一的處理辦法。」

佐伯院長抬起白眉。

「謝謝你的理解。」

「雖然我們能夠理解，但佐伯院長不覺得自己正背負著沉重十字架的話，會讓我們很困擾的。櫻色心臟中心雖然起步跟東城大學毫無關係，但成立之時，勢必會對東城大學造成一定的影響。假使這項企劃失敗，天城醫生與佐伯院長都必須一肩扛起所有責任，您明白嗎？」

「我本來就是這樣打算的。」佐伯院長環視著眾人，確定沒有其他疑問之後，又說了一句：「那醫院全體營運會議就到這裡結束。最後再補充一點，希望被選上參加公開手術的人，從今天起一直到手術當天，都要以天城醫生的指示為最優先，並全力協助他。若因相關事宜遭受損失，請以報告向綜合外科教學中心提出要求。有人員不足等一般業務上的不便，也請自己靈活變通，雇用臨時職員等妥善處理，再拜託大家了。」

語畢，佐伯院長看向天城。

「這樣可以了吧？櫻色心臟中心統帥。」

「Bien sur.（那當然）Monsieur 佐伯。」

天城優雅地敬了個禮後，轉向坐在末位的眾人，接著補充了一句話：「事不宜遲，還請公開手術的成員們留下，我們要趕快互相認識一下，畢竟也沒什麼時間了。」

世良在上層幹部正要離開會議室時，旁聽到他們的對話。

「江尻副院長做了不錯的選擇，要是心臟中心成功，他便可以坐享其成；要是失敗，一切也由佐伯院長來承擔，完全沒有不利自己的地方。」

「哎呀，理事長是這樣想的嗎？我倒是有不同的看法。」緒方理事長正在攀談的對象，榊總護理長穩重地回答。

「怎麼說？」

「江尻副院長可是放走了大魚呢！要是櫻色心臟中心大獲成功的話，情況會變得如何呢？到時可沒有江尻副院長插手的餘地了。那樣的話，江尻副院長也沒有表現的機會了吧！」

世良與榊總護理長對看了一眼。

「其他護士都說世良醫生是颱風眼，看來是真的呢！」榊總護理長輕輕笑道。

榊總護理長離開之後，會議的焦點也轉移到末座。天城雪彥坐在稍早佐伯院長統領全員的位置上，其他手術成員則排列在天城面前。

「各位是我在經過兩個月的觀察之後，嚴選出來的成員。雖然你們彼此應該都認識，但還是請你們簡單地自我介紹一下。」

天城充滿朝氣地對沉默的眾人說道：「那就從我先開始吧！我是預計在後年新建的櫻色心臟中心第一代統帥，之前在蒙地卡羅心臟中心工作，現在承蒙綜合外科佐伯教授的邀請，以東城大學醫學部附設醫院綜合外科教學中心的共同研究者身分在此工作。下一位是垣谷醫生。」

沒想到天城會跳過比自己階位還高的高階講師，垣谷因此露出一臉難色。但又想到自己本來就是手術成員裡排行最高的，於是他便生硬地自我介紹起來。

「我是垣谷，佐伯外科的講師，隸屬於心臟血管團隊，兼任大學醫務長，請多多指教。」

天城又補充了一句。

「你扮演了相當重要的角色，再麻煩囉！」

「我真的有辦法擔任那個職務嗎？」垣谷瞬間露出不安的神色，他開口說道。

「Bien sur. 因為手術是由主刀醫師負責的，其他人只是單純協助而已。」天城微笑著回答。

垣谷瞬間惱火，但很快又轉換心情，用視線示意青木接著說下去。青木瞄了一眼世良，挺起胸膛。

「我也是心臟血管團隊的，我叫青木。因為還無法獨當一面，被指名時真的嚇了一跳。」

世良心中突然覺得空蕩蕩的。

「世良醫生跟高階醫生請在最後發表，接下來有請田中麻醉醫生。」天城說道。

「我是麻醉科的田中，助手階級。跟大家一樣，突然被點名有點嚇到。」

成員口中皆透露出驚訝的訊息，這也是很理所當然的，畢竟天城之前只是不斷地觀摩手術，還沒有詳加說明就在昨天下午突然召集了大家，如果不因此感到驚訝才奇怪。

田中麻醉醫師說完之後，現場陷入了沉默，眾人將視線集中在他身邊的貓田主任身上。

「貓田小姐，換妳了。」田中小聲地提醒對方。

原本一直低著頭的貓田，突然抬起頭來。

「那個、我是貓田、手術室的主任。」

貓田打了一個小小的哈欠，眾人見狀都笑了起來。貓田睡午覺的習慣是眾所皆知的事實。

「我觀摩了許多場手術，除了田中醫生和貓田主任，不可能有其他人選了，還請多多指教。」天城說道。

「那個，有件事情我一定要事先聲明，我的體力無法支撐超過四個小時的手術喔！」貓田微微地張大眼睛，開口說道。

「原來如此，請不用擔心，我的手術兩個小時內就可以結束。」

眾人驚訝地深吸一口氣。東城大學的繞道手術平均都要花上約五個小時。

「那我也會助你一臂之力的，但是不怕一萬只怕萬一，可以再請一位護士協助嗎？」貓田一臉安心地說道。

「當然，妳有推薦的人選嗎？」

「可以的話，我希望可以找花房護士。」

世良的心口突然一揪。

「花房……啊啊，是那個人啊！」天城看著天花板，喃喃自語地說，接著點頭說道：「我明白了，那我會事先聯絡手術室的護理長。其他人如果也有什麼需求的話，請儘管跟我說，不必客氣。只要我能做得到的，我會馬上處理。那我們繼續回到自我介紹的部分，下一位是世良醫生。」

突然聽到花房美和這個名字讓世良陷入了動搖，再加上自己的勤務內容也是剛才才知道的，一點真實感也沒有。略感浮躁的他支支吾吾起來。

「我是到剛才為止，都以為自己是佐伯綜合外科教學中心的實習醫生的世良，在公開手術中應該會負責所有打雜的部分，欸那個、我目前隸屬於……那個……」

「他是櫻色心臟中心創建準備委員會的委員，世良雅志醫生。目前為止，世良也提供了許多非常棒的建議。」彷彿要拯救詞窮的世良一般，天城開口說道。

他向世良拋了個媚眼。

「另外還有一位是負責處理人工心肺機的臨床技師中村，因為是派遣職員，無法出席今天的醫院全體營運會議。但我想大家應該對中村技師都已經相當熟悉了。」

「最後有請公開手術的主持人高階講師。」自我介紹還沒結束，天城向最後一名重要人物說道。

「我看過日本胸腔外科學會總會的行程表了，按照天城醫生的企劃，主持人應該是主席加布里教授？」高階講師沒有起身，只是將兩手交叉於胸前，開口說道。

天城點了個頭，說道：「的確像你說的那樣沒錯，但加布里不善言詞，這次的公開手術是世界級的活動，會吸引來自各國的外科醫生，主持人不只英文要好，還要是能夠評論手術的外科醫生才行。」

「我的英文也沒那麼好。」

「您太謙虛了，您去美國留學時，在麻省醫科大學的名聲都傳到蒙地卡羅偏僻的鄉下了。」

「那個，不好意思打斷你們說話，請問我可以問一個問題嗎？」一直聚精凝神聽著兩人對話的青木戰戰兢兢地問道。

「Bien sur. 有什麼問題都歡迎提問。」

「公開手術的主持人到底要做些什麼事啊？」

「Bon.（很好。）這真是個好問題，因為日本沒有公開手術，你們不知道也是理所當然的。公開手術中會在攝影機前方架設放大鏡，再投影在大螢幕上讓參加的人觀摩學習。但如果只有畫面的話，大家也看不懂這場手術到底有什麼厲害之處，畢竟這是最高科技嘛！所以才要請非常清楚這場手術價值的主持人來解說。」

「我是心臟外科的門外漢，這對我來說負擔太大了。」高階講師立刻說道。

「反正日本的心臟外科醫生也不會懂我技術的精髓，就麻煩你擔任口譯了。這是學會事務處的邀請，日本學會好像不太找得到英文主持人。其實加布里有指名德州大學的鮑比傑克森助理教授，所以官方指派的主持人會以鮑比為主。但高階醫生不是只有擔任口譯而已，我在答應事務處邀請時，有向他們要求，必須將您提升到副主持人的位置。以前是沒有過這樣的特例啦！這可是第一次有雙主持的公開手術，還請您好好加油。」天城笑著回答。

「如果是這樣的話，我就更不適合了吧？畢竟我的主修是消化系外科。」

「高階醫生是胸腔食道癌切除手術著名的專家，在胸腔外科學會也非常有名，因此事務處是這樣回我的：日本原本就沒有能精通心臟外科專業用語的口譯，另外日本的心臟外科醫師大多對內跋扈、對外都不敢吭聲，沒這麼容易找到代理人。再來，日本代表的心臟外科醫生之一黑崎助理教授，似乎也因為不擅長英文，所以才避開了國際學會的演講。這樣看來，這間教學中心就只有高階醫生這個人才了，現狀就是如此悽慘。」

垣谷握緊了放在膝蓋上的拳頭，一句話也無法反駁。天城說的都是事實，弱者只能忍辱求生。

天城繼續說道：「其實還有一件事要拜託高階講師，鮑比傑克森是個惡名昭彰的破壞者，別名 Muddy Bobby（爛泥鮑比）。他最出名的，就是在公開手術中不斷提出難纏的疑問，有許多才華洋溢的外科醫生都因此被他擊潰，沉到陰暗的海底。」

「主持人傑克森助理教授叫做爛泥鮑比……嗎？」高階講師喃喃自語著。

「為什麼加布里教授要找這種麻煩人物來當主持人呢？」世良抬起頭來，開口問道。

世良在尼斯的國際學會上曾跟加布里教授有過一面之緣，當時只覺得他對天城的技術相當著迷，看不出是那種會耍陰謀的類型。

「大概是因為我之前蹺掉學會才想故意整我吧！希望高階講師可以保護我免於爛泥鮑比的攻擊。」天城開口回答。

「這就難說了，而且我也不知道他會怎麼攻擊。話說回來，為了佐伯外科好，也許應該讓天城醫生沉到海底去比較好吧。」高階講師冷冷地回應。

天城露出不懷好意的笑容。

「高階醫生絕對不可能做出這種事的，那樣的話病患就只有死路一條了。畢竟就算高階醫生反對公開手術，應該也沒辦法看著病患就這樣死去吧！」

高階醫師沉默不語，天城說得沒錯。高階醫師明白自己被逼到死路了，看來只能硬著頭皮繼續走下去。

「看來我沒有其他選擇了，這樣我也不得不跟櫻色心臟中心的創立扯上關係了。既然如此，我有一件事想確認。」

「什麼事？」

在天城一臉好奇地注視之下，高階講師問道：「對天城醫生來說，假設現在身處醫療現場，金錢跟人命，哪個比較重要？」

天城雪彥瞬間陷入沉默，接著慢慢地露出笑容。

「真令人驚訝，事已至此，女王還願意挺身而出將對方一軍。」

天城盤起兩隻手腕，陷入了沉思。過了一會兒，他才鬆開兩隻手，開口回答：「當然是人命。」

高階講師露出安心的表情。

「那麼……」

「但是，」天城打斷高階講師的話：「但是，雖然我同意人命比金錢重要這種幼稚的玩笑，但不代表我會無視金錢才能拯救性命這個事實。因此對於這個問題，我會故意回答『金錢』。但這只限於櫻色心臟中心建立好之前。」

高階講師注視著天城。

「就算有期間限定，我也無法相信這世界上會有醫生能說出金錢比生命重要，我果然還是無法認同天城醫生你這個人。」

天城雪彥凝視著高階講師，接著輕輕地吐了一口氣。

「這或許就是日本醫界人士的極限了吧！」

天城看向窗外。紫色的貝殼沿著海岸線，一閃一閃地發著光。他眺望著碧翠院。

天城將視線移回高階講師身上。

「今天天氣真好，但是好景不會常在。現在的日本正面臨前所未有的好景，全世界的財富都往日本流入，土地和繪畫也不斷被轉賣。貧窮的人一旦習慣擁有財富，便會不知節制地花費。另外還有一些日本人覺得照這樣下去，連夏威夷也能輕鬆買下。就連美國人也感到害怕，擔心會因此發生第二次珍珠港事件。但那些都只是杞人憂天，因為我們早就忘記了重要的東西。日本人曾經非常貧窮，明明不曉得會不會哪天又回到那種貧窮日子。」

天城再次看向遠方的水平線。

「三流國家突然一躍成為世界強國，連思考怎麼使用金錢的餘裕都沒有，到頭來政府只好將多餘的錢隨便分發出去，開始花錢如流水的狀態。櫻宮市不是也在誇示著黃金地球儀嗎？」

世良低下頭來。上次連假他才剛跟花房一起去看過那個黃金地球儀。

天城繼續說道：「我曾經住在聚集世界財富的歡樂國度摩納哥，那裡的有錢人規模更大。他們知道單憑一人是無法將那些財富用光的，於是便思考集中財富來回饋社會。蒙地卡羅心臟中心就是其中一項設施，由摩納哥公國的王公貴族出面呼籲，讓住在摩納哥的名人們出資，共同打造那個時髦的心臟手術專門醫院。畢竟摩納哥是個面積只有皇居兩倍大的小國，那樣就夠了。而如果摩納哥做得到，被稱作經濟動物的經濟大國日本，應該能做到更厲害的東西才對。」

「更厲害的東西？是什麼東西？」世良不禁問道。

「櫻色心臟中心的最終型態將會是緊鄰地區的巨大綜合醫院。我們不會止步不前，而會以這個醫院為中心，刻劃出城市的基本骨架，創造出新的文化都市。」天城笑著回答。

天城的視線掃過面前的眾人，這裡唯獨他已經到達了遙遠的未來。宛如走在空無一人的荒野，天城繼續說道：「現在的日本擁有無止盡的巨大財富，若是能將一部分回饋到醫療身上，他日日本面臨凋落之時，那些錢便能成為支撐日本的梁柱吧！要打造那根梁柱，唯有現在。」

「你說日本會面臨凋落，那種事怎麼可能……」垣谷說道。

但天城立刻打斷他的話。

「所以你要說日本不會面臨凋落？那是不可能的。自古以來，再怎麼繁華的帝國終會面臨毀滅，日本在不遠的將來也必定會走向沒落。因此我們要站在榮華富貴的頂端思考，能夠成立虧本部門的時機只有還處於繁華的現在。」

天城繼續說道。

「我不重視金錢，這種話只有有錢人才能說。那種傢伙就算哪天沒錢了，也只會將自己的無能歸咎於沒錢，像他們這種笨蛋是沒有未來的。我左思右想後，覺得自己的手術應該做為高價值的限定商品，而能夠買到這項商品的只限於擁有財富的人。能夠賺錢的時候就要努力賺錢，這才是贏得賭局的鐵則。」

「那種事情……」能夠被允許嗎？高階講師並沒有將最後的話講完。

那個問題對於為了實現目的、已經開始行動的天城來說，只是個愚蠢的問題。高階講師終於在天城的城門前投降，那是天城打倒佐伯外科最強女王的瞬間。

「我再說一次我們的任務，七月十二日即將到來，那天，東京國際會議廳將舉辦日本胸腔外科學會研討會。而我會在特別演講中進行公開手術，還請大家全力協助我。」天城雪彥大聲地宣布。

天城環視著所有人的臉，開口說道：「以上，解散。」

大型會議室裡還留有一股熱血的氣息，天城瀟灑地走出會議室。高階講師留在原處，在椅子上面坐了一下，突然發出一聲低喊並站起身，快速地離開會議室。世良原本想追上去，卻被後面的誰叫住。他回頭一看。

「吶，世良，我可以問個問題嗎？公開手術的患者究竟是誰啊？」

那是世良的同儕青木。當世良發現自己無法回答那個問題時，他突然傻住，接著他才發現這場會議完全沒有提到最重要的病患。

——我們剛才到底在這個地方做什麼？

離開會議室後，高階講師前往最高層的院長辦公室。

他粗魯地敲著門，還沒等到回應便直接將門打開。佐伯院長坐在沙發上，兩隻手交叉於胸前。

「你來得還真晚啊！優秀青年。」院長抬了抬白眉，開口說道。

「這次的事件，您的目的到底是什麼？」高階講師直截了當地發問。

「你沒在聽天城說話嗎？我們要在櫻宮打造心臟手術專門醫院。」

「真的辦得到那種事嗎？」

佐伯院長睜開眼睛，伸了一個大大的懶腰。

「就是覺得辦得到才會拜託他啊！」

「您把公開手術想得太簡單了。」

「如果你是這麼想的話，應該去對他本人說。」

「沒用的，他本人自信滿滿，根本聽不進去。」

「那不就好了，那就表示會成功吧！」

「不管抱持著怎樣的理念，只要能夠成功，什麼都無所謂嗎？」

「你還記得嗎，優秀青年？兩年前，在你將我的得力部下趕出醫院那時，你說過，就算沒有答案，你也會一直追著那條水平線。」佐伯院長起身走向窗邊，指著窗外的水平線說道。
高階講師點了個頭。佐伯院長慢慢地在房間裡踱步起來。
「我一直無法忘記你剛到這間教學中心時說的那句話，『必要時刻，就改變規定吧！絕對不能因為受限於規定而讓誰失去性命。』你還記得嗎？」
「當然。」
「那最近的你又是怎樣？這兩年，因為你的盡心盡力，我們佐伯外科也有了非常優秀的制度。除了相關醫院的醫師調度會遵循一定的規則，透明性也有所提升，我的評價也跟著水漲船高，但我一點都沒因此感到滿足，因為那些小家子氣、把未來想得太過簡單的人越來越多了。包括你，優秀青年。」
高階講師陷入沉默，雖然不想承認，但對方說的卻是不可否認的事實。佐伯院長繼續在辦公室裡來回走著，腳下的鞋子不斷發出聲響。
「為什麼這間教學中心會變得這麼無聊？不就是因為你確立了那些規矩嗎？在那之後，我只看到這間教學中心一點進步也沒有，只是在維持現狀而已。佐伯外科已經變成了一間無聊的教學中心。」
「但要將患者排在第一順位的話，不如說現在的教學中心才是……」
「這種無聊的話，黑崎一個人說就夠了。我把反骨的你養在身邊並不是要你做那些事。必要時刻，就改變規定吧！這句話你應該先對自己說吧！」
高階講師陷入沉默。辦公室裡只剩佐伯院長的腳步聲叩叩叩地迴響著。

「兩年前，在你來之前，我一直以為會繼承教學中心的，不是渡海就是黑崎。萬一他們兩人勢均力敵，渡海大概會離開這裡、另創新的教學中心，而黑崎則是會繼承舊有的教學中心吧！但兩年前，在戰役中留下來的人卻是黑崎跟高階你，然後繼承舊有教學中心的人竟然是優秀青年啊……」

「難不成院長您打算要捨棄黑崎助理教授？」高階講師一臉訝異地說道。

佐伯院長看向窗外，在自己身後的高階看不到的地方一展笑顏。

「我從沒想過要捨棄黑崎，我只是想將心臟外科與腹腔外科分道揚鑣而已。不這麼做的話，之後便無法應對未來出現在日本的最尖端的醫療。我們綜合外科教學中心，從我這代開始面臨了分裂。神經外科、胸腔外科、小兒外科，最後只要再讓心臟血管外科和腹腔外科分開的話，那些希望綜合外科崩壞的人一定會很高興。但其實這樣才能完成我的構想，這才是大學醫院外科教學中心未來的型態。想要培養通曉所有領域的外科醫生，早就已經是不可能的事情了。」

佐伯院長露出寂寞的笑容，接著繼續說道：「但是黑崎缺乏離開這裡另闢教學中心的氣概，既然如此，我只好招聘擁有獨立心臟血管外科勇氣的人才，讓那個人才去實現我的夢想。」

「那個人就是天城醫生嗎？」

佐伯院長對上高階講師的視線，輕輕地笑了起來。他繼續說道。

「一旦我的部下發現我所畫的藍圖，而他們卻不願意接受的話，儘管去跟天城或來找我決鬥吧！到了那時，不管是玩弄權謀術數、還是使出卑劣的謀略都無所謂。想要獨當一面，還要培育自己的子弟兵，沒有這種氣概是無法成功的。」

佐伯院長的目光炯炯有神，受到那道強光吸引的高階倒吞了一口口水。

「再這樣糊里糊塗下去，你也會被那個討厭的星星吞沒的喔！那傢伙可是既邪惡又神聖的彗星，你最好別以為自己可以安穩地坐在現在的位置上，優秀青年。」

「我很清楚這些事。」

高階講師嘶啞地回答。

兩人肩並著肩站在窗邊。那時，窗外正颳著強烈的風。

# 第六章　黝黑的惡意　一九九〇年六月

天城在醫院全體營運會議上提出方針，強逼東城大學醫學部上層硬吞下去的隔天，正在外科醫院大樓處理雜事的世良突然被護士叫到名字。

「世良醫生，天城醫生打來的電話。」

大家將視線集中在他身上，世良戰戰兢兢地回聲招呼後，拿起聽筒小聲地說話。

「我是世良，有什麼事嗎？」

「我現在要外出，你馬上到舊院區赤煉瓦棟的玄關來。」

粗魯地說完後，還沒等到世良的回應，天城便直接掛斷電話。

世良聳了個肩，嘆了一口氣。不理會來自其他工作人員看好戲的目光，他將寫到一半的病歷放回書架。實習醫生一年級駒井一臉興致勃勃地看著世良。

世良離開護理站，前往赤煉瓦棟。

天城穿著西裝，身材高䠷地站在赤煉瓦棟的玄關。待世良一走近身邊，他抬了一下下巴，像是在說『跟我走！』的樣子。世良聽從他的指示，隨著他來到赤煉瓦棟的後院。

世良倒抽了一口氣。

那裡停放著一輛車，是鮮豔的祖母綠色。

「好漂亮的顏色喔！」世良如此說道後，天城露出一臉沮喪。

「你的感想只有這樣？」

「這個流線型，看起來好光滑啊！」世良仔細地觀察著那輛車，又補充說道。

「我現在明白朱諾真的不是愛車的人了。話說回來，我也沒看過朱諾開車吶！你有車嗎？」

「當然有，雖然是學生時期買的中古車。因為現在住得離醫院滿近的，幾乎都沒什麼在開。我把它停在大學後院，放到電池都沒電了，現在就拿來當倉庫放東西而已。」

由於之前待過足球社，只要不是太長的距離，世良都習慣用走的過去，因此沒什麼開車的機會。

會買車子也是因為之前在準備醫師國考，大家輪流在各自家裡舉辦讀書會，所以才會需要用到車子。

雖然之前實習時有因為搬家、鄉下交通不便而使用那輛車，但回到大學醫院後又沒什麼在開了。

他如此說明之後，天城點了個頭。

「難怪你連這麼好的車都不知道，早知道就不秀給你看了。」

就在這時，草叢裡突然傳出聲音，下一秒駒井便從那裡冒出頭來。

「這是義大利路奇諾企業的世界名車高迪唄！」他一臉驚訝地大聲喊道。

天城與世良因為突然冒出來的駒井嚇了一跳。

「什麼嘛！原來是在大賭場輸得慘兮兮的小子。」

駒井似乎沒有聽到天城的話，他一臉垂涎地在那臺名車旁邊繞來繞去。

「雙排氣管、總排氣量三千西西的超級怪物！但在這個充滿爆發力的引擎裡頭，卻是宛如貴夫人的優雅支架。日本幾乎看不太到這輛車唄！」

「沒錯，這可是很厲害的車喔！小子。」

天城瞄了一下身邊的世良，明顯地覺得世良就是個不懂車的笨蛋。

「這個消音器是路奇諾企業夢幻頂級配備裡才有的有機管吧！」駒井繞到車的後方，再度發出悲鳴似的慘叫。

駒井的雙眼閃閃發亮，一臉羨慕地看著天城。

「光看這些就可以猜到，這輛車應該整臺都是頂級配備吧！」

「你還真清楚耶！總算有人懂我這輛車的價值了！」天城一臉開心地說。

「這種綠色偶還沒看過捏，是特別訂做的嗎？」

「很棒的顏色吧！因為我喜歡祖母綠嘛！」

「超棒的……」

「原來愛哭鬼這麼懂車啊！」天城不掩得意地說道。

「也沒有很懂啦！」

「已經算很懂了，其實我正打算和朱諾一起去兜風，要不要乾脆換人陪我去呢？」

世良一聽，突然覺得心情很複雜。一直被天城呼來喚去確實還滿煩的，但突然說不用他陪，又讓世良感到很著急。該不會自己心底其實是希望能被天城使喚的吧！世良忍不住如此想著，但馬上又著急地搖了搖頭。

——才沒那種事，只要駒井想的話，我隨時都歡迎他代替我當天城的助手。

駒井完全沒注意到眼前飛黃騰達的大好機會，仍然在車子周圍打轉著，還趁天城不注意時偷偷摸了一下車身。

「話雖如此，這輛車還真適合梅雨季呢！」

還在為駒井的反應感到愉悅的天城，因而露出驚訝的表情。

「你說很適合梅雨季？這是什麼意思？」

「就是它的顏色啊！簡直跟森青蛙一模一樣，非常適合出現在梅雨季節呢！」

駒井一臉「這都看不出來嗎？」的表情，開口說道。

「森青蛙是什麼啊？」天城看來還無法理解駒井的說明，他小聲地問向世良。

「我猜是自然紀念物[15]裡，日本雨蛙的一種。」世良不知為何也小聲地回答。
待天城一理解駒井口中的森青蛙後，他的臉頰逐漸漲紅。
「日本雨蛙？你竟然拿日本雨蛙來形容我的名車？」
駒井因為天城突然的暴怒嚇了一跳。
「開什麼玩笑！像你這種不解風情的傢伙給我滾回去工作！」天城氣得對駒井大吼。
駒井完全不曉得天城為什麼會突然發怒，只好拔腿一跑，消失在現場。
「竟然把我特別訂做的高迪看成是日本雨蛙！真是個蠢蛋！」天城瞪著他的背影，忍不住罵道，接著轉過臉來，討好似地對世良說道：「果然我的助手還是朱諾就好！」
世良點了個頭，瞄了一下高迪。
真是不可思議，駒井的一句話，就讓天城自豪的名車瞬間變成賴在稻田不走的雨蛙。世良拚命憋著笑。
「反正今天天氣也很好，是個適合兜風的日子，我們就直接出發去兜風吧！」天城見狀，開口說道。

15 指本身擁有獨特價值，又因其固有之稀少而具備代表性的自然特質或文化意義的地理事物。包括動植物、地形、遺跡等。

「要去哪裡兜風？而且現在是上班時間，不太好吧！」

「當然不是單純的兜風，我們可是身懷重任喔！」

「我們要去工作？去哪工作？」

「成田國際機場！」

還沒反應過來，世良就被推進副駕駛座。

祖母綠的高迪急速向前奔跑。

「日本雨蛙能跑這麼快嗎？白痴！」天城忍不住小聲罵道。

駒井的一句話竟然有這麼大的影響力，足以破壞天城的美感。這麼想著的同時，世良忍不住偷偷地笑了起來。

這輛車坐起來比國產的中古車舒適許多。

雖然座椅是硬質沙發，懸吊系統也偏硬，不太能吸收凹凸不平的路面，但天城的開車技術十分流暢，讓世良不知不覺開始犯睏。

「我們要去成田機場幹麼？」他咬牙忍住了一個哈欠，開口問道。

「去機場當然是要迎接客人啊！」

「客人？這到底是……」

「朱諾你有點吵耶！難得現在充滿了南方氛圍，真是浪費。」天城直接打斷世良的提問。

經他這麼一說，世良才注意到車上收音機正播放著巴薩諾瓦[16]，好像是下午的特別節目。

「等我們到機場再好好期待客人是誰吧！現在說太多的話就不有趣了。比起那些，先看看窗外吧朱諾！天空是多麼的藍、海是多麼的平靜啊！」看著不發一語的世良，不知道是不是覺得自己說得太過頭了，天城又接著說道。

他用單手操控著方向盤，伸出右手指向廣闊無盡的沙灘。世良將目光移向閃閃發著銀光的大海。祖母綠的高迪不知何時早已離開櫻宮的小路，駛進東名高速公路。

機場內，高聳的天花板傳來了機場廣播。

「法國航空九一一班次，預計延後三十分鐘抵達。」

機場的咖啡店內，天城一口喝盡手中的咖啡，站了起來。

「差不多該去迎接蒙地卡羅的貴賓了，朱諾。」

世良站起身，在聽到蒙地卡羅這個詞的時候，舌尖瞬間閃過在大賭場裡喝到

16 一種融合巴西森巴舞曲和美國酷派爵士的一種「新派爵士樂」。

的粉紅香檳上的泡沫。

接機處充滿了舟車勞頓的臉孔。除了對異國充滿好奇心的外國人，還有單手拿著小包包、無視季節穿著厚重的日本人。混雜人群不斷湧入，世良一邊猜測天城的客人是誰，一邊觀察著來往的旅客。

穿著西裝、體態文雅的中年男子看起來像摩納哥手腕高明的外科醫生；戴著無框眼鏡、身材苗條的金髮女子則像是名深思熟慮的內科醫生。但這些人全都違背了世良的期待，他們一一從天城面前走過。

身材高大的天城倚著牆壁，雙手環抱於胸前，打量著剛登陸日本的成群旅客。過了不久，拖著大型行李的旅行團從接機口走了出來。貨物艙的行李也逐一送上行李輸送帶。天城的表情毫無變化，只是維持著倚靠牆壁的姿態。

終於，從出口走出的人群漸漸消散。

「天城醫生的客人是不是沒趕上飛機啊？」

經世良這麼一問，天城露出微笑。

「不是的，別擔心，他應該很快就會出現了。」

下個瞬間，一名年輕男子出現在入境會面點。他一身便裝，隨意地穿著夾克搭配牛仔褲，肩上背了一只背包。明明沒什麼打扮，穿衣風格卻令人眼睛一亮。

認出那名男子後，天城朝他走了過去。

「Salut, Malizia. Bienvenue à Japan.（馬利西亞，歡迎來到日本！）」

「雪彥，先謝謝你接下來這幾天的招待。」金髮男子一見到天城便露出微笑。接著他明白地說道。

世良馬上就聽懂了對方的話，因為這名金髮碧眼的年輕男子，竟然說著流暢的日文。這名叫做馬利西亞的男子向天城伸出手。

「真是不錯的國家呢！每個角落都十分乾淨，女孩子也都很有魅力。」

他沙啞的聲音聽起來像是低沉的女聲，與他的臉孔相稱，讓世良對馬利西亞留下了中性的印象。

「雪彥，這個人是誰？」馬利西亞打量著天城身邊的世良，看起來很驚訝，他低聲問道。

「這是我在日本的領航員，世良醫生，當上外科醫生三年了，是年輕的希望。」天城一臉愉悅地回答。

「是喔……」

馬利西亞看著世良。世良向他點頭示意後，伸出了右手。

「您好，我是世良，歡迎來到日本。」

「喂，雪彥，這是在開玩笑嗎？」

馬利西亞盯著世良伸出的右手，回頭看向天城。

階級較低的人先伸出手來是違反禮儀的，馬利西亞的眼神如此說道。

「這趟長途之旅應該很累吧，馬利西亞。」天城握著方向盤，充滿朝氣地問道。

「不會，這趟旅程很有趣喔！雪彥。」和世良並肩坐在後座的馬利西亞開口回答。

「**Très Bien.**（真好。）那現在馬上就可以進入工作模式嗎？」

馬利西亞微微傾斜著頭。

「還要多久才會到現場？」

天城注視著高速公路的彼端。

「馬上就要進到首都高速公路了，這裡有點難計算時間，如果遇到塞車的話大概要花一個鐘頭。然後會接到東名高速公路，大概要花兩個小時，所以總共需要三小時吧！」

「感覺不錯。」

馬利西亞關上原本一直敞開的窗戶，抱起兩隻手臂，深深地沉入後座沙發。

「那一到那邊就開始工作吧！不過那之前的三小時我要先睡一下，畢竟睡覺可是治療時差的特效藥。」

「隨便你吧，馬利西亞，畢竟你可是客人。」

金髮馬利西亞以笑容回應天城後，閉上雙眼。過了一會兒，便能聽到規律的鼾聲傳來。被晾在一邊的世良觀察著馬利西亞的側臉。

他的年紀跟自己差不多吧！他是蒙地卡羅王室鍾愛的孩子、設立心臟手術專門醫院，櫻色心臟中心的祕密武器嗎？

世良內心深處，浮現了焦臭味的情感。

天城嘴裡哼著法國香頌，聽起來像是《La Mer》的旋律。

迷迷糊糊之中，世良才發現肩上不知何時多了一份沉重感。他看向旁邊，馬利西亞正靠著自己的肩膀呼呼大睡，從他身上傳來淡淡的古龍水香味。

為了不驚動馬利西亞，世良將目光移向窗外。左手邊是閃著銀光的廣闊大海，看樣子他們已經離開東名高速道路，來到海岸線的國道了。再過半小時應該就能抵達櫻宮了。

不久，世良在海上看到了熟悉的小島。只要在第三個紅綠燈右轉就是櫻宮市的入口，再開十五分鐘便能抵達東城大學。然而在靠近第三個路口時，天城的高迪並沒有放慢速度。

天城繼續哼著歌。流線型的高迪快速駛過路口，直直地往前奔去。

「我們要去哪裡啊？」世良開口問道。

「朱諾，你醒了嗎？等一下你就知道我們的目的地了，是一個你很熟悉的地方。」天城立刻停止哼歌，完全沒看向後座，只是自顧自地說道。

世良本來還想再追問，但最後還是作罷了。以天城的文法而言，『等一下就會知道』這句話等同於『到達目的地以前都乖乖閉嘴』的溫和命令。

「那個、隔壁這位貴賓的名字還真稀奇呢！」世良將最初的疑問丟給時間去回答，他提出了第二個問題。

「怎麼說？」

「馬利西亞這個名字是拼成 Malicia 吧！這個字不是惡意的意思嗎？一般人不太會拿這種消極的字當名字吧？」

「為什麼朱諾會知道這種扭曲的單字呢？」天城大聲笑道。

「malicia 是足球用語，故意要詐但又不算犯規，指的是故意拖時間以贏得勝利的招數。足球界還滿鼓勵這種小技巧的。」

「我不太懂足球，但這是現實中的運動對吧！只要是運動，通常都會提到運動家精神之類的好話呢！」

「沒錯，不過足球實際上沒有什麼原則。」

「然而朱諾卻盡說些漂亮話，你是想表示自己是一個不錯的足球選手吧！」

「我還是學生的時候，足球就是我的一切。而且我也有在比賽中留下不錯的成績。」世良有點生氣地回答。

「那是醫學院踢的足球太溫和了吧？」

世良放棄反駁不懂足球的上司，反正被他小看也不痛不癢。他將偏離主題的話題拉回：「我是不是一個好足球選手一點都不重要，重點是隔壁這位貴賓的名字，會用『惡意』這種消極的單字當名字，很少見吧？」

「還好這裡是日本，要是你現在在蒙地卡羅，把人家的名字跟 **malicia** 相提並論的話，可是會被抓去關的。」

天城停頓了一下，接著他對世良身邊睡得正熟的馬利西亞叫道：「馬利西亞，我們到囉！起床了。」

一聽到這個聲音，馬利西亞立刻睜開眼睛。他清醒的速度宛如高性能的汽車從空檔瞬間火力全開進入最高速的樣子。

天城向馬利西亞說明剛才的對話內容。

「不想被誤會的話，你就好好說明自己名字的由來吧！」

馬利西亞露出微笑。

「沒差，雪彥，被他誤會也沒什麼大礙。」

那個笑容透露出他深藏心底的惡意。世良直覺想著，就算馬利西亞這個名字的由來並沒有惡意的意思，這個人也非常適合叫這個名字。

天城突然用力地迴轉了方向盤，車子也因此向左彎了過去。那是一條前往海邊的蜿蜒小路，世良曾經看過這個景色。曲折道路的終點，便是支撐著櫻宮黑夜的海邊蝸牛——碧翠院櫻宮醫院。然而綠色的高迪並沒有在醫院門口多加停留，而是直接開往海岬的方向。

過了一會兒，車子停在海岬突出處。

三人走出車外，一同伸了一個大大的懶腰，眺望著眼前的大海。

時間已經將近七點，但天空卻還十分明亮。夏天的傍晚太陽總是比較晚下山。寬闊的海岬觀覽臺，放置了一張任由風吹雨打的長椅，看起來就像在那守望著風不斷往前吹去。青青草原因夕陽而染上金黃，宛如呼應般，馬利西亞的金髮也任由風吹搖曳。

天城回過頭來看著馬利西亞。

「你覺得這裡怎麼樣？」

馬利西亞打量著四周，突然冒出一句：「這裡就是雪彥選的地點嗎？」

天城點了個頭。馬利西亞抬頭看向掛著夕陽的天空。傍晚的天空，雖然萬里無雲，卻像被什麼遮住似地微微暗了下來。

「完全不行，感覺太散漫了，無法相信這是雪彥選出來的地方。」馬利西亞瞄了一下世良，卻又裝作毫不在意他似地回答天城。

「是嗎？我倒覺得就是這種地方才最適合開啟新的事業。」

「真難得啊！這跟我之前對你的印象完全搭不上。」馬利西亞又瞄了一眼世良，開口說道：「是雪彥的感覺變遲鈍了嗎？還是我還不夠了解你呢？哪個才是正確答案呢？」

天城因為馬利西亞的話陷入了沉思，過了一下才喃喃自語地說道。

「對了，馬利西亞還不知道那個磁場呢！」天城走回高迪旁，對著正在海岬吹風的兩位年輕人喊道：「馬利西亞、朱諾，稍微往回走一點吧！」

還沒等到兩人回應，天城便已發動車子引擎，催促著兩位年輕人的步伐。

才踩一次加速器而已，便已抵達碧翠院櫻宮醫院。一從遠方看見螺旋狀的哥德式建築，也就是擁有蝸牛外號的櫻宮醫院，馬利西亞的臉上便漸漸漲紅起來。即將下沉的夕陽，染紅了櫻宮醫院的正面玄關。東塔看起來就像是蝸牛的角，爬滿綠色常春藤的醫院大樓，宛如即將倒塌的通天塔。

天城將高迪停放在碧翠院櫻宮醫院的正面草原。

下車之後，馬利西亞抬起頭來仰望著櫻宮醫院的東塔，他突然往前走去、又突然止步不前，接著伸出雙手，用拇指與食指比出一個長方形的觀景窗，彷彿在等待按下快門的機會。他瞇起眼睛，凝視著這個空間的各個角落。

停下、再往前。天城與世良慢慢走近不斷重複那些動作的馬利西亞。

「看來你滿喜歡這裡的。」

馬利西亞漲紅了臉，回過頭來。

「好美啊！這裡。」他滔滔不絕地說了下去：「如果這裡有這種東西的話，雪彥挑的那裡，能量也要重新評估了。不過那邊還是不行，雪彥只是看到這裡的海市蜃樓而已，正確的地點就是這裡。」

他站在距離停放車子幾步路的地方，從那裡可以看到被稱作櫻宮的蝸牛——

碧翠院櫻宮醫院的真正姿態。

「你想在這裡蓋一座玻璃製的櫻桃樹林，讓那些由怨念而生、籠罩整個醫院的瘴氣得以淨化升天，對吧？」

天城露出苦笑。

「不是，我沒有想做什麼，只是隨著時間經過，又剛好被朱諾的熱情纏上，就來到這個地方而已。」

天城對著虛空自語。馬利西亞向世良投以銳利的視線。

三人站在櫻宮醫院面海那邊的草原，右手邊是海岬的斷崖，放眼望去盡是凹凸不平的岩石。一陣強風吹來，他們被岩石區飛來的沙塵逼得瞇細眼睛。

當強風消去後，夕陽下出現了一名女性佇立在那。世良瞪大眼睛。

「又見面了呢！」天城向那名女性說道。

逆光下，女性因影子黯淡的輪廓笑了起來。

「好久不見，天城醫生、世良醫生。」

那名女性正是櫻宮葵。葵的背後是充滿岩石的地帶，因為那條路彎彎曲曲的，所以一直到葵走到草原之前，三人都沒有注意到她的來訪。順著那條彎曲小路一直走下去便能直達海岸。

注意到天城背後那名陌生男子後，葵的笑容消失了。

「我來介紹一下，這位是遠從蒙地卡羅而來的馬利西亞先生。」天城說道。

葵向後退了幾步。馬利西亞走向葵，牽起她的手，吻了一下她的手背。

「初次見面，女士，遇見您是我的榮幸。」

馬利西亞的動作十分優雅，宛如一名紳士。然而葵的反應就像被毒蜂螫到的可憐蟲，一動也不敢動。

「我一見到您就明白了，您就是在淨化這座惡意之塔的女神。」馬利西亞嘶啞地說道。

葵的表情更加困惑了。就在這時，葵的身後傳來不客氣的聲音。

「傍晚是最多胡言亂語出現的時候，要小心曖昧的喃喃細語，話裡隱藏著魔鬼。」

從蜿蜒小道現身於舞臺的，是有著一頭銀髮的男子，逆風豎立的頭髮讓他看起來宛如一隻獅子。雖然這頭銀色的獅子並不高大，體型看起來卻十分健壯，令人聯想到裝甲車。

彷彿受到那股威嚴的壓力影響，馬利西亞放開了葵的手。

「你以為這間醫院是惡意之塔，這個看法是正確的，但若本身就非充滿惡意之人也無法看出。我好久沒看到如此純粹的惡意了，自我從熱帶雨林深處回來之後。」銀獅子繼續說道。

「我充滿惡意？你在說什麼莫名其妙的話啊！」

「人是看不清自己的真面目的，小子。你的內心早已經充滿惡意，所以才看不出純粹的惡意。那座塔是一面鏡子，你只是從那座塔看到自己的姿態而已。」

「別隨便幫我下定論。」馬利西亞小聲地罵道。

「從你的措辭聽來，你應該是什麼王公貴族吧！沒有被別人批評過還真是可悲。想要知道我說的是不是真的，就問問你身邊的小子吧！他應該沒有從那座塔感受到什麼惡意。」銀獅子笑道。

世良在心中反覆咀嚼著銀獅子的話。的確如銀獅子所說，別說惡意了，世良甚至不會因為碧翠院櫻宮醫院感到一丁點不舒服。

「爸爸，這樣跟初次見面的人講話太失禮了喔！」

銀鈴般的聲音響起，周遭的氣氛瞬間受到淨化。銀獅子用鼻子發出冷笑。葵謙恭有禮地打了聲招呼，走了過去。這時他們才注意到銀獅子背後多出兩個身影。那是跟葵看起來很像的雙胞胎少女。

「原來如此，妳們就是催化劑吧！」

少女們因為馬利西亞的話回過頭去，相似的兩人因為驚訝而微微歪頭。她們並沒有回答馬利西亞的話，只是躲在銀獅子的背後。

「他是櫻宮醫院的當家，櫻宮嚴雄。」天城低聲向馬利西亞說道。

「雖然你不把我看在眼裡，但我能看到的不只有惡意，還有你的謊言。你說那座塔是一面鏡子？笑死人了，這是一座玻璃之塔，只會散發居住在裡面的人的氛圍而已。」馬利西亞瞇細雙眼，朝著對方悠悠撤退的背影喊道。

彷彿惡意爆發一般，他繼續說道：「住在這座塔裡的人，總有一天會暴露在巨大的惡意之下，就像日本的諺語所說的那樣：『物以類聚』。而我總有一天會在這塊土地上建蓋虛妄之塔，非常抱歉，我不曉得那座塔什麼時候才會蓋好，也許你無法看見那時的光景呢！」

銀髮的獅子——櫻宮巖雄止住腳步。他頭也不回地撂下狠話。

「你說的是，跟我所想完全相反的未來嗎？也許會有那種未來，因為我跟你活在不同的世界，但至少在我的有生之年，你的預言不可能會實現的。」

櫻宮巖雄回過頭來，重新與馬利西亞面對面。

「這個充滿惡意的小子竟然可以承襲摩納哥公國始祖的名字，真是黑色幽默啊！還是摩納哥公國本身就是個充滿惡意的國家呢？如果你能解釋給我聽，我會很感謝的，神聖的守財奴，天城先生。」

竟然知道我的外號！天城因驚訝而低呼。

「我帶來的客人冒犯了。他還不太懂日本的禮儀，希望您能網開一面。話說回來，我明明還沒向您自我介紹，您卻知道我是誰，真是令我感到榮幸，櫻宮巖雄先生。」他開口回答。

櫻宮巖雄大笑。

「這沒什麼，想要知道祕密，只要時不時聽一下佐伯在說什麼就好了。看在你的面子上，我就原諒金毛小子的無禮吧！反正只要我還在這裡一天，那小子就無法進到這裡一步。至於我不在之後的事，我就不知道，也跟我沒關係了。」

海風不斷颳來，銀獅子與蒙地卡羅的貴公子對峙著。

「我和你到底誰才是對的，就讓未來的歷史來證明吧！」

馬利西亞如此放話。櫻宮嚴雄一聽哈哈大笑。

「隨便你吠吧！說不定哪天這裡真的會變成你的天下。」

櫻宮嚴雄一邊笑著，一邊慢慢地走回聳立在夕陽之下的高塔。

待櫻宮一族走遠後，馬利西亞的身影也從他斷言為惡意之塔的櫻宮醫院走了過去。他的目光如炬，瞪著方才殘留的景象，彷彿要將討厭的銀獅子燃燒殆盡一般。

「天城醫生，所以這位客人到底是誰啊？」世良小聲地問道。

天城正要開口時，馬利西亞伸手制止了他。

「沒關係，雪彥，我自己介紹。」馬利西亞正對著世良，開口說道。

這到底是怎樣的心境變化，又或是馬利西亞也對世良有了新的認識。

「我是馬利西亞・多・賽巴斯汀安・希勒撒奇・庫魯比亞。摩納哥公國建國之初的國王馬利西亞的直系，分家第二十五代當家，王位繼承權第七位。總而言之，就像是候補中的候補的候補。因為我的母親是日本人，所以我會說一點日文。」

馬利西亞一邊感受到來自世良的視線，一邊繼續說道：「我的工作是理解空間的意志，再將那塊土地的意志具體化。」

彷彿在求救一般，世良看向天城。

「這個人到底在說什麼？」

天城露出苦笑。

「這對朱諾來說太難了吧！馬利西亞現在還很年輕，但將來他的名字一定會透過他的建築傳到世界各地，你說是不是？」

世良無法回答。天城聳了個肩，繼續說道：「馬利西亞是最近嶄露頭角的建築師，因為他老是在蒙地卡羅偷懶，所以我就委託他設計櫻色心臟中心。」

世良看著馬利西亞，接著將目光移回天城身上。

「要蓋醫院之前，也要先跟建築師討論嗎？」

「為什麼你會問這種問題？蓋房子之前不是要先跟建築師討論嗎？是一樣的道理啊！」對於世良的提問，天城驚訝地回問。

「但一般不會特地從國外請設計師啊！」

天城一臉越來越不明白的表情。

「既然認識世界第一的建築師，想到要請他設計也很正常吧！」

「是這樣沒錯，但我以為醫生不用管醫院要怎麼設計。」

天城搖搖頭，回答：「你這樣就錯了，朱諾，你有去歐洲觀光過吧？」

「嗯，有去過一次，在羅馬那邊。啊！最近又去了尼斯，這樣算兩次。」

「你在那裡看到了什麼？」

「跟一般人差不多，就去參觀了羅馬競技場和地下墓穴之類的。」

「也就是說，你去看過以前的競技場跟墓穴，那你為什麼要去那些地方？」天城點頭說道。

世良歪著頭。

「我也不知道。」

「因為每個建築物都是一首歌啊！大家都會聆聽過去流行什麼音樂，我希望櫻色心臟中心也能成為那樣的醫院，大家會聚集在此，就為了聽那個歌聲。」天城抬起頭來仰望著天空，接著又看向櫻宮醫院，開口說道。

世良終於明白天城的想法了。

許多醫生都希望能夠建造出自己夢想中的醫院，但會想到從國外請建築師來的醫生又有多少呢？更別說他的想法，甚至還昇華成希望那座建築是帶有意義的。沒有任何一位醫生覺得那種想法能夠實現吧！

世良回想起在大學醫院的那些前輩，他不認為有哪位醫生會做出這樣的選擇。就連他敬愛的高階醫師，應該也不會認同這樣的發想吧！高階講師在即將沒入黑暗的大學醫院高塔中努力地奔馳著，只對拯救即將殞落的生命有興趣。而現在的東城大學醫學部附設醫院，也充滿了這樣的人。

換句話說，依照兩人的選擇，高階講師與天城將置身於不同的地方。

當他回過神來，才發現馬利西亞已經從背包拿出素描本，直接席地而坐。他輕輕地用粉彩筆畫出櫻色心臟中心的未來雛形，對世良與天城的對話一點都不感興趣的樣子。

世良瞄了一眼被風吹開的設計圖，不禁感到愕然。

那張設計圖上畫了完整的碧翠院櫻宮醫院，卻像是處於不同次元的樣子。

世良突然想起天城那匹奔馳的鋼鐵駿馬，黑色的哈雷，天城將它叫做——馬利西亞號。

世良來回看著天城與金髮的年輕人。年輕人手中那支粉彩筆，時不時大膽地畫出嶄新的形式。隨著草原的微風，櫻花花瓣翩翩飛舞著。

隔天，正當世良因為寫錯訂單在護理站被年長護士責罵時，天城出現了。護士因此住嘴，匆忙地消失了。

世良也因此鬆了一口氣，他問向天城：「你沒跟那個人待在一起嗎？」

「馬利西亞今早去了東京喔！好像要搭下午的班機回蒙地卡羅。」

「咦？才剛來馬上就要走了？昨天不是還躍躍欲試的樣子？」世良一臉訝異地問。

天城向世良使了個眼色。一回頭，才發現周遭的護士與實習醫生都停下手邊的工作盯著他看。世良這時才注意自己無意間放大了音量。

「那之後發生了什麼事嗎?」他壓低聲音問道。

昨天去完櫻宮醫院之後,在天城特別安排下,世良和馬利西亞共進了晚餐。為了因應客人想吃日式料理的需求,他們還特地到獲地方好評的壽司店去。馬利西亞因此心情非常愉悅,連續說了好幾次好吃、好吃,也不斷述說著櫻色心臟中心相關的抱負。

受到氣氛影響,世良也喝了幾杯酒,將醫院的工作完全拋到腦後。剛才之所以會被護士罵,也是因為忘了交昨天就應該完成的處方箋。

天城搖搖頭。

「不用擔心喔!朱諾,馬利西亞接下我的委託了。不過,他認為接下來不再待在日本也沒有關係。」

「但我們只有在那裡待了一下吧?」

「其實昨天晚上,他吃完晚餐後又回到那個海岬,還在那邊過了一晚。」

「露營嗎?」

「他似乎很中意那邊。我幫他準備了一個簡易帳篷,他卻覺得不需要,說帳篷會阻礙他聽那塊土地的聲音。」

「這樣不會感冒嗎?」

「已經夏天了,更何況王室也是很頑強的人種,否則就沒辦法統治國家了。雖然馬利西亞看起來是那樣，但也是很出色的皇家貴族喔！」

世良回想起馬利西亞五官端正、卻令人難以接近的側臉。

「他要回去的時候，設計圖也都畫好了嗎？」

「大概就骨架的部分吧！剩下的就是要怎麼因數分解那塊地的思念，他是這樣說的。但就算他這麼說，我們也無法理解實際狀況是怎麼一回事。反正他就在那塊地上睡了一晚，聆聽大地的聲音。」

「真的完全無法理解呢！」

「想要理解天才是不可能的事，凡人只需要聽從指示就好了。」

那句話就像雙重束縛一樣對世良施壓，讓世良覺得自己剛才聽到的是：「朱諾要絕對服從我的命令！」。要服從建築業界的天才馬利西亞的話，他一點問題都沒有，但要服從阻礙外科世界的高山天城，總覺得不太甘願。

世良突然覺得自己周遭的空氣變得稀薄。

然而天城毫無察覺，只是一臉開朗地繼續說道：「馬利西亞請我跟你說，請多多指教，這對那傢伙來說可是很少見的，因為摩納哥的貴族通常不會向平民低頭。」天城簡短地說著。

世良腦裡鮮明地浮現出馬利西亞金色的頭髮，還有那雙比大海更深邃的藍色眼睛。

# 第七章　前一夜　一九九〇年七月

七月十一日星期六。位於東京有樂町的帝華飯店正應接不暇。旅館主任用流暢的英文一一接待到訪的國外貴賓。

「帝華飯店非常歡迎各位的到來，斯托爾醫生一行人。」

「行李就是這些吧！霍華德女士，讓我帶您到您的房間。」

「日式料理為您準備壽司可以嗎？我們旅館有附設壽司店，但如果您想要到外頭用餐的話，銀座的瀨井壽司也很不錯喔！」

「怎麼了啊？為什麼這麼多外國人啊？」站在身旁實習的行李員問向主任。

「好像都是明天要去東京國際會議廳參加國際學會的醫生。」主任一邊笑臉迎接從計程車走下的貴賓，一邊快速地回答。

「但是，隔壁的會議廳以前也辦過很多學會，卻從來沒看過這麼多外國人來耶，到底是發生什麼事了？」受到主任的說話方式影響，實習生不禁也跟著壓低音量，他小聲問道。

「你覺得我會知道這種事嗎？」主任臉上掛著燦爛的笑容，嘴裡卻說出大相逕庭的訓斥。他急忙跑向正要從計程車裡拿下行李而踉蹌的老婦人身旁，小聲地對行李員罵道：「有時間廢話，還不快點動起來！」

他再度露出和藹可親的笑容，一邊用英文說著『歡迎來到帝華飯店』，一邊將老婦人的行李搬運到櫃檯。就在這時，一位身材高大的外國男子經過他的身旁。男子站在天花板挑高的大廳，環視起周遭。在看到坐在咖啡區沙發上的人後，立刻舉起手來打招呼：「嘿！雪彥！你好嗎？」

「馬馬虎虎囉，鮑比。」

和天城雪彥打招呼的人，正是德州大學的鮑比傑克森助理教授。天城的隔壁坐著世良，高階講師則坐在世良對面。他將雙手環抱於胸前，一臉不高興的樣子。

「話說雪彥你幹麼特地回來心臟外科如此落後的日本啊？只要你想，到處都歡迎你吧！」鮑比圓滑地對高階與世良投以微笑，開口問道。

「正確說來，是除了鮑比在的德州大學以外，到處都歡迎我吧？」

「Of course.（當然。）那種小醫院不需要兩位天才外科醫生，要是牛津大學請我去他們學校的話，我就推薦你當我的接班人。」

「只有草原的鄉下我就心領了，那我還不如回太陽之城蒙地卡羅呢！」

「雪彥還真是賭鬼呢！那不然去拉斯維加斯呢？」

「那就算了，那種蓋在沙漠中間的人工賭場太無聊了，總之對我來說，第一首選是蒙地卡羅，第二是櫻宮。」

「再忍耐一下吧！東京就快有賭場了，這是我聽說的。」

「那是不可能的，日本是一個若想放煙火，只會出一張嘴的人就會一哄而上，把煙火發射臺搞得亂七八糟的國家。」

一直在旁聽著兩人對話的高階講師假意咳了幾聲，天城這時才向鮑比介紹起高階。

「這位是東城大學的王牌，高階講師。明天他會幫你把你的解說翻譯成日文。」

「太好了，請一定要把我辛辣的發言原封不動地傳達給日本的外科醫生。我的解說可是都很簡短扼要的。就這樣說好了：『他媽的，雪彥的手術根本是奇蹟！為什麼光靠那樣就能夠拯救患者呢？讓人不禁覺得連上帝都站在他那邊。』怎麼樣，很詩情畫意吧？」鮑比對高階講師眨了個眼。

「雖然你是在讚美我，但不好意思，我這個人是無神論。」天城開口說道。

「我知道啦！所以才更像是奇蹟啊！」

「鮑比，看來你也變成一個只會出一張嘴的人了，算了，這好像也無可厚非，畢竟你就是用那張嘴攻擊，靠著被摧毀的外科醫生數量來獲得動章的男人啊！」

「別這麼褒我，可惜亞洲還沒有被我摧毀的傢伙，說不定雪彥會成為非常有紀念性的第一人喔！」

天城舉起手來敲了一下正對著自己眨眼的鮑比。

「我會被摧毀？這還真是個傑出的美國笑話。你小心聰明反被聰明誤，復仇不成反被殺害喔！」

「這才是最棒的笑話了。忙著動手術的醫生是要怎麼摧毀主持人？」

天城露出微笑。

「沒有什麼是做不到的事情。」

高階講師突然插入兩人的對話。

「確實，在歐美也聽說過有位傑克森醫生還滿出名的，就連麻省大學也有兩位被德州大學的『泥濘鮑比』摧毀的外科醫生呢！」

鮑比臉上的笑容驟失。

「嘿，雪彥！雖然你才剛幫我介紹過，但我不小心忘了，這個人的名字是什麼啊？」他瞪著高階講師，目光一動也不動地問向天城。

「他是高階醫生。」

鮑比陷入沉默，接著又喃喃自語起來：「幾年前，卡爾的確說過，麻省有個自以為是的黃種人外科醫生，但他的名字不巧被我給忘了。」

「您說的是卡爾海德堡博士吧！我還在開發 Snipe 時，也受了他不少照顧。」

高階講師回答道。

「Snipe……Shit！」鮑比忍不住罵道。

「我想起來了，那個人就是你嗎？開發那種讓外科醫生價值一落千丈的白痴玩具！你是保羅的朋友吧！」

「果然就是你沒錯，在北美胸腔學會的公開手術上，將我的夥伴保羅巴克博士變成廢人的人。」高階講師目光炯炯地說。

鮑比從鼻子發出冷笑。

「那是沒本事還硬要舉辦公開手術的人的錯。說到這個，我聽說保羅那個黃種人夥伴倒是挺聰明的，還知道要逃回日本，沒想到我們竟然會在這個地方碰到。」

高階講師瞪向鮑比。

「我只是因為留學結束，按照計畫回日本而已。那之後我馬上就聽說保羅的事了，我從來沒這麼後悔過。」

「現在再怎麼說都只是藉口而已了。重點是在其他人看來，你就是因為懼怕我而逃跑而已。」

鮑比瞪向一直旁觀著兩人對話的天城，不滿地說道：「雪彥，這傢伙可不得了喔！他竟然把胸腔外科醫師最困難的手術——食道癌切除術的縫合丟給一個玩具去自動化。我就是因為不能容許他這麼做，所以看到他的搭檔若無其事地舉行公開手術時，才會想給他點顏色瞧瞧的，記得那是三年前的事了吧！」

高階講師直盯著鮑比。

「爛泥鮑比，這次你可小心，不要聰明反被聰明誤。」

「很好，原來日本也有只會出一張嘴的醫生啊！」鮑比回瞪著高階講師，開口說道：「我想起來了，那個逃回日本的膽小鬼醫生的外號不就是『吹牛老鷹』嘛！」

天城咳了一聲，接著為自己做辯解。

「我想你說的應該是『高階』這個字的發音。在日文裡，『高』這個發音的確也有『老鷹』的意思，也就是英文的 hawk。」

鮑比突然大笑起來。

「哈、哈、哈，明明只是一隻兔子卻自稱老鷹？哈、哈、哈。」他接著炯炯有神地說道：「真開心，我現在的心情就彷彿見到多年不見的愛人一樣。」

「那就拜託你安分點囉！不要忘記，明天的主角可是我呢！」天城微笑說道。

「我只會在開幕式時給你留點面子而已，而且不到最後，還不知道誰才是主角呢！主角是由觀眾來決定的，希望你能讓我玩得開心點囉！雪彥。」

「真是抱歉，這是不可能的。明天幾乎沒有鮑比出場的機會，比起這個，你還是小心最佳主持人的位置不要被高階搶走比較好喔！」

「竟然對遠道而來的朋友說這種話！」

「這對還要調時差的你來說太刺激了嗎？至少今天晚上，就好好享受一下東京的夜晚吧！這樣明天你也能以最佳狀態做主持。」

「一想到能站上公開手術的舞臺，我高興得都要飛起來了。」

鮑比向高階伸出右手，高階用力地握住那隻手。

「那麼，明天會場見。」

目送鮑比離開後，高階與天城深深地坐在咖啡區的沙發，世良則被兩人夾在中間。

「沒想到那個人就是保羅的仇人……」

天城一口喝盡手中的咖啡。

「很討厭的傢伙吧？明天就隨便你、給他點顏色瞧瞧吧！」

「我一定不會客氣，會盡全力給他好看的。」

高階講師注視著天城。

「我由衷地感謝你這次讓我擔任口譯一職，我一直想在某個平臺上跟他一較高下。」

高階講師起身，努力忍住內心的激動。

「就算你不用出什麼力，鮑比也會自嘗惡果的。這個世界就是這樣運轉的，高階醫生就讓他自生自滅吧。」天城仰望著高階講師，開口說道。

高階講師露出一臉不可思議的樣子，但什麼也沒問，便離開了咖啡區。

世良原本也想跟著起身離開現場，沒想到天城卻早他一步開口：「朱諾，我們去明天的舞臺預演一下吧！」

世良的腦中突然閃過現在正應該和貓田一起前往東京、花房美和的大眼睛。

他用力甩開那個畫面，起身跟在天城後頭。

從帝華飯店步行約十分鐘即可抵達東京國際會議廳，正面玄關掛著非常引人注目的大型看板，上頭寫著『第八十八屆日本胸腔外科學術總會　一九九〇年七月十二日~十五日　東京國際會議廳』。

瞄了一下入口處，幾名穿著西裝的年輕男子正在那辛勤地工作著，看樣子主會議廳正忙著為明天的公開手術做準備。

「辛苦了，我是明天的主刀醫師，可以讓我看一下會場嗎？」天城注意到一名看起來像是負責人的人，他舉起手來說道。

還沒等到對方回應，天城便飛快地進入主會議廳。

特別為活動設置的臨時手術室已經差不多都完工了，只剩幾個人還在場上繞來繞去做最後確認。

「這就是明天的手術會場，正面跟左右兩側應該都會架設大型螢幕，螢幕會完整呈現我的指尖展現出來的手術技巧。」天城一面走下觀眾席的樓梯，一面向世良說道。

世良倒吞了一口氣。光是要控制好眼前那塊小小的視野都很困難了，更別說還要將那個畫面放大播出給其他人看。沒想到能夠承受這種巨大壓力的人真的存在於這個世界上，真令人無法相信。

天城敏捷地登上舞臺，環視著手術臺、無影燈、人工心肺機上的麻醉器，以及其他早已看慣的機械。他輕輕地觸摸著那些機械，確認它們的觸感，接著戴上放在手術臺上的放大鏡，再打開安裝在放大鏡上的耳機麥克風。

「啊──啊──今天天氣晴朗。」

會場內迴響著天城的聲音，正在安裝器具及其他準備的工作人員一同看向天城。

「大家好，我是明天要進行公開手術的天城雪彥，請繼續你們手邊的工作。首先我想跟大家說聲謝謝，謝謝你們創造出這麼完美的舞臺。」

天城透過音響表達感謝之意。世良趕緊阻止天城。

「你在幹什麼啊？現在不是玩的時候吧！」

「這也是預演的一環喔！朱諾。」

「真正的手術才不會用到麥克風吧！」

「Non. Non.」

天城搖搖手指頭，伸開雙手。

「我就先讓朱諾瞧瞧明天的舞臺會長什麼樣子吧！首先，在患者躺上手術臺並進入全身麻醉前，舞臺的簾幕都不會被揭開。隨著手術開始，骨鋸切開胸骨的聲音響起，而簾幕後面究竟是怎麼樣的情形呢？在觀眾的好奇心與熱情到達最高點的瞬間，開場的小號響起。」

天城突然將敞開的手往上一舉，聚光燈的光柱便朝他打了下來。

「戴上放大鏡與耳麥的我，要開始製作內乳動脈的人工血管了。這不是根蒂性移植物[17]（pedicle graft），而是採完全游離的自由移植物[18]。放大鏡對準了已經處理好的動脈切口，我一邊擊破爛泥鮑比故意出的難題，一邊進行手術。哪怕只是多一個人，我也要將 Direct Anastomosis（直接縫合法）烙印在那些外科醫生的視網膜上。」

「天城醫生打算一邊動手術一邊回答相關問題嗎？」

「朱諾，別讓我失望，這種事情對公開手術來說是常識。」天城放下原本高舉的雙手，冷眼看向世良。接著他又繼續發表充滿熱情的演說。

「降臨至舞臺上的並不是只有優秀的提問或是賞識的讚美，那些因為嫉妒、想將我從舞臺上拉下來的鼠輩們也在蠢動。我將以他們都無法跟上的速度，為塞爆現場的觀眾們演示，只有我才做得到的優雅手術。而在公開手術順利成功之時，櫻色心臟中心的大門也將在我面前敞開。」

「失敗的話一切就完了。」世良壞心地往一頭熱的天城潑了冷水。

「有哪個外科醫生明知道會失敗還硬要做手術的？那樣的話就算病人倒楣了。」

---

17　只取下血管的一端與冠狀動脈吻合，另一端留在原處。

18　取下整段血管，兩端分別與冠狀動脈和其他血管吻合。

在我的腦海中，經常都只有成功的畫面，萬一出現不成功的畫面，我絕對不會拿起手術刀。因此到目前為止，只要上了手術臺的病患，我都會讓他們活著離開。」

「所有的患者嗎？」

就連高階講師也說過他殺死過五名患者。世良想起某位外科醫生的身影，就是誇下海口聲稱自己從沒殺死過任何一名病患，『手術室的惡魔』渡海。但大家似乎都認為他因此出賣靈魂就是了。

世良看向點頭回答自己問題的天城，他的周遭並沒有渡海那種妖氣。

「真的一個不漏，所有人都活下來了嗎？」世良忍不住再次問道。

「當然！不對，等等，正確說來並不是全部。」天城停止哼歌，他沉默地看向天花板，喃喃自語起來：「但那次失敗並不是因為我的手術問題，那是一場不幸的意外。」

天城像是在安撫自己一般又重複了一次。

「沒錯，被我的手術刀碰過的生命，全部都活了下來，這是事實。」

他拿下放大鏡跟耳機麥克風，跳下舞臺，接著一口氣衝上觀眾席，站在最後一排回頭看向舞臺。

「各位，工作辛苦了，非常謝謝你們。我在這裡跟你們約好，明天我一定會讓大家看到最完美的表演。」

宛如唱著人生的凱歌那般歌劇的詠唱調之後，天城向正在布置會場的工作人員敬了個禮，輕快地離開會場。世良趕緊追在他的身後，但一踏出會場，天城的身影早已消失在夕暮之中。

玻璃杯碰觸的聲音。斷斷續續的會話聲默默地纏繞在蝴蝶蘭的盆栽影子底。世良與花房美和正位於帝華飯店頂樓的酒吧，兩人並肩坐在可以俯瞰夜景的吧檯位置，微微傾斜著酒杯。

「只有我們這麼放鬆沒關係嗎？」花房美和一面看向周遭，一面問道。

「沒關係啦！我們只是流動人員，前一天做不做什麼都沒問題。」世良回答道。

「但是早上六點就要開術前會議了。」

「現在才十一點而已，頂樓交誼廳會一直營業到午夜一點，在那之前想怎麼喝都沒問題。」

他們看了一下周遭，加入笑著低語的情侶群中，彷彿自己就像出席學會的那些人一樣，大聲地交談著最新型的手術技術。世良瞄了一下隔壁桌的情侶，好奇對方會怎麼想他們。

世良抬起頭來，注視著花房。

「話說回來，花房越來越厲害了呢！」
「別取笑我了，我根本完全不行。」
「才沒那回事呢！最近不是也開始在繞道手術中遞手術器具了嗎？」
冠狀動脈繞道手術是較高難度的手術，能夠在手術中擔任遞器械的人，也算是能夠獨當一面了。花房羞紅了臉，喝了一口藍色的雞尾酒。
「話說天城醫生在手術室裡的評價如何？」對於她的沉默以對，世良繼續追問。
「非常受歡迎，尤其是年輕女生都說他很帥。」花房陷入思考，過了一會兒才回答。
「花房也是年輕女生吧！」
花房紅著臉搖頭。
「待三年就已經算是學姊了，就算實習護士在那邊哇哇叫，我們也不能跟著起鬨。」
「是喔，大家都在那邊哇哇叫啊……為什麼啊？他明明連一次手術都沒動過。」
和天城待在一起時，世良從沒注意到這些事，他不禁感到意外。
「雖然沒看過天城醫生的手術，但總覺得一定很厲害。」
世良是真的看過天城的手術，所以可以明白他的實力到底有多強大。但從來沒看過他手術的護士們卻也覺得他很厲害，這到底是為什麼？

難道是他散發出來的氣場嗎？

「感覺既期待又害怕呢！明天的手術。」

花房的話傳入世良的耳中，世良凝視著桌上蠟燭的火焰。火焰不斷地搖晃，焦臭的香味也傳到鼻子的最深處。

付款的時候，世良偷偷瞄了一眼花房的房卡，她的房間在世良樓下。兩人等著電梯到來。過了不久，電梯來了，兩人沉默地走了進去。

兩人獨處的電梯，氣氛令人窒息。

十八樓，抵達世良房間的樓層了，電梯門開啟。

世良踏出電梯，接著回過頭來看向一直低著頭的花房。下個瞬間，他抓住花房的手，將她整個人拉了過來。花房的身體十分僵硬，她甩開被世良抓住的手腕。

世良整個人都僵住了，他佇立在電梯門前，手中還殘留著僵硬的觸感。

電梯的警鈴響起，門慢慢地關上。花房所處的空間就要消失在世良的視野裡。花房抬起頭，小小的酒窩浮上臉頰。

「今天晚上很開心，明天……」花房的話被灰色電梯門硬生生地切斷。

電梯開始下降，電梯的橘色燈號顯示在十七樓。世良呆呆地看著那個數字。

# 第八章　手術雜耍　一九九〇年七月

隔天，七月十二日星期四，天氣晴。命運般的公開手術當天上午六點。帝華飯店三樓的芙蓉廳內放置了一張長桌，上面擺滿了豐盛的早餐。參加公開手術的人員一位也沒少，全員到齊。

坐在上位的是今天的主角天城雪彥，他正大口地吃著牛角麵包。面向長桌來看的話，坐在左側的是垣谷講師、青木醫生、世良醫生；右側則是田中麻醉醫生、貓田主任，以及花房護士。另外，花房旁邊還坐著今天第一次露面的中村臨床工程技師。

高階講師坐在天城的對面，他的咖啡香味不斷往周圍飄散。

「各位，請大家一邊用早餐、一邊將耳朵借給我一下。」

雖然天城如此說道，但大家還是停下手邊的動作，看向天城。

「今天的手術，跟平常在東城大學手術房裡動的手術一模一樣，唯一不同的地方只有換在舞臺上動手術而已。除此之外，我沒有其他要求，手術演示部分我會全權負責。」

「在大家面前動手術對我來說太困難了，就算你說跟平常一樣就好，我也做不到。」垣谷一臉不滿地說道。

天城點頭，贊同垣谷的話。

「不必擔心，在心臟出現並架好人工心肺機之前，除了我以外，大家都不會出現在臺上，因此就跟東城大學手術房那個密室沒什麼兩樣。主刀醫師天城不會參加繞道手術的事前準備，這部分會由主刀醫師垣谷、助手青木來負責。二十分鐘後，出現在手術房的說不定是各位的老闆黑崎助理教授。大家要做的事情就跟平常一樣，不會有外人出現，因此垣谷醫生一定沒問題的。」

在天城一邊咀嚼一邊說明之後，垣谷就算不想同意也無法。

「而那個時候我會站在臺上，和加布里主席的下屬爛泥鮑比進行討論。高階醫師則會在旁邊為我們翻譯，對吧！」

天城對高階講師眨了個眼，高階不發一語地喝著咖啡。天城將視線移回垣谷與青木。

「現場沒有任何心臟外科醫生會對幕後的手術有興趣，因此不會站在聚光燈下的各位完全不需要緊張。」

「天城醫生根本就是在說這是他的個人秀嘛！」青木小聲地對世良抱怨。

「沒錯！今天的主角就是我，但這也沒辦法，想要站在聚光燈下就必須要有冒險犯難的胸襟，還要有能夠支持自己的高超本領。外科醫生必須要有穩固的實際成績，沒辦法跨越這個難關的人只能被趕到幕後。這樣你明白了嗎？青木。」聽到這句話的天城毫不猶豫地，一臉傲然地說道。

青木咬著牙，不發一語。天城看向周遭。

「人工心肺機一裝上去，舞臺簾幕就會拉起。在那之後，只要聽從我的指示，一切就會順利圓滿。我沒有什麼要求，只希望你們可以發揮平常在手術房內的七成實力就好。」

垣谷與青木互看了一眼。天城將視線轉向田中麻醉醫師。

「負責麻醉的田中醫生負擔會比較重一點，再麻煩您了。」

田中靜靜地點了個頭。

「不要緊，我已經習慣到各地出差了。」

「工具都確認過了嗎？」

「麻醉用具都準備好了，我已經跟負責人說，今天十點要做最後確認。」

「對應臨時緊急情況的藥單呢？」

「已經送出去了，也都跟藥物對過，確認無誤。」

「可以讓我看一下清單嗎？」

田中從皮包裡拿出一張紙條遞給天城。天城瞇細眼睛，凝視著那張紙條。

「**Très bien.** 竟然連這個藥都準備，有田中醫生在真是令人放心。」

隔壁的中村臨床技師點了個頭。天城看了一下貓田，又看了一下花房護士。

「貓田小姐只能集中四個小時對吧！因為今天還有其他非我負責的手術，所以無法百分之百確定能準時結束。但要是妳在臺上打瞌睡就糟了，所以在簾幕掀開之前，就先由負責協助的花房小姐來遞器械。」

「我嗎？怎麼可能，之前說的並不是這樣。」

「表演開始前的手術就跟平常的手術沒什麼兩樣，因此妳絕對沒問題的。還是妳被手術室護理長臨時叫去遞器械時，也打算像這樣拒絕？」天城笑道。

花房沉默不語，卻偷偷瞄了一眼坐在對面的世良。世良趁其他人不注意之時，輕輕地對花房點了個頭。

「我明白了，我會試試看的。」對上世良的視線後，花房才小聲地說道。

「Très bien. 病患裝上人工心肺機後，請馬上跟貓田主任交換。」

原本還在偷打瞌睡的貓田，在聽到自己的名字後立刻抬起頭，接著又微微歪下頭。天城環視著所有工作人員，站了起來。

「那在節目正式開始前，大家就自己放鬆一下吧！更衣室設置在臨時手術室旁邊，研討會是一點半開始，所以請大家在下午一點穿著手術衣到主會議廳集合。」

傳達完重要事項後，天城環視起周遭。

「還有什麼問題嗎？」

一隻手舉了起來。眾人一同看向舉手的人，正是高階講師。

「這次的手術一切都由天城醫生負責，因此佐伯外科的成員都不清楚詳細情形，但希望您至少告知一下病患的個人資訊。另外我還想確認，進行公開手術時，病患的隱私或知情同意作業是否有好好執行。」

天城點了個頭。

「我忘記說最重要的事了。先回答你後面問的那個問題，病患非常清楚接受我手術的相關事項，畢竟這也是我幫他動手術的條件之一。」後面那句話聽起來像是在自言自語似的。

天城繼續說道：「必須要公開隱私這部分病患也是知情的，而且對於病患來說，公開隱私正是保護病患的必要手段，因為要是手術失敗，大家就會怪罪到我身上，想逃也逃不了。」

「我不懂，為什麼這點會跟保護病患有關係。」

「這次的病患是超出高階醫生所能想像的高級貴賓，因此我也背負很重大的責任。」天城毫不猶豫地對一臉訝異的高階講師說道：「我們的病患就是以世界名車高迪為自豪，義大利路奇諾企業的現任社長。」

現場一片沉默。

「要是這場手術失敗的話會有什麼影響、會被怎樣報導，大家都明白了嗎？絕對要讓這場手術成功。」天城繼續說道。

「真的假的……」就連高階講師也鐵青著臉，喃喃自語著。

天城似乎很享受大家的表情，他開口說道：「不過應該沒有什麼失敗也沒關係的手術對吧！女王高階？」

天城高聲笑了出來。待他恢復冷靜後，他又向現場的大家確認一次有沒有其他問題：「Bon.（好），那在集合時間前，大家就自由活動吧！」

說完這番話後，天城便走出房間，留下還呆愣著的眾人。

十二點五十五分，東京國際會議廳主會議廳的舞臺後方，除了天城之外全員到齊。舞臺上已經布置好了限用一天的手術室，靜靜等待著出場時機。另外，舞臺邊也設置了收放醫療機械的小房間，以及做為更衣室的組合屋。

所有工作人員都噤口不語。進到會場前必須先通過玄關，但玄關早已擠滿了人潮。世良從人潮中看到了自己認識的人，卻連招呼也沒打便直接經過對方。那裡有的是東城大學的醫療相關人員，也有這兩年參加學會而認識的人。

正當舞臺後方的寂靜到達極限之時，突然傳來了充滿朝氣的聲音。

「讓我來幫大家介紹一下吧！今天，勇敢接受我們公開手術的患者，義大利路奇諾企業的執行董事社長，Monsieur 皮克古。」

那是一位金髮碧眼、身材肥胖的的中年男子。皮克古先生露出微笑，向工作人員伸出手來。

「Bonjour Monsieur. Bonjour Mademoiselle!.（您好，先生。您好，女士。）」

他逐一與大家握手並親吻女性的手背。結束完打招呼後，天城悄悄地在皮克古先生的耳朵旁說了幾句話。皮克古先生點了個頭，將衣服捲到手腕之上，田中麻醉醫師立刻向前替他注射。

皮克古先生皺了個眉，回過頭去對後方的嬌小祕書說了幾句義大利文，接著向工作人員揮了揮手，離開現場。

「病患會在一點四十分進入手術房，在那之前，請貓田主任都跟在病患身邊。」天城開口說道。

貓田點了個頭後，不動聲色地消失了。

「就在剛剛，我想到要怎麼封印爛泥鮑比的好計謀了！你就好好期待吧！」天城小聲地向高階講師說道。

「計謀？你想做什麼？」

「別急別急，三十分鐘後你就知道了，在那之前就好好期待吧！人生就是要好好享受才不會吃虧。」天城笑著回答高階講師的問題。

他環視著所有工作人員，開口：「一點半，還請大家在研討會開始前，於舞臺後方準備。」

丟下這句話後，天城便離開空蕩蕩的舞臺。

下午一點十分。

在沒有點名的情況下，大家各自在為手術進行準備。

感受到舞臺的另一端充滿了濃厚的人的氣息，手術人員們也都繃緊了神經。在這之中，只有田中麻醉醫師與中村臨床技師平淡地調整著器械。

已經好久不見所有工作人員穿著手術服等待患者的畫面了，平常還能開些玩笑，但今天完全說不出半句話來。

垣谷與青木站在手術臺前，宛如凝固了一般。垣谷的額頭上冒出了多於平常許多的汗水，那些水滴正閃閃發光著。青木著急地看向左邊再看向右邊，照理已經來回看了這麼多次，應該是無法再在臨時手術室裡有什麼新發現，但青木還是神經質地檢查著手術室裡的各個角落。

花房屏氣凝神地站在青木的身邊，時不時還會對世良投以求救的眼神，但身為流動人員的世良卻裝作沒有看見似的，專心致志地確認器具的配置正確。他不斷重複著讓心電圖移動五公分，再調回兩公分這種毫無意義的動作。

突然，頭頂上的光宛如土石流般倒灌了下來，設置在挑高天花板上的數盞電燈一起亮起，照耀著整間手術室。

體感溫度突然往上提升許多，舞臺另一方的喧鬧聲也逐漸消失。

喀鏘！隨著這聲短音，一道光射向布幕的另一端。

「Dear colleague, welcome to Tokyo！（歡迎各位來到東京！）」

眾人因濃厚口音的英文更加緊張。

「反正流動人員現在也沒事做，你就去舞臺旁邊偷看一下研討會的樣子。」垣谷焦急地對世良說道。

真是求之不得的命令，世良點了個頭後，便一溜煙消失在舞臺後方。他在舞臺旁觀察著現場，發現在尼斯見過面的加布里教授正拿著麥克風向觀眾致詞。過了一會兒，又聽見日文從加布里教授的對面傳來。

「歡迎來到第八十八屆日本胸腔外科學會總會特別演講，我是大會會長，維新大學醫學部第一外科的菅井達夫。」

就連對學會資訊不太熟悉的世良也聽說過這個名字。雖說日本學術界的頂點是帝華大學，但與其並駕其驅的，便是私立大學的霸主維新大學。隸屬於外科教學中心的菅井教授十分擅長心臟繞道手術，是日本胸腔外科學會的翹楚。

胸腔外科學會的主要臟器是呼吸系統的肺臟、消化系統的食道，以及循環系統的重點——心臟，也因此這個學會聚集了不同專業的學者，聲勢非常浩大。

「本次特別演講的講者是來自牛津大學的加布里教授，演講題目為『冠狀動脈繞道手術的未來』。另外，加布里教授還請到蒙地卡羅心臟中心的天城雪彥部長，來為我們進行一場公開手術，手術內容是他獨創的新型手術 Direct Anastomosis，直接吻合法。」菅井教授說道。

稀稀落落的掌聲在會場裡迴響著。

「順便一提，這是日本第一場公開手術，另外這個手術也是第一次在世界上公開。」菅井教授繼續說道。

世良看著菅井教授僵硬的身軀。從他介紹天城來自蒙地卡羅心臟中心，而非東城大學醫學部附設醫院，便能看出維新大學高傲的自尊心。帝華大學就算了，東城大學不過是個鄉下大學，私立大學霸主的維新大學，怎麼可能願意屈就。

菅井教授繼續著演說。

「可以親眼看到這場手術實在是太令人雀躍了，這裡要跟大家說一段小故事。三個月前的四月，在尼斯舉辦的國際循環器官學會『冠狀動脈繞道手術的黎明』研討會中，原本預定可以觀覽天城醫生的手術影像。可惜的是，因為天城醫生個人行程的關係，當天只好臨時取消。那時候來自世界各地的心臟外科醫生都因為失望和憤怒大聲哀號，甚至還驚動了蔚藍海岸的海岸線……別看我這個樣子，我也是在研討會上失望的外科醫生之一。」

世良目不轉睛地看著臺上的維新大學教授，原來這位教授那時也在現場啊！

「因此，現在能夠看到天城醫生的手術，就像在沖繩的原生樹林中見到山原雉雞那般稀有喔！」

原本是想讓大家發笑才故意做出這種唐突的比喻，沒想到會場完全不領情。菅井教授露出一臉失望的表情，但馬上又打起精神繼續說下去。

「時間有限，我就不多說廢話了。研討會正式開始，首先讓我們歡迎負責解說公開手術的各位醫生，有請主持人上臺。」

隨著眾人的掌聲，加布里教授也走向舞臺正中央的長桌，並挑了最右邊的位置入座。爛泥鮑比與高階講師上臺之後，在加布里教授身邊坐了下來。世良回頭看向臨時手術室。

因為皮克古先生尚未進到手術室，眾人的神情都略顯不安。

「接下來我將為各位介紹這場手術的主持人：首先是鮑比傑克森，德州大學醫學部附設醫院心臟外科部門的助理教授，他是繞道手術的專家，相信大家都聽說過他的名字。第二位是負責協助天城醫生、東城大學的高階權太醫生。高階醫生畢業於帝華大學醫學部，曾經在帝華大學醫學部第一外科教學中心工作過一段時間，後來前往麻省醫科大學留學，現在任職於東城大學。他擅長的是食道相關手術，胸腔外科學會的人應該都對他不陌生。」菅井教授繼續說道。

會場掌聲四起。菅井教授從會場的一端看向另一端，來回兩次後，才滿意地點了個頭。

「擔任主持人的兩位醫生，除了會為我們講解手術內容，也負責將來自會場的提問傳達給主刀醫生。會場的六個通道各設置了一個麥克風，來賓可以用麥克風向主刀醫生提問，聲音會透過耳機傳達給主刀醫生。天城醫生會有回答問題的時間，請大家踴躍提問。接下來就請主持人為大家說幾句話。」

「大家好，我、是、鮑比。」

鮑比以不流暢的日文緩和了現場的氣氛，但他馬上便喋喋不休地說起一長串英文。

「我非常尊敬天城醫師的手術技巧，但說實話，他的存在對想要稱霸世界的我來說是個阻礙。因此，要是這場公開手術能夠失敗就再好不過了。」

他對身旁的高階講師眨了個眼，向他攀談道：「幫我翻譯也是你的工作吧！保羅的朋友，老鷹先生？」

高階講師瞪了一下鮑比，接著拿起麥克風，微笑地開口：「傑克森醫生一直以天城醫生的手術技巧為目標，他焚膏繼晷、努力學習，看來天城醫師所擁有的技術就是如此之厲害。為了更進一步追上天城醫生，他甚至忍不住希望天城醫生能稍微失敗一下呢！」

會場哄堂大笑。鮑比氣得嘖了一聲。

「你有沒有翻對啊？要是亂翻譯我說的話，我可不饒你！」

「研討會後你自己再看一次影片確認怎麼樣？」

「契約上面明記著要正確口譯，要是你們違反的話，我是可以告你的！」

「隨你便。」

鮑比忍不住又嘖了一聲，他小聲地罵道。

——可惡，頑強的傢伙。

「那麼時間差不多了，該輪到主角登場了，讓我們歡迎天城雪彥醫生！」維新大學的菅井教授大聲宣布道。

聚光燈在舞臺上移動，接著突然打向觀眾席的第一排位置。

三道人影佇立在燈光下。

天城雪彥在如雷貫耳的掌聲中從觀眾席走上舞臺。原本還一臉不是滋味，瞪著天城英姿的爛泥鮑比，下個瞬間卻因驚訝而瞪大了眼睛。

站在天城身邊，姿態文雅的白人男子正是皮克古先生，他身邊還有一名身材嬌小的女性。

「哎呀！鮑比，好久不見。不過我們昨天才在飯店大廳碰過面，所以這個好久也才二十個小時而已。」走上舞臺的天城微笑地對鮑比說道。

天城看著鐵青著臉的鮑比，簡單地打了聲招呼後，將手輕輕放在身旁的皮克古先生背上。接著他大聲地向觀眾席介紹。

「謝謝主持人的介紹，我是天城，接下來會為大家演示我的手術，但在手術之前，我有些話想跟大家說。現在站在我身旁的皮克古先生，為了日本外科醫生的各位欣然同意公開自己的手術過程。如果沒有他的同意，就不會有這場公開手術。各位，請大家為皮克古先生的勇氣掌聲鼓勵鼓勵。」

會場內響起熱烈的掌聲。皮克古先生面露微笑地向主持人鮑比伸出手，乘著會場的嘈雜，小聲說道：「我真是做夢也沒想到你會希望我的手術失敗啊！鮑比。」

「不是的，絕對沒有這種事……」

「你的願望會帶來什麼樣的結果，等你看到我違背你的希望活下來之後，我再好好告訴你。其實也不是什麼大事，不過就是我們公司會取消贊助你們教學中心的計畫而已。如果這是你的願望的話，早點跟我說就好了，我馬上就可以幫你實現。」

「這、絕對沒有這種事，剛剛那只是美國笑話而已，皮克古先生。」

「如果真是這樣，那美國笑話還真難笑啊！」

天城順著從天而降的聚光燈，俯視站在聚光燈之下的鮑比，接著他對皮克古先生輕聲說道：「皮克古先生，先這樣就好了吧！在這麼重要的手術面前，不用跟這種人浪費時間。」

「你說得沒錯，天城醫生。我就不跟他多廢話，乖乖當回一個病人吧！」

「等一下我一定不會讓那種無聊的玩笑發生，會讓您看到手術完美成功的。」

天城點頭示意說道。

「那就拜託你囉！天城醫生。」

皮克古先生用力地握向天城的手，接著他向會場揮起雙手，消失在舞臺後方。觀眾席上響起盛大的掌聲，那是醫界對於為了醫療進步，願意將私人手術公開的慈善家表達的感謝之意。身材嬌小的貓田跟在身材高大的皮克古先生後頭。一直站在舞臺邊觀察會場狀況的世良則立刻走向皮克古先生，引導他前往臨時手術室。

研討會的成員聚集於舞臺中央的長桌前，天城一就座後，便將整個身子靠在椅背上。

「率領歐洲大企業的領導者果然很有膽識呢！沒什麼大不了的啦！鮑比。」他對身旁的鮑比說道。

聽到他如此說著的鮑比，可憐兮兮地顫抖了一下。

「要不要更正一下你剛才的說詞啊？畢竟也有幾個日本人聽得懂你剛才說了什麼，趁現在先更正，等一下就可以跟皮克古先生解釋了。」天城低聲說道。

爛泥鮑比瞪著天城，但沒過多久便抓起麥克風，努力地為自己辯解。

「仔細想想，剛才我說的那個美國笑話，在這麼嚴肅的心臟手術之前實在太不得體了。我真正想說的是，為了能夠追上天城醫生優秀的手術能力，有時會忍不住希望他稍微失敗一下，就只是這樣而已。」

「Très bien.」

簡短地回答後，天城以日文跟高階講師交談。

「就結果而論，主持人高階率先明白鮑比的真正意思，做了非常完美的翻譯呢！真是比講者還厲害的口譯，實在令我佩服。」

「這沒什麼，比不上你只用一招就讓那個爛泥鮑比閉嘴。」高階講師低聲說道。

「我只是剛好想到而已，而且在局外拚命拿公開手術說嘴、不斷刷存在感的傢伙，老實說都只是些三流人物而已。這樣看來，鮑比也沒什麼威脅了，主持人就拜託女王你了。」天城瞄了一下鮑比傑克森助理教授，繼續用日文說道。

「託你的福，我也報一箭之仇了，我會欣然接下這份工作的。但話說回來，我最近一直很想問，那個到底是什麼？為什麼你要一直叫我女王？」

「現在沒空說明這點，晚點你再去問朱諾吧！」天城笑了起來，低聲說道。

在天城與高階開心地說著悄悄話的同時，加布里教授也在舞臺上講解著心臟繞道手術的歷史。

「冠狀動脈阻塞，血流持續不足，心臟的肌肉便會壞死導致心肌梗塞。在那之前會先出現狹心症這種缺血性心臟病的症狀。要如何確保心臟流域的血流暢通便是關鍵。這個問題從芝加哥大學的克爾醫生利用腿部的大隱靜脈確立的冠狀動脈繞道手術得以解決。在那之後，這項手術方法席捲了七〇年代的心臟外科世界。隨著時間過去，大家又發現用在繞道手術的靜脈會再次發生阻塞的情形，而發現這項問題之後，我們牛津大學團隊與德州大學的傑克森助理教授的團隊也開發了新的技術，特徵是使用內乳動脈進行繞道手術。關於這部分，我們有請傑克森助理教授為我們說明。」

隨著華麗的介紹詞，聚光燈的焦點也打在爛泥鮑比身上。只見他呆呆愣在那，一動也不動。待身旁的天城稍微推了他一下，他才注意到該自己說話了。但他只是一副無精打采的樣子，看起來狀況不是很好。

觀眾看了都心知肚明，鮑比剛才完全沒有在聽加布里主席說了什麼。天城露出苦笑，稍微為他掩護。

「我也和加布里教授一樣非常關心這個議題，再重複一次，使用內乳動脈的新型冠狀動脈繞道手術，預後又是怎麼樣的情況呢？」

「那個、比起以前使用靜脈做的繞道手術，內乳動脈的結果非常良好。要說有多良好呢，總之就只能用非常良好一句話來……」鮑比這時才終於明白主席問的問題，他匆忙地回答。

就在這時，隨著一聲輕咳，流暢的英文也跟著傳向會場。

「根據去年傑克森助理教授刊載在國際心臟外科學會雜誌上的論文，德州大學在過去五年使用內乳動脈進行的冠狀動脈繞道手術，五年存活率似乎高達百分之八十。」

用麥克風說話的人正是高階講師，接著他又用日文重複說明剛才的內容。

「你是在送鹽給敵人[19]嗎？」天城一臉吃驚地說。

「剛才那樣已經夠了，這才是武士道的精神。」高階講師回答。

19　戰國時代的名將上杉謙信，在他的宿敵武田信玄受到經濟封鎖無法獲得海鹽時，他命令底下的人賣鹽給他，據說是因為他只願意在戰場上堂堂正正地擊敗對方。

天城從鼻子發出冷笑。

「而在採用內乳動脈的冠狀動脈繞道手術之後，便是非常令人驚豔的進化型，也就是天城醫生所確立的 Direct Anastomosis（直接縫合法）。」不知情的加布里教授看著天城說道。

天城起身向觀眾行禮，現場拍手叫好。

「不論是採用大隱靜脈、又或是使用內乳動脈的冠狀動脈繞道手術，基本架構都是一樣的，那就是繞過阻塞的血管，額外新增一條血管。然而天城醫生卻從根本改變過去冠狀動脈繞道手術的觀念，他並不採繞過阻塞血管、新增旁路的方式，而是直接切除那條阻塞的血管，再替換新的動脈。」加布里教授繼續說道。

雖然會場的聽眾都是外科醫生，但或許是覺得用說的很難傳達這項全新的革命手術，加布里教授又從別的角度切入，再次說明。

「在原本的冠狀動脈繞道手術中，連接大動脈起點與冠狀動脈終點部分的血管有兩條。原本阻塞那條血管就那樣放著不理它，另外再搭建一條新的血管，因此會有一條因病變而阻塞的血管，加上另開新路而新設的繞道血管，共有兩條。而天城醫生的直接縫合法，手術過後也還是只會有一條血管。他將阻塞的那條血管切除，再換上新的血管，這種發想簡直就跟哥倫布發現新大陸沒什麼兩樣。」

天城一邊聽著加布里教授的讚美，一邊玩弄著手上的麥克風。

加布里教授一臉焦急地瞄了一下天城的反應。

「你們能夠理解這種新式手術究竟有多蠻幹嗎？要切離冠狀動脈並替換新的血管這種技術對心臟外科醫師來說是非常恐怖的。要讓纖細的血管能夠承受那份壓力，必須要有相當的縫合技術。一旦不小心失敗，不到片刻心臟便會呈破裂狀態，面臨生死關頭。這項技術對患者來說是天使般的福音，對心臟外科醫生來說卻是惡魔般的義務。我個人希望這項手術能冠上天城醫生的名字，因為這項技術的確立，帶領心臟外科走向新的領域，突破新的境界。」

這時，會場響起了不同的聲音。

「What about Batista?（那巴提斯塔手術呢？）」

會場瞬間鴉雀無聲。加布里教授輕咳一聲示意。

「巴提斯塔手術是那個切除過於肥大的左心室、去年才剛在心臟外科學會上發表過的手術吧！目前還沒有關於那個手術的追蹤報告，不適合在這裡做進一步的討論。」

話一說完，反對的聲浪便往舞臺席捲而去。在那之中，聽到的幾乎都是外文，完全聽不到日文。說到底，日本的學會本來就不可能出現批評的聲浪，這也證明了這場國際學會超出過去日本學會的傳統。這麼保守的日本學會竟然能夠舉辦這種研討會，完全是因為天城跟一般日本人完全不一樣的關係吧！

然而仔細一聽，那些反對聲音都是有關巴提斯塔手術的抗議。加布里教授舉起雙手，試著控制現場的狀況，卻一點都不奏效。

「Shut up!」

就在這時，一句怒罵傳來，會場頓時安靜下來。

「這是巴提斯塔手術的座談會嗎？對巴提斯塔有意見的話就去跟他本人說啊！我不知道、也沒空去關心巴提斯塔手術。事實上，巴提斯塔手術就是巴提斯塔博士自己開發出來的手術，而且成功率還很高。就算沒有後續的追蹤報告，那也只是因為後來的心臟外科醫生都是廢物，趁著優秀外科醫生不在，廢物外科醫生就在這邊抱怨，學術界是無法容許這種事的。」身為主角的天城拿著麥克風站在舞臺上，他以流暢的英文說道。

會場一片寂靜，天城將麥克風遞還給加布里教授。

「主席，請你好好主持吧！」

加布里教授一臉不高興，將話題拉回正題。

「雖然現場安靜下來了，但這樣跟現場所有人為敵，不要緊嗎？」身旁的高階講師開口說道。

天城不懷好意地笑了起來。

「跟現場所有人為敵？那些觀眾有辦法直接對我的手術出手嗎？他們不過就是一群湊熱鬧的傢伙，不可能踏進我的領域的，不用擔心。」

高階講師驚訝得說不出話來，他呆呆地看著天城充滿傲氣的側臉。

在那之後，座談會流暢且平淡地進行下去。加布里教授一面觀察整體的狀況，一面為爛泥鮑比安排說話的機會。他試著丟了幾個問題給他，但鮑比就像沉默的海一般，一句話也不吭。

舞臺上只剩加布里教授與天城一問一答，高階講師則時不時將他們的話翻譯成日文，對底下的觀眾來說，這是一場非常友善的會談。在座談會接近尾聲的時候，天城也準備給爛泥鮑比最後一擊。

「看樣子傑克森助理教授好像因為時差的關係，身體不太舒服呢！不如我們請他去觀眾席上休息吧！加布里主席。」

爛泥鮑比虛弱地看著天城。

「輸家就趕緊退場，省得你龐大的身軀看了礙眼！」天城露出微笑，低聲說道。

無法反駁天城的爛泥鮑比，慢慢地起身，搖搖晃晃地走下舞臺。在稍早天城華麗登場的、觀眾席最前列的空位倒了下去。

「舞臺後方正在進行手術的準備，雖然我們剛剛花了不少時間在跟大家解釋這個手術，但接下來的部分說再多都沒有用，就請大家親眼觀看這場手術吧！那就拜託天城醫生了。」布簾後方傳來細微的機械聲響，加布里教授開口說道。

加布里教授巧妙地退場，將主導權交給天城。天城抬起頭，舉著右手並輕彈了一下手指，下個瞬間，掛在舞臺正面與左右兩方的巨大螢幕便亮了起來。會場的眾人都因此倒吞了一口氣。

出現在螢幕上的是一顆正在跳動的心臟。天城拿著麥克風，站了起來。

「會場的各位，正如你們眼前所見，布簾的另一側已經鋸開胸骨、剪開心包、順利看到心臟了。接下來會安裝人工心肺機，讓心跳呈停止狀態。」

天城再度彈了一下手指，螢幕畫面轉暗。彎曲的白線也開始閃爍。

「這是皮克古先生半年前在蒙地卡羅拍攝的冠狀動脈造影。如大家所看到的那樣，左冠狀動脈的主動脈起始部約有百分之八十出現狹窄。」

閃爍的畫面暫時停止後，紅色的雷射光清楚地標示了狹窄處。

「因為狹窄處離起始部太近了，所以無法使用大隱靜脈進行繞道手術。而加布里教授開發的內乳動脈根蒂性移植物術的手術風險又太高了。也就是說，這是相當致命的心肌梗塞。因此就只剩我的 Direct Anastomosis 能夠出場了。」

他再次彈了一下手指，靜止的畫面動了起來，出現了新的手術圖示。

「切除狹窄的冠狀動脈，再縫合完全游離型的內乳動脈支架，就可以防止替代血管產生多餘的壓力，是維持冠狀動脈長久暢通較好的方法。」

「直接縫合法就沒有風險嗎？」加布里教授粗聲粗氣地問道。

「沒有，但前提是縫合技術必須非常完美。」天城回答。

天城的手指再度發出聲響，螢幕也再次出現臨時手術室的內部畫面。

放置在碎冰中的心臟因結凍而停止跳動。醫護人員停止動作，眺望著停止跳動的心臟。遞器械的護士也已經換成貓田了。

「看來臨時手術室裡都已經準備好了，等下我就會過去那邊，但請各位不要忘記，舞臺後方才是真正的舞臺，大家不過是從窺視孔眺望著真實的觀眾而已。」天城透過麥克風對會場說道。

在天城說完這些話的瞬間，觀眾席宛如變成一個小房間，舞臺後方的臨時手術室則翻轉成光芒四射的舞臺。看著舞臺移動的天城站起身。

「等我站上主刀醫師的位置，簾幕就會拉開，手術室也會出現在大家面前。我精細的縫合畫面將會透過放大鏡呈現在螢幕上，大家藉此可以看到我所看到的視野。如果有任何問題，請不要客氣，直接從會場設置的麥克風發問，我會利用耳麥來跟大家對話。為了避免有重複的問題，再請高階醫生協助處理。這原本是傑克森助理教授的工作，但他因為時差的問題先退場休息了，還請大家見諒。」

會場充滿溫和的拍手聲。那是精疲力盡坐在觀眾席第一排的鮑比，被舞臺上的獨裁者——天城完全擊敗的瞬間。

天城看著他那副難堪的樣子，再次向會場的大眾揮手。

「那就先這樣了，各位，待會就在舞臺上見吧！」

一進到布幕後方，天城便以飛快的速度脫掉上衣，裡頭已經穿好了手術服。

他快速地結束刷手，讓流動人員花房為他換上拋棄式的手術衣。接著他大步走向手術區，抬頭看向時鐘，喃喃自語起來。

「十四點五分嗎？看樣子發表比想像中還花時間啊！」

話一說完，他立刻向世良拋出許多問題。

「朱諾，體溫跟脈搏各是多少？心跳停止後過了多久？心肌保護液的總量也麻煩你了。」

世良按實際數字一一回答之後，天城做了一個大大的深呼吸。他俯視著眼前病懨懨的心臟，宛如被浸在充滿碎冰的南極海中。

「那麼，表演開始了！跟上我的節奏喔！止血鉗！」

貓田快速地遞出止血鉗。

「尖刀手術刀。」

手術刀一劃過，原本位於胸骨內部的內乳動脈便被分離出來。

——好快！

在世良倒吞一口氣的同時，一直藏匿於觀眾視野之外的舞臺也拉起布幕，將手術室寬闊的空間完整地呈現給在場的觀眾。身後的觀眾視線令世良覺得越來越不舒服。

「啊！」

青木發出一聲低呼，似乎是止血鉗掉到地板上了。就連只是外圍的流動人員世良都備感壓力，何況是共同進行手術的醫療人員，無法想像他們背負著多大的重任。和貓田交接後、離開手術區的花房走到世良背後，用力地抓了一下他的手術衣角，感覺她正在顫抖並吐了一口氣。

儘管如此，天城仍舊一心不亂地操控著手術刀。右側的內乳動脈分離之後，接著是根蒂性移植的部分，目前為止只花了五分十五秒。天城用止血鉗夾住導管的兩端，命令護士遞上剪刀。尖銳的剪刀輕巧地分開動脈，取得了約四公分長的切片。他將那段切片放進裝滿生理食鹽水的培養皿，並開始縫合剩下的動脈切口與左側內乳動脈的側邊。

就在這時，突然聽到很大聲的英文長句，緊接著是高階講師的聲音。

「天城醫生，會場有人發問，請問現在是在做什麼？」

「在把內乳動脈變成完全遊離型的自由移植物，替換部分大約兩公分，但目前還有點時間，就剪了約兩倍長的四公分。」

天城完全不移動目光，直接做出回答。接著又是一句英文，因為麥克風的音量過大，後半段還出現破音。高階講師的聲音緊接著那個問題出現。

「他的問題不是那個，而是現在在做什麼樣的縫合？」

「這是要保護被切離的內乳動脈，只要將右內乳動脈的切口跟左內乳動脈縫成一個Y字形的導管，要是過幾年發生新的問題，這個內乳動脈也還是可以使用。」

在他回答觀眾問題的時候，內乳動脈的Y字縫合也完成了。天城一邊說話，一邊逐一地進行各個手術階段。在他喊出手術器具的名稱之前，貓田就已經將正確的持針器與縫線遞到他手中，因此手術的速度宛如瀑布灌頂一般，是以非常快的速度在進行。

處理完最初的提問後，天城開始修剪分離出來的內乳動脈導管。會場一片寂靜，眾人屏氣凝神地觀察著天城的一舉一動。

天城將右手伸入充滿浮冰的海中，握住浸泡在冰水裡的心臟，首先觀察左右兩邊，接著是最後被分成三條的冠狀動脈狀態。吐了一口氣後，他將心臟放回原本的位置。

「那麼，現在開始進行 Direct Anastomosis。」

他透過耳機麥克風下了這道宣言，金色的手術剪刀被遞到他的手中。剪刀的前端閃過螢幕畫面，原本蛇行在心臟表面、纖細的冠狀動脈便被分離了。

就在這個時候，會場突然出現了各國語言。除了英文之外，還有法文、義大利文，以及至今從來沒有聽過的語言，紛紛向天城席捲而來。天城宛如機關槍似地回答那些問題。

「是在問要怎麼決定切除的部位嗎？這個剛才不是用冠狀動脈造影說明過了嗎？」、「不好意思，我只聽得懂法文跟英文，其他語言我不會。」、「頭一直擋住看不到術野？這不影響啦！我自己也看不到。」、「不、用這個縫線就可以了，不過要用5－0的。」

天城一面處理著紛沓而至的雜音，一面用手指順暢地進行著纖細血管的縫合。

「Bien. 接下來要從末端縫合。為什麼？因為不這樣做的話，血管在縫合後會很容易產生破裂，這部分才是重點。」、「沒有，我已經做這個手術做三年了，目前發生阻塞的機率是零。」

會場傳來一個又一個的問題，終於，天城忍不住提高音量。

「高階，處理一下問題順序，再這樣下去就要變成最糟的公開手術了。」

高階講師的聲音，從六支麥克風傳來的各式各樣問題中冒了出來。

「大家聽一下我這裡，麥克風只限定用前方三支來發問，想提問的人請排成一列。提問只能用英文、法文跟日文，其他語言無法回應。」

用日文如此說明之後，他又用英文重複了一樣的內容。會場的喧鬧聲因此稍微緩和了一點。

「Merci. 高階醫生。」天城透過對講機說道。

接著天城開始說起法文，大概是在將高階剛剛說的話翻譯成法文。待他一說完後，提問也突然停止。就這樣，原本在扯天城後腿的那些提問都消失了。一片沉默中，唯獨天城的手術還在刺眼的燈光下，宛如行走於荒原中，持續地進行著。

不知道又過了多久，大家才注意到原本一直帶有節奏性動作的天城的手指突然停了下來。

會場的觀眾都屏住氣息，等待他的指頭再度動起來的下個瞬間。

然而他的手指依舊動也不動，時間彷彿便要這樣永遠靜止下去。

終於，天城抬起頭來，直直地看著拍攝整個手術室的攝影機。

他的眼睛微微彎了起來。會場的螢幕顯現出天城大大的笑臉。

「L'opération est fini.（手術結束。）」天城向會場的觀眾及手術人員報告。

一陣沉默之後，會場傳來高階講師的聲音。

「Direct Anastomosis 手術成功了。」

「高階，不要擅自解釋，還不知道有沒有成功。」天城立刻用麥克風說道。

說完的瞬間，天城摘掉口罩，將放大鏡跟耳機丟到地上。他抬頭仰望著天花板上刺眼的燈，宛如雕像一般動也不動。過了許久，他才將視線移回術野，告知守護在術野周遭的綠衣醫護人員。

「手術結束，接下來是拆除人工心肺機跟縫合胸腔切口。這些工作我想交給第一助手垣谷醫生處理，沒問題吧？」

一直呆呆看著術野的垣谷，聽到天城的話才回過神來，點了個頭。垣谷從術前會議時就一直對天城顯示反感與憎惡，但那些負面情感在這瞬間全都消失了。天城拍了拍垣谷的肩膀。

「等我跟觀眾打完招呼就會回來，在那之間就麻煩你拔管了。」

天城一離開手術室，會場便陷入一片寂靜。但沒過多久，如雷貫耳的掌聲便往舞臺後方的手術房席捲而來。

世良抬頭看向天花板，他的雙眼因為強光而眯細，覺得視野有些模糊。
下個瞬間，掌聲更像是瀑布一般，從高處降臨到整個會場。主角在舞臺上登場了。宛如海嘯般的掌聲源源不絕，持續了好一陣子。
登上舞臺謝幕後的主角瀟灑地回到手術室。
拔管部分花了一點時間，原本始終一臉嚴肅地盯著病患自主呼吸的天城，在看到病患的睫毛動了一下之後，才終於露出微笑。
「**Félicitations!**（恭喜！）您在 **Chances simple** 中獲勝了。」他在成功挺過手術危險的皮克古先生耳朵旁輕輕說道。
「你為我做了這麼多……我真的……不用交出一半的財產嗎？」皮克古先生斷斷續續地說道。
「**Bien sûr.**（那當然。）這次手術的成果，得到了比皮克古先生的所有財產還要多的經濟效益。」天城笑著回答。
皮克古先生虛弱地露出微笑。
「真是那樣的話，對我來說也是非常棒的結果。話說回來，可以把那個無禮的美國佬交給我處置嗎？」
「他原本就是您底下的人，您想怎麼做都可以。但若是要問我意見的話，我是覺得那種人根本不值得您浪費時間，直接無視他就好了。」

皮克古先生橫躺在手術臺上，表情稍微僵了一下。

「你說的我也明白，但這樣子實在難以消我心中之怒，我原本還想直接終止贊助他們的研究。」

「我明白您的心情，不然這樣好了，把經費減半您覺得怎麼樣？這樣他也會因為怕您之後直接取消補助而謹言慎行。雖然由我來說有點奇怪，但那傢伙其實對這世界也挺有幫助的。」

皮克古先生進入沉思，終於，他低聲說道：「把這個想成是Chances simple的一部分比較好嗎？」

「如果這樣想您會比較舒服的話，就請這麼做吧！」

「那就這麼做吧！一切就都聽從天城醫生的指示。」皮克古先生閉上眼睛，待他再次張開眼睛後，他對天城說道。

「Très bien.」天城露出滿臉笑容，他對皮克古先生說道。

「手術很完美，您的動脈再撐個一百年都沒問題。明天開始就可以吃一般的食物了，在日本這段時光，請好好享用日本美食吧！」

「我會這麼做的，而且我本來就很喜歡吃壽司。」

滅菌布下方伸出了一隻顫抖的手指。天城伸出兩手緊緊握住那根手指頭。

「Grazie. Doctor Amagi.（謝謝你，天城醫生。）」

皮克古先生被抬到擔架上，送離了臨時手術室。

「為什麼皮克古先生會想接受公開手術呢？」世良向天城問道。

「你已經大概都猜到了吧，朱諾？而你還是想跟我確認答案對不對嗎？」

世良點了個頭。天城回答：「他之前在大賭場賭輸了 Chances simple，但他卻不死心地一直來找我幫他動手術，還硬把小綠塞給我。」

「小綠？」

天城聳了個肩。

「那個賭鬼小子不是把我的車叫做雨蛙嘛！小綠就是在說那輛車。」

世良苦笑著等待天城的說明。

「所以我來到日本後，馬上就開出公開手術的條件，那個人只好硬吞下去啦！前因後果就是這樣，才不是什麼為了日本外科進步而自願當白老鼠的美麗佳話呢！所以不需要對他過分感謝，而且他也只有今天會感謝我而已，等到明天，他就會說那些都是正當的交易過程，也會忘記要感謝我了吧！」天城繼續說道。

遠方傳來了救護車的警鈴聲。會場播放著廣播：接下來這三天，皮克古先生將會進到維新大學醫學部附設醫院療養。

原本存在於其他醫護人員之間的緊張感，也跟著消失無蹤。世良完全可以明白他們的心情。

國外賓客逐一到訪還沉浸在興奮之中的舞臺後方賀喜。在天城與加布里教授談笑之時，大批觀眾湧入舞臺後方。他們有的只想跟天城說一、兩句話便離開、有的則是來挑釁的。然而到訪的都是外國人，一個日本人的影子都看不到。另外，在尼斯也有上臺發表，南十字心臟疾病專門醫院的米歇爾部長也出現了。

「雖然雪彥的技術很出色，但重點是無法成為世界標準啊！」

經他這麼一說，天城立刻回答道：「就像巴提斯塔手術一樣？請不用擔心，只要有一個人會這項技術，總有一天，一定會有某個人能將這項技術傳承下去的。」

「你覺得這種封閉的島國會出現能夠傳承你的人嗎？」

米歇爾部長露出微笑，轉過身去和其他人交談。天城瞬間有點惱怒，他瞄了一下站在遠處、正要和加布里主席開始談話的世良。

就在這時，一名年輕的日本人戰戰兢兢地向天城搭話。

「我將來想成為兒童心臟外科醫師，但把目標放在日本第一果然還是很難，對吧？」

「為什麼你會這麼想？」天城想都沒想便回問那名年輕人。

「因為我聽完天城醫生的發言，又看了您的手術，總覺得就算我待在屬於我的教學中心，也沒辦法到達那種境界。」

天城注視著那名年輕人，不久，他才開口說道：「你說得沒錯，想要改變日本醫療的話，去美國是最快的。」

年輕人一臉可惜地點了個頭。

「果然是這樣啊！」

「這樣也很好啊！只要你想的話，什麼時候都可以去美國。」

「但是我想待在日本改變日本的醫療。」

天城拉了一下正在旁邊談笑風生的米歇爾部長的衣袖。

「喂！也是有不願意捨棄日本外科的人喔！日本到處都是這種年輕人。萬一他們之後碰巧到你那邊了，再請你好好照顧他們吧！」

「如果真有那個時候，我們會很歡迎你的。更何況你還是天城直接介紹的，順便請教一下，你的名字是？」米歇爾部長對年輕人伸出手，開口說道。

「我是桐生，桐生恭一。」

「哦！桐生啊！很高興認識你。」

兩人握了手，叫做桐生的年輕人臉上浮現紅潮。天城的周遭就像這樣，不斷地出現新的邂逅。世良一邊觀察著這裡的情況，一邊趁加布里教授結束某段對話時趕緊上前搭話。

「Welcome to Japan. 在尼斯時謝謝您的照顧了。」

加布里教授因為世良奇怪的英文發音露出驚訝的表情，但似乎馬上便想起世良就是自己在尼斯遇到的那名青年，露出了微笑。

「是你啊！就是你把天城帶回日本的。我記得你是……西良醫生？」

世良歪了歪頭。

「我叫世、良。您還記得我真是我的榮幸，不過您誤會了，我才沒那個能耐把天城醫生帶回來。」

加布里教授搖了搖頭。

「才沒那種事，你別看天城這樣，其實他很重感情的喔！要是他沒感受到什麼，是不可能離開的。從尼斯國際學會一直到他回日本這段期間，遇到的人大概只有你吧！因此能夠把天城帶回來的人一定就是你了！」

是這樣子的嗎？世良感到很不可思議。

「天城一定是受你身上的某種特質吸引，才會回來日本的，因此你有責任必須保護好他。」加布里教授繼續說道。

「我去保護天城醫生嗎？根本沒那個必要，天城醫生本身就很厲害了。」

世良如此說道後，加布里教授露出欲言又止的樣子。

「我有件事想跟您請教，天城醫生說他目前為止，尤其是公開手術上，從來沒有讓任何一個病人死掉過。請問這是真的嗎？」世良沒有會意過來，接著問道。

「天城是這樣跟你說的嗎？」

世良點了個頭。加布里教授陷入沉思，過了一會，才突然開口。

「他那樣說並不正確，因為過去曾有人在天城的公開手術中過世。」

加布里教授眼神朦朧了起來。

「但那個不是天城的問題，嗯，那只是場不幸的意外而已。」

「什麼意思？不是天城的問題，但病患卻還是在手術中過世了？」

「就算是十全十美的外科醫生天城，也是會有死角的，把天城帶回來的你一定要好好記住這件事。然後只有你，就算全世界都與天城為敵，你也一定要守護他到最後一秒。」加布里教授看了一眼正在和其他外國醫師談笑風生的天城，開口說道。

加布里教授向世良告知他完全無法理解的請求。

世良回頭一看，被醫界權威包圍著、又說又笑的天城，彷彿是距離自己很遙遠的存在。青木悄悄地從背後靠近，專心地聽著世良與加布里教授的對話。

從座談會的座位走回來的高階講師走近世良，拍了一下他的肩膀。

「辛苦你了，很累吧！」

高階醫生才辛苦了呢！正想這麼說時，不知為何卻覺得有點顧忌，感覺高階講師散發出一股令人無法親近的氣氛。遠方的天城眼尖地看到高階講師，舉起手來向他打了個招呼。

高階舉起手來回應對方，臉上卻一絲笑容都沒有。

「這種東西才不是醫療，只是雜耍罷了。」他持續注視著天城，對世良說道。

不知道從什麼時候開始，一日限定的臨時手術房也開始進行拆除工程了。熱鬧紛騰的周遭，唯獨高階講師尖銳的語言發出冷颼颼的寒氣。

舞臺依舊充斥著因公開手術而興奮不已的氣息。隨著臨時手術室的設備一一拆除，前來祝福的賓客也漸漸減少。天城獨自一人站上空蕩蕩的舞臺，發現世良正盯著自己看後，天城笑著走向他。但走到一半，他又突然折返，站在還聚集在臺下的公開手術的成員面前。

「託大家的福，今天的手術非常順利。Merci.（謝謝）我由衷地感謝大家。那麼就到這裡解散吧！回家的路上自己小心，注意不要迷路喔！」天城輕咳了一聲，接著挺起胸膛說道。

觀眾席因為天城的笑話傳來笑聲及掌聲，原本存在於雙方之間的隔閡，也因為手術順利的關係雲消霧散。就算天城的心已經被金錢汙染、天理難容，眼前的事實也是難以動搖的。那支手術刀可以拯救誰的未來，這是大家再清楚不過的事實。

天城面對只剩小貓兩三隻的觀眾席敬了個禮，做了一個無聲的謝幕。

「朱諾再多留一晚吧！我已經幫你預約好房間了。」他對站在自己身後的世良說道。

「但我還有大學醫院的工作……」

明天剛好換他抽血。

「你忘記了嗎？你是櫻色心臟中心的醫生，大學醫院的工作讓大學醫院的醫護人員去做就好了。你看，你的同儕不是還有青木嘛！就拜託他吧！」天城乾脆地說道。

「明天早上十點，在大廳的咖啡廳集合，記得要先退房喔！」天城獨自走下舞臺，單方面地告知世良，接著身影便消失在會場。

世良看了一下正要準備離開會場的手術人員，貓田的身後是穿著連身裙的花房，她在走到門邊時又回頭看了一下，剛好對上世良的目光。但一對到眼，花房又立刻低下頭，直接走了出去。

門被關上後，一陣風往世良的身上吹來。

世良突然覺得眼前一片漆黑。他甩了甩頭，重新振作起來。在看到走在隊伍最後方的青木時，他立刻走上前去。

「不好意思，明天可以請你幫我抽血嗎？天城醫生叫我要再多留一天。」

青木沒有停下腳步，只是聳了個肩。

「既然是天城醫生的命令，那就沒辦法啦！我知道了，我會幫你做的。別忘了帶慰勞品給我喔！

「謝謝你，真是幫大忙了。」

世良告訴了走在手術人員最後方的青木，會議廳的出口。

從玻璃窗可以看到其他人的背影。一走出會場，大家便三三兩兩地離開，消失在人群中。垣谷跟青木是一起走掉的，他們無視疏導人員的指示，似乎是想順便繞去哪裡。世良在心中猜想。

世良在大批人潮之中，突然看見了高階講師的身影。高階講師回過頭來，對上世良目光的瞬間，他只是凝視了世良一陣子，什麼話也沒說，之後便在夕陽之下混入人群離開了。

世良想起遠足結束、不得不踏上歸途的那種悵然。他回過頭去，想要再次感受舞臺及臨時手術室的餘韻，接著他瞪大了雙眼。

人潮稀疏的會場，有一名嬌小的女性就站在粗壯的柱子陰影下。他注視著那個輪廓，覺得內心十分激動。接著他強裝鎮定地走近那名女性。

「花房小姐，怎麼了？妳沒有跟貓田小姐一起回去嗎？」

「我忘了拿東西所以又回來了，我把東西一直寄放在旅館。」

「昨天的旅館嗎？那妳為什麼會走回學會會場？」

花房羞紅了臉，低下頭來。

「我本來是想回旅館的，結果不小心走到這裡來了。我是個路痴。」

世良忍不住笑了起來，花房的臉又更加羞紅起來，身體縮得更緊了。看著這樣的花房，世良覺得有點喘不過氣來。

「我被指名留下了，所以還不能回去，那我們就一起回旅館吧！」他深呼吸一口氣，乾脆地說道。

「這樣就太好了。」花房小聲卻清楚地回答。

世良與花房肩並著肩，走在夕陽西下的街上。

他不禁懷疑自己是不是在做夢。昨晚手腕抓著花房的瞬間，還有現在肩並肩走在夕陽下散步的一切。

「啊，小心！」

紅綠燈就要變換燈號了，然而花房還是直接走了過去。世良抓住花房的手腕，將她拉近自己。就在這時，一臺白色的小客車從花房面前呼嘯而過。

靠在世良懷中的花房抬起頭來看著世良，世良深情地注視著那雙眼睛。

初夏的傍晚，喧鬧的街角，兩人的時間像是靜止一般。

花房回過神來，將身子抽離世良。

「不好意思，剛剛不小心發呆了。」

「這樣很危險耶，而且東京的車子又開得很凶猛……」世良心不在焉地說著無關緊要的小事。

走回飯店的途中，兩人還在有樂町站確認了新幹線最末班是十點半。等到他們走回昨天入住的帝華飯店時，已經不知道還有什麼話題可以聊了。

「機會難得，要不要一起吃晚餐？」

花房猶豫了一下，點頭答應來自世良的邀請。

飯店頂樓有一間義大利餐廳，這是昨晚來這裡的酒吧喝酒時才知道的。那時花房還說「這間店看起來好好吃喔！」但因為早已過了營業時間，所以才改去酒吧小酌。也因此剛才一聽到要吃晚餐，不論是世良還是花房，腦袋裡閃過的畫面都是這間店。

「我是今天早上辦理退房的世良，但後來有人又幫我多訂了一晚。」待花房拿回寄放的行李後，世良向櫃檯詢問。

「幫您確認一下，請稍等。」櫃檯人員看了一下手邊的紀錄，點頭回答：「的確有為世良先生保留昨天晚上的房間，需要為您帶路嗎？」

世良看了一下花房，搖了搖頭。

「我們要直接去頂樓用餐，給我房卡就好了。」

「了解，那我們會再幫您把行李送去房間。」

「麻煩你們了。」

世良將手上的行李交給提拿行李的人員。飯店人員問向世良身邊的花房。

「夫人的行李也要一起送去房間嗎？」

花房與世良對看了一眼，世良急忙搖頭說道：「不是不是、她不是我太太……」

花房將行李箱遞出去，打斷世良的話：「麻煩你了。」

飯店人員接下行李，轉身離開。

「我不想帶那麼大的行李箱去那種高級餐廳嘛！不好意思給你添了點麻煩，但在吃完飯之前，拜託讓我借放一下。」原本低著頭的花房這才抬起頭來，大方地說道。

世良點了個頭。

「才不麻煩。」

「謝謝你。」花房乾脆地道謝，率先往電梯的方向走去。

頂樓的餐廳超出他們想像地優質，除了料理很好吃之外，也因為他們是在尖峰時刻前入座的關係，被帶到了靠窗的特別座位，真的非常幸運。花房與世良目不轉睛地俯望著被黑夜染黑的帝都，看著底下的寶石一顆一顆地散發出耀眼的光芒。

兩人一來一往地對話，漸漸地聊到了這天剛結束的公開手術。

「天城醫生的手術真的很厲害耶！」花房無所顧忌地表示讚賞。

「真的是很厲害的心臟外科醫生呢！天城醫生。」世良別開眼，不去看那張天真的笑臉，輕聲回答。

「手術順利結束真的讓我鬆了一口氣，說實在的，這件事在醫院裡造成很大的騷動，我一直在擔心要是手術失敗的話，我可能就無法回到東城大學了。」

「天城醫生之前不是有說他會負所有責任嗎？沒什麼好擔心的啦！」

花房搖了搖頭。

「我不是在說那個，而是手術室那邊不諒解我為什麼要加入天城醫生的手術團隊，其他教學中心的醫生還罵我，為什麼要幫那種自私的醫生。」

世良驚訝地看著花房，因為並沒有人因此責罵世良。

然而他也因此明白了兩件事，世良不禁憂鬱起來。

第一件事，那些責難並不會朝當事人而去，而是集中在其他比較弱小的對象，這就是存在於大型組織中的黑暗面。第二件事，那些責難也跟天城身邊的世良沒什麼關係，因為大家已經不把他看作是東城大學醫學部附設醫院的一員了。

他們將他看作是異端分子——天城團隊的人。

「但我之所以會被那樣對待，也是因為我很沒用，像大家就不敢抱怨真正有實力去遞器械的貓田主任。」看著低頭不語的世良，花房開朗地說道。

那是因為她是從睡覺星國來的外星人，對她說那些也沒用，世良心想。

「這樣可是安慰不了我的喔！」雖然世良想這樣調侃花房，但最後還是忍住了，否則就會踐踏花房安慰自己的心意了。

兩人將前菜、義大利麵、主餐的肉品大快朵頤一番，同時也非常開心地談天說地。跟昨晚的樣子完全不同，花房拚命地說著話，不知不覺兩人也聊到前不久一起去的櫻宮水族館別館——深海館的黃金地球儀。

「真的沒想到那個地球儀這麼遜耶！」

「原本還想說黃金地球儀應該是整顆閃閃發亮的，結果只有日本的部分是黃金做的，根本是詐欺。」花房笑著回答。

「不只日本喔！簡介上說，位於北極的櫻宮市的象徵標誌也是用黃金做的。」世良搖頭說道。

「是這樣嗎？我太矮了，看不太清楚上面的部分。」

「因為去看的遊客很多吧！明明把黃金用在大家比較能看到的地方就好了說。」世良一邊看著窗外的夜景，一邊說道：「不過這也沒辦法，誰叫這是在日本亂撒錢的故鄉創生資金隨便弄出來的東西。」

「我記得花了一億圓對吧！感覺有那些錢，整顆應該都可以做成黃金的才對啊！」

「沒想到一億圓可以買到的黃金竟然這麼少。不過日本現在景氣正好，似乎是世界上最富有的國家，聽說全世界的錢都流到日本來了。或許這是馬可波羅《東方見聞錄》中歌頌的黃金之國吉龐（Zipangu[20]）第一次出現也不一定。」
「我們變得這麼有錢啊！」
「聽說是一直買賣藝術品的關係，附近的美術館好像還有展示梵谷的《向日葵》呢！據說那幅畫價值五十億圓。」
「真難想像五十億這個數字。」
「有那些錢的話，應該就能做出小美和想要的，整顆都是黃金的地球儀了。」
世良趁機將好久沒叫的『小美和』這個外號加到對話裡，但花房似乎沒有注意到，只是輕輕地瞪著世良說道：「我才不要呢！世良醫生，比起整顆都是黃金那種低俗的地球儀，我還比較喜歡梵谷的《向日葵》呢！」
「那我們就要求水族館的深海館買下梵谷的《向日葵》吧！」
花房搖了搖頭。
「不需要，阿呆海鞘已經很可愛了，那邊就維持現在這樣就好了。」
「妳這麼喜歡那種奇怪的生物啊？牠明明就只會一直張著嘴巴發呆而已。」
「可是一直盯著牠，不知不覺就覺得被治癒了嘛！」
「說到這個，最近我們大學的海洋研究所所長繼阿呆海鞘之後，似乎又發現了『薄阿呆海鞘』這種新品種喔！」

20 義大利人馬可波羅撰寫了《東方見聞錄》，裡頭將日本記載為Zipangu，為一黃金之國。

「櫻宮灣似乎是很容易發現未知生物的寶庫呢！」

兩人的對話突然停了下來。花房看了看四周，嘆了一口氣。

「大家都打扮得好漂亮喔！日本人可能真的都變成有錢人了，但我的衣服卻還是這麼寒酸……」花房一邊看著周遭，一邊發著牢騷。

「才沒那種事，小美和也很漂亮喔！今天選的衣服也非常適合妳！」世良趕緊結結巴巴地說。

花房瞬間露出疑惑的表情，接著又低下頭來。

「世良醫生只是在安慰我吧，你喝醉了嗎？」

世良看著她的臉上浮現出小小的酒窩，覺得太過燦爛，忍不住瞇細了眼睛。

「已經要到最後點餐時間了，請問有需要點心的部分嗎？」

原本沉浸在兩人對話的世良，因為服務生的提醒回過神來。他看了看時鐘，已經超過十點了。就算現在離開餐廳，要趕上新幹線可能也有點難度。

「帳單請送到房間……」世良趕緊說道。

彷彿要打斷他的話似的，花房向女服務生說道。

「可以讓我看一下有什麼點心嗎？」

女服務生笑著回答：「請稍等一下。」

世良看著女服務生走遠的背影，又瞄了一下花房。但花房似乎沒有發現世良的視線，只是一直眺望著窗外的夜景。

吃完甜塔、享用完香草茶後，餐廳也要關門了。兩人起身離開。

世良簽完名走出餐廳後，先在外頭等候的花房向他行了個禮。

「謝謝你的招待，我的包包還寄放在你的房間，所以身上沒帶錢。」

「沒關係啦，餐費已經記在房間費用裡了，天城醫生會幫我付錢的。」

「這樣好嗎？」

「沒差啦，平常一直被他使喚來使喚去的，跟他多拗一頓飯而已不會怎樣的。真的被念的話，我也會直接還他錢的。不過那個人超有錢的，應該不會計較這些。」

「那我就不客氣了。」

兩人走進電梯。

「最後一班車已經走了耶！」世良看著電梯門關上，說道。

花房點了個頭。

電梯在到達世良的房間樓層後開啟，兩人一言不發地走了出來。花房跟在世良身後，保持了約兩步的距離。走到房間後，世良插入房卡、啟動電源，房內瞬間亮了起來。兩人的行李就放在離門口不遠的小桌上。

「今天晚上聊得很開心，謝謝你。」花房拿起自己的行李，轉向世良，面帶笑容地說。

「妳有地方住嗎？」

「東京車站附近有間女性專用的旅館，我本來想說要跟貓田學姊一起住在那裡。而且那裡二十四小時都可以辦入住手續。」

「已經訂好房間了嗎？」

「還沒，不過應該還有房間才對。真的沒有房間的話，我就去跳迪斯可跳一整晚，其實我明天開始連休三天。」花房回答。

「那我幫妳拿行李拿到旅館。」

世良伸出手，碰觸花房的手腕。花房楚楚可憐地看著世良。

房內的氣氛瞬間凝結起來。

下個瞬間，他將花房纖細的身軀拉近自己。手腕被世良握得緊緊的花房，抬起頭來看著他，後者緊緊地抱住花房，埋首吻住她的唇。

花房的睫毛輕輕地顫動了一下，閉上雙眼。

隔天早晨，新幹線的月臺上，世良與花房面對面站在停靠在月臺的列車前。

「我今天一整天都要陪著天城醫生。」

「我會先回宿舍，然後再去上晚班。」
「咦？妳昨天不是說連休三天……」
花房低下頭來，有點不好意思地笑了起來。
「……那個是騙你的。」
「為什麼要說謊？」
「要是我說實話的話，世良醫生應該會想送我到家吧！」
世良慌張地移開目光，眼角還殘留花房燦爛的笑容。
發車鈴聲響起，花房踏著輕快的步伐走向新幹線。
世良忍不住將她纖細的身軀拉向自己。
「啊！」花房發出一聲驚呼。
嬌小的身軀雖然瞬間僵硬了一下，但馬上又放鬆地任世良抱著。一位年長的女性不耐煩地從兩人身旁經過。
發車鈴聲停止，花房掙脫世良的擁抱，搭上了新幹線。
兩人之間被透明的柵門被隔開了。花房將身子靠在窗邊，小小地揮動著手。新幹線無聲地啟程，世良也跟著列車一步、兩步地跑了起來。
花房的殘影與新幹線的車尾越來越小，最後變成一個點，消失在世良的視野中。
世良這時才注意到，自己早已在不知不覺中，身處於人群之中。

他回頭一看，周遭盡是對自己毫無興趣的面孔。世良突然有種錯覺，好像只有自己被獨留了下來。

世良送花房離開前就已經辦好了退房，因此只剩要拿回寄放在飯店的行李，以及跟天城會合。

急忙回到旅館的世良背後傳來一聲喇叭聲。

他回頭一看，只見一臺祖母綠色的高迪出現在陰天之下。柳樹在銀座的街道上特別顯眼，世良彷彿看到天城引以為傲的高迪就像在柳樹下的雨蛙一般，他好不容易才忍住笑。

「朱諾，你是一大早就跑去散步嗎？」

「天城醫生才是，一大早就跑去兜風嗎？您該不會是開這輛車來旅館的吧？」

「廢話，我怎麼可能去跟別人擠什麼電車。不過我失算了，遇到塞車。這樣的話搭電車還比較快。」

搭新幹線的話，又快又舒服喔！世良正想這麼說，卻還是忍住了。因為開著祖母綠高迪前來公開手術現場，才比較像是天城的作風。

「那麼，朱諾，今天也要幫忙我工作喔！我們去成田吧！」

「咦？又要去嗎？」

天城點了個頭。

「不過我要先去旅館跟人見個面，你在大廳的咖啡廳等我一下，大概一個小時就可以結束了。」

一個小時後，天城走過正在咖啡廳等待的世良面前。他的身旁跟著兩名男性：一位是姿態文雅的老紳士；另一位是乍看之下有點神經質、但仔細一看又覺得是位年輕有為的青年，身穿條紋西裝。他們看起來並不像是醫生，比較像是企業家。

天城舉起手來，向世良打了個暗號，應該是在說事情辦完了。和他站在一起的兩名男性瞄了一眼世良後，向他行了個禮。世良不知所措地回敬了個禮。

在世良拿回寄放在櫃檯的行李並回到大廳時，兩名男子已經離開了。天城則和研討會的主席加布里教授站在玄關前的停車位聊天。

看來今天的工作應該是要送加布里教授到成田機場。

不過，如果只是這樣的話，有必要特地留我下來嗎？世良心想。

「朱諾，陪我們一下吧！我們一起送加布里教授去機場。」天城看到世良走近後，笑著說道。

加布里教授與天城在車上不斷議論著，聽起來是在討論昨天公開手術的細部內容。因為兩人是用英語交談的關係，世良只能理解片段，連兩人談話的大概都不是很清楚。等世良回過神時，自己早已經快睡著了。

這時突然一個緊急剎車，身體隨著車身自然往前傾的世良因此清醒過來。隨著車外轟隆作響，才從窗外看到飛機正在著陸的樣子，看樣子已經抵達機場了。世良看著坐在駕駛座的天城，把天城從蒙地卡羅帶回日本那天好像已經是很久以前的事情了。

幫加布里教授卸下行李後，世良又被命令要當加布里教授的嚮導兼提行李員。油門一踩，綠色的高迪便往停車場駛去，不到片刻便消失在兩人的視野裡。世良提起加布里教授的大旅行袋，拉著他的行李箱前往報到櫃檯。

機場的咖啡廳裡，世良與天城正在喝著咖啡。

「真的走了耶，加布里教授。」

「為什麼朱諾這麼捨不得加布里教授回國啊？你們兩個之間產生了什麼共鳴嗎？」

世良搖搖頭，天城絕對不會知道的吧！世良與加布里教授都對天城抱有一種特殊的情感，即便受不了天城的任性，卻又受他的天才技術吸引著。被這種二律背反的情感操弄著的兩人，即便立場不同，也能立即明白對方和自己擁有相同的心情。然而他並不打算讓天城知道這些。

「朱諾，我們回去可愛的櫻宮吧！」天城無力地靠在椅子上，苦笑著說道。天城的話語在世良心中甜蜜地迴響著。

四個小時後，祖母綠的高迪通過了櫻宮巷弄，疾速開往海岸線。

世良有所預感。天城要回去的地方並不是擁有白色之塔的東城大學醫學部附設醫院，而是預計與螺旋城堡——碧翠院櫻宮醫院對立的透明城塞——櫻色心臟中心的建築預定地。

他想得沒錯，天城的高迪通過櫻宮的蝸牛，碧翠院櫻宮醫院的前方，在斷崖旁邊的柵欄緊急剎車。停好車後，天城走下車。世良跟在他的後頭。

天城的夾克下襬隨著海風飄舞著，他注視著遠方的水平線。世良則站在天城身邊，和他凝視著相同的那條遙遠的水平線。

「朱諾，你覺得櫻色心臟中心真的有辦法成立嗎？」

世良因為天城的提問猶豫了一下，接著他回答：「嗯。」

「不要說謊。」

「我沒有說謊。」

「那我換個說法，雖然你沒有說謊，但你並不覺得真的可行。」

世良陷入沉默，海風吹過兩人之間。碧翠院櫻宮醫院在兩人身後發出低鳴似的呼嘯聲。

「為什麼，你覺得會失敗呢？」

「因為……」

脫口而出後，世良才發現自己又被天城誘導式的詢問給牽著鼻子走了。沒辦法，他只好開始列舉些瑣碎的理由。

「首先我們沒有建立醫院的資金，難道光靠心臟手術就能吸引病患嗎？而且好像也找不到其他醫療人員願意加入，就算都有辦法找到好了，我們也沒有辦法只靠天城醫生的手術來成立醫院。」

世良將心中的想法一口氣吐了出來。

天城在確認世良說完之後，輕輕地嘆了一口氣。

「還真是充滿了悲觀的理由啊！這或許也是這個負面磁場造成的結果吧！那隻蝸牛似乎在拒絕跟我有關的紀念性建築呢！」

天城將目光移向身後的碧翠院櫻宮醫院。

「話說回來，馬利西亞在回去前曾經說過，如果我想要在這裡讓櫻桃樹開花結果的話，就必須擊潰那隻蝸牛。」

世良因為驚訝睜大了雙眼。

「那您想怎麼做？聽從他的建議毀了那隻蝸牛嗎？」

「沒必要，說到底，我也感受不到櫻宮醫院有散發出什麼怨念。不毀了那裡就無法建造紀念碑的人是馬利西亞，不是我。我雖然拜託他設計心臟中心，卻是要蓋在跟蝸牛完全不同的土地上，原本的建築物應該無法阻礙我才對。」天城聳了個肩，開口回答。

就邏輯上來說是這樣沒錯，但不曉得為什麼，馬利西亞的話非常有說服力地在世良心中迴響著。

「我猜大概是馬利西亞看了這邊的地形後，讓他原始的基因覺醒了吧！」天城繼續說道。

「我聽不太懂天城醫生您在說什麼。」

「摩納哥公國的祖先馬利西亞，曾經在暴風雨的夜晚登上懸崖斷壁、攻略要塞並建立祖國。這裡的懸崖峭壁和那時的地形非常相似。」天城看著世良笑道。

竟然能在時隔久遠的現代，而且是完全不同的土地上，喚醒征服帝國的基因。這種孤高的自尊，就是王族之所以是王族的原因吧！

「朱諾之所以會不安，也是因為在會議上被大家質詢，一直被那些反駁意見攻擊的關係。辛苦你了，朱諾總有一天也會成為那個會議的正式一員的。」天城繼續說道。

以天城的諷刺來說，這已經是非常溫和的了，因此世良完全不痛不癢。

「那麼從現在起，我們就先將朱諾的不安一個一個擊倒吧！這才是應該優先處理的部分，畢竟目前在東城大學裡，只有朱諾是我信得過的夥伴。」

世良因天城略帶寂寞的語氣感到驚訝。一直以來，他都覺得天城是不管在何時何處，都能獨自在原野上驅馬向前的騎士。

「首先是醫院的建築經費，這是目前最大的問題，所以今天早上我才會和那兩個人見面。你知道他們是誰嗎？」

世良的腦海裡浮現出在飯店大廳擦身而過的兩位紳士，他搖了搖頭。

「你今天早上見到的那兩位，年輕的是櫻宮市長的心腹祕書村雨；有點年紀的則是上杉汽車的會長。我邀請了他們兩位參加昨天的公開手術，之後村雨祕書便先回櫻宮市，向市長報告相關條約，然後再趕回來這裡。上杉會長則是把社長請來帝華飯店，決定企業整體的經營方針。這樣一來，櫻色心臟中心的骨架也大概都確定了。」天城繼續說道。

「您說的『確定』是怎麼確定的啊？」世良回問。

「上杉汽車和櫻宮市將會成為心臟中心的靠山。」

世良驚訝到說不出話來。這些事情是醫生該做的事情嗎？

「聽好了朱諾，事情能不能成功最重要的就是錢。話說回來，朱諾該不會是以為他們只看了我的手術，就決定要出資幫忙吧？」天城笑道。

「咦？不是這樣嗎？」

天城忍不出發出一聲驚呼。

「聽好了朱諾，就算我的手術再怎麼厲害，如果你以為天下首屈一指的上杉汽車和充滿厲害人物的櫻宮市公所，會隨隨便便出錢幫忙的話，那就大錯特錯了。像你這種傻瓜，總有一天一定會在哪裡吃到苦頭的。」

「那麼那些人到底為什麼會決定要出資幫忙啊？」

天城瞇細眼睛，看著遠方那條水平線。終於，他從夾克口袋中拿出一封信。

那是一封藍色的信封，上面刻著金箔材質的紋章，看起來非常有特色。
他將那封信交給世良，世良抽出裡頭的信，才看了一眼就將信塞回去給天城。
「裡面的文字都是鑲金的耶！但那些字既不是日文也不是英文，我看不懂啦！」
「但你應該猜得到這封信是誰寫給我的。」
世良再次審視那封信，奢華的鑲金文字，宛如水晶吊燈發出的光那般耀眼。
「該不會是冬宮飯店的總經理寄的吧？」
天城露出了「哦！」的表情。
「的確有這個可能，你猜的方向不錯，可惜猜錯了。」
「我知道了！是大賭場的老闆，因為您以前就可以運用大賭場的基金了嘛！」
「不錯喔！朱諾，你離答案越來越近了。要在這個下流又可笑的社會生存，名譽可是必需手段。」天城笑道。
「不好意思，我已經猜不到了。」
「想要生存下去，無論什麼事情，不到最後關頭都不能放棄。聽好了，朱諾，我說過了，如果是你，應該會知道是誰寫這封信給我的。另外，信裡面一定會有寄信人的名字，如果你連這個都想不到的話，是沒有辦法擔任櫻色心臟中心第二負責人的喔！」天城指著那封藍色信封，開口說道。
世良再次仔細地閱讀起鑲金文字，他的目光停在最後的署名上。

「馬利西亞……」

「這是很簡單的計謀啦！摩納哥公國的貴族馬利西亞擁有王位第七繼承權，所以我就讓他寄一封信給我，表示摩納哥公國準備出資贊助櫻色心臟中心。要他寫這封信只是小菜一碟。」天城笑道。

「這很厲害啊！這樣一來，資金的部分就準備齊全了。摩納哥公國打算要出多少啊？」世良睜大眼睛，回想起蒙地卡羅藍色的天空，像在做夢般地說道。

「一毛也不出。」天城回答。

「什麼？但這不是摩納哥公國準備出資的官方信件嗎？」

天城邊笑邊搖頭。

「這是官方的私人信件！馬利西亞雖然是王公貴族，卻沒有決定權。」

世良忍不住驚呼道：「這樣根本是詐欺！」

「這種時候有這種詐欺的信就夠了。我是摩納哥公國的新星，又是被授予動章的名人，馬利西亞所保證的摩納哥公國的出資，代表我可以運用大賭場的金錢。因此，摩納哥的官方保證便到手了。當然，現在並沒有願意投入大筆資金到櫻色心臟中心的善心人士，但只要讓他們覺得我背後有靠山，精於謀利的那些人便會因此上鉤。這樣一來，就算沒有摩納哥的金錢援助，光靠日本的贊助也能成立心臟中心。」

世良聽著天城雄心壯志的故事，覺得有點感慨。比起站在大學醫院的頂端，天城更適合站在海岬前端，朝著大海訴說無邊無際的夢想。

「那麼，關於朱諾剛才說的第二個跟第三個理由，我就一起回答吧！你說只幫心臟有問題的患者動手術無法吸引病患跟醫療人員對吧！只幫心臟有問題的病患動手術當然不可能吸引病患，櫻色心臟中心也會設置急救中心，而急救的主要範圍是心臟，這也是合情合理的。之後，櫻宮的病患會漸漸習慣櫻色心臟中心的存在。慢慢地，櫻桃樹就會成為處理東城大學病患的巨大窗口，遲早有天會取而代之，成為東城大學的首腦。這麼一來，這兩個問題便能一次解決。」

和想要取代東城大學這個願望相比，那群教授所策劃的陰謀反而顯得小家子氣。

「朱諾的最後一個問題是，假設櫻色心臟中心真的成立了，也不可能光靠我的手術賺錢對吧？」天城露出微笑，乘勝追擊地說道。

世良點頭。

「朱諾，你猜東城大學醫學部附設醫院一年的營業額有多少？」天城輕笑道。

世良歪了歪頭。「我還真的一點頭緒都沒有。」

他說的是實話，這個世界上應該沒有任何一個實習醫生能夠清楚掌握自己任職的大學醫院賺了多少錢。

天城乾脆地一口道出：「大概一年有兩百億喔！」

「這個跟那個有什麼關係嗎？」

「給你個提示，為什麼上杉汽車的會長會來看我的公開手術呢？」

「因為義大利路奇諾企業的社長要動手術，剛好來探病就順便來看一下這樣。」

「朱諾真是單純啊！這麼大的上杉汽車企業，先不論會長究竟是不是去探病，也不可能特地來看跟自己毫無關係的心臟外科公開手術。除非，有一個迫切的理由讓他必須來觀看這場手術。那這個迫切的理由是什麼呢？」

世良陷入思考，突然他睜大了雙眼。

「你終於明白了吧！沒錯，就跟你想的一樣喔朱諾，上杉會長的心臟就像是一顆定時炸彈，一分一秒都等不了。但他心臟出現狹窄的部位很難動手術。所以，雖然他經常去維新大學找菅井教授報到，對方卻束手無策，自然而然他就來找我幫忙了。」天城笑著說道。

世良回想起昨天在公開手術上擔任大會會長的菅井教授，他應該做夢也沒想到，自己這麼善心介紹的對象，竟然會搶走自己最大的客人吧！

但這並不是天城的錯。

「看完昨天的手術，上杉會長便向我提出請求，說他明天就想動手術。當然，他完全接受我的條件。上杉汽車，總資產約三兆圓；身為創業一族之長，聽說光上杉會長的個人資產就有三百億。」

「天城醫生該不會把在蒙地卡羅那個，要賭上一半財產的規則也搬出來了吧？」

對於世良的疑問，天城點了個頭。世良驚訝到說不出話來。Chance simple，只有膽敢把一半財產放上輪盤桌上的人才能獲得機會。這個情況也就是說，對方必須依照天城的規則交出一百五十億。

「上杉會長真的願意拿出這種白痴才會付的金額嗎？」

聽了世良背叛般的質疑，天城一臉平靜地回答：「說到底，世良對於這個白痴才會付的金額的認知才有問題。自己都在生死關頭了，哪會在意貴還是便宜。」

「我明白這個道理，但我沒想到日本也會發生這種事情。」

「賭博可不是只有賭錢才叫賭博，有時候，也會賭些比錢更重要的東西。」

「比錢更重要的東西？」

「乳臭未乾的朱諾應該馬上就能想到一些例子了吧？」

世良的腦裡瞬間浮現『愛』這個字，但還沒說出口便羞紅了臉。

「每個人對於比錢更重要的東西，看法有所不同。像上杉會長這種創業有成的人物，金錢已經不再是他渴望的東西了。那這種成功人士會想要什麼東西呢？」

天城繼續說道。

世良認真地思考了一下，最後還是無力地搖了搖頭。

「答案是名譽。」天城開口說道：「所謂的名譽，在第一次受到別人稱讚時就算成立了。我們約好了，只要手術成功，上杉會長就會捐出一半財產做為櫻色心臟中心的創設基金。心臟中心將會成為這個地區的一大醫療中心，上杉會長與他的分身——上杉汽車將因為捐獻基金做為公共福利而獲取名譽，也能從櫻宮市得到大大小小的優惠回饋。為了獲取這個捐獻的最大利益，才會特地請櫻宮市釜田市長的心腹村雨祕書過來一趟。」

「這算是政府跟企業勾結嗎？」

「這又不是什麼可疑的私下勾結，換作是民間企業，只要拿出一定的金額，就可以換到什麼好處，這不才是社會基本的運作方式的嗎？」

這話題也扯得太遠了，完全跟不上。

大學醫院一年的營業額大約有兩百億，而天城只要幫一位病患動手術就能拿到一百五十億，這麼一來醫院經營上也沒有問題了。

但這樣一來，世良與其他底層醫生日夜辛勤地為醫院工作，櫻宮市的醫療、不——是日本的醫療，到底又算什麼呢？

一回頭，只見巨大的夕陽就要下山了。

天城伸了一個大大的懶腰。

「總而言之，櫻色心臟中心的第一位名人病患，就決定是上杉汽車的上杉會長了。明天要正式公開這件事情，會把媒體都叫到東城大學來。」

世良直盯著天城。就算他跟別人說這個人昨天才結束前所未有卻壓力重大的公開手術，今天卻又獨自決定這種劃世紀的大事，應該也不會有人相信吧！世良看著一口氣指揮所有事情的天城的強韌精神力，深深地被他吸引著。

「為什麼要做到這種程度？為什麼這麼想將櫻桃樹的幼苗種在這個城市裡？」

天城因為世良突如其來的提問，呆呆地看著世良幾秒。接著他才喃喃自語般地說道：「這個問題從朱諾口中說出來很奇怪耶！說起來，我又為什麼會來櫻宮？不就是因為被朱諾的熱情感動了嘛！我之所以會做這些事情，是因為朱諾已經將幼苗種在我的心裡了。」

世良一臉傻住。我這種人竟然有辦法感動天城醫生？

「朱諾，你又是為了什麼才當醫生的呢？」天城溫柔地看著世良，開口說道。

突然被問到這麼單純的問題，讓世良陷入沉思。

總覺得可以簡單地回答就好，但他又猶豫著，真的可以隨便回答就好了嗎？

然而世良最後還是將自己腦中浮現的單純答案說出口了。

「為了要守住病人的生命。」

聽完這個答案之後，天城環抱起兩隻胳膊，閉上眼睛。世良戰戰兢兢地詢問。

「這個回答太幼稚了嗎？」

天城沒有回答。世良盯著天城，緊張地等待著令人難受的時刻過去。終於，天城再度張開眼睛，回看著世良。

「朱諾，你知道櫻花的壽命有多長嗎？」他輕輕地開口說道。

對於天城突然轉變話題，世良搖頭表示不知情。

「日本的吉野櫻壽命大約是七十年。因為是樹木，只能叫做樹命。你不覺得這段長度跟什麼很類似嗎？」天城回答。

世良歪了歪頭。天城看向遙遠的水平線。

「答案是人的一生，我大概也只能活到七十歲。一排櫻樹之所以能茂盛地生長，是因為有人一直在種新的櫻樹。櫻色心臟中心將會成為那些櫻樹的母親，一旦心臟中心順利成立，便會聚集許多壽命長達七十年的櫻樹。到了春天，便能開出茂盛的花吧！」

天城直直地盯著世良。

「朱諾難道不想親眼看看那些美麗又茂盛的櫻樹嗎？」

世良用力地點了個頭。他在心中不加思索地認同著天城所說的話。

天城對於醫療付出的心意，比其他人都還要更加真摯。如果有人覺得他是個怪人，那大概是因為會這麼看他的人本身才是個怪人。

隔天一早，世良一到醫院，就覺得其他人刻意和他保持一段距離觀察著他。也因此，誰也沒有過來親近他。雖然他感覺自己像是碰撞了強大的惡意，卻又不是那種令人作嘔的厭惡感。

這種心情是怎麼一回事？

與其說是厭惡，更像是被捲入了夾雜羨慕與尊敬的複雜感情中。

拿慰勞品給青木的時候也是，青木收下禮物後，馬馬虎虎地道謝後便消失在世良眼前了。一回頭，世良才發現自己周遭一個人也沒有。

過了一陣子，一名中年護士靠了過來，裝作跟世良很親近地說道：「我聽其他人說了喔！世良醫生，你在東京表現得很好嘛！」

世良不知道該直接接受對方的讚美還是要保持警戒比較好。

「世良先生知道嗎？聽說天城醫生會出現在明天早上的新聞節目中喔！」中年護士繼續說道。

世良搖了搖頭，無言地告知自己的消息有限。就在這時，非常健談的一年級實習醫生駒井也靠了過來。

「從昨天開始，醫院裡上上下下就都在討論天城醫生的公開手術了。相關醫療人員都被大家追著問東問西的，覺得他們超累的啦！」

世良露出笑容，忍不住在心中感謝駒井一直以來令人厭煩的自我中心和沒大沒小，更因為駒井滿不在乎的樣子感到安心。

「那就太好了，我看大家感覺都有點僵，還有點擔心呢。」

「除了黑崎助理教授好像有點不太高興，其他學長都超興奮的唄！」

令人意外的回答。就在這時，穿著襯衫的行政人員跑進了護理站。

「請問天城醫生在嗎？」

不在。世良回答之後搖了搖頭。然而下個瞬間，天城的上半身便從護理站裡頭的沙發伸了出來。行政人員一臉驚訝的樣子，但馬上又恢復該有的冷靜，開口說道。

「您這樣會讓我們很困擾的，時間已經到了您卻還沒出現，身為主角的天城醫生不在，我們也無法開拍啊！」

「我是外科醫生，待在外科醫院大樓的護理站很正常吧！」天城笑著回答。

行政人員無視天城的強詞奪理，直接告知自己的來意。

「櫻花電視臺的記者都已經到櫃檯了，請您動作快一點。」

「我現在就過去，你先過去吧！」

「拜託您囉！我是講真的。」

行政人員再三提醒後，又用跑的衝下樓梯。世良一臉驚訝地問向睡眼惺忪的天城。

「您從什麼時候開始就在那裡了？」

「我一大早就在這裡了喔！因為我想要朱諾跟我一起去接受訪問，所以才在這裡等你的，結果不小心就睡著了。然後剛剛護士說朱諾在東京表現很好的時候才又醒來，就這樣半睡半醒地聽下去了。」

世良一臉無奈。

「是要採訪什麼啊？」待在一旁的駒井忍不住插話說道。

「『協助公開手術的東城大學醫學部附設醫院的勇者們』，以這個為題，我們要在大廳接受電視臺的訪問，幕後功臣朱諾如果不在的話怎麼成？」

「咦、我才不是什麼幕後……」

「不用這麼謙虛啦朱諾，大家都已經聚集在大廳了，我們也該出發了！」天城笑著對一臉疑惑的世良說道。

先衝去電梯間按電梯的駒井不斷催促著兩人。

「你們怎麼還在慢慢走啊？世良醫生、天城醫生，櫻花電視臺是大公司耶！不能讓他們一直等你們啦！」

真是機靈的傢伙。世良被駒井按著肩膀押進電梯裡。其他醫生與護士則站在遠處目送著世良與天城離去。

電梯門一開啟，刺眼的燈光便往天城與世良打了過來。天城在聚光燈下，慢悠悠地走向大廳中央，當天的手術成員已經在那裡站了一排了。

待世良習慣燈光之後，他環視起周遭，才發現天城正往其他團隊成員走去。那裡有擔任手術助手的垣谷、青木、田中麻醉醫生、手術室的貓田護士。接著世良的視線像被釘住了一般，停在貓田身邊那名嬌小又不太起眼的花房美和身上。

花房直盯著世良，接著又低下頭來看著自己的鞋子。世良走近花房，站在她的身邊。天城則走到手術成員的正前方，抬頭挺胸著。

「這裡是成功進行日本首場公開手術的天城醫生與他的手術團隊。」女主持人華麗地向大家宣布。

大廳內掌聲四起。放眼望去，手術團隊已經完全被包圍了，周遭除了人還是人。這些人之中，超過半數是經常看到的大學醫院的醫生、護士，以及行政人員，剩下那一半看起來像是碰巧經過的一般門診的病患。站在二樓的人大多數是醫院的醫生，駒井就在其中，一臉羨慕的樣子。世良見狀，忍不住笑了出來。

女主持人將麥克風往天城遞去。

「那麼，有請成功進行劃世紀公開手術的天城醫生，為我們說幾句話。」

掌聲響起。生性敏感的世良總覺得有些不贊同的聲音混進了掌聲之中。黑崎助理教授一臉不高興，他盤起兩隻手臂，像在思考著什麼。高階講師靠在牆壁旁；頂著一雙白眉的佐伯院長則站在大廳上方，微笑地俯視著底下的記者會。

天城稍微瞄了一下，掌握了周遭的情形，接著往麥克風的方向開口發言。

「東城大學醫學部附設醫院的各位同仁，以及來到東城大學醫學部附設醫院就診的各位，我們團隊在維新大學主辦的日本胸腔外科學會中，成功完成了日本第一場公開手術，這都是託大家的福才能如此順利。」

這麼謙虛的發言，完全無法與平常的天城相提並論。刺眼的燈光下，站在世良身邊的花房伸出手指，輕輕地碰了一下世良的手腕。

「我想藉這個機會告訴大家一件事，這件事跟我過去的成就無關，而是有關未來，櫻宮或許能為大家提供的新的醫療。」天城在聚光燈之下，繼續大聲地說著。

「我們很期待您接下來的發表。」女主持人接著說道。

天城輕咳了一聲。

「這次的公開手術，我為大家展示了世界上唯獨我能做得到的Direct Anastomosis（直接縫合法），這項高難度的心臟冠狀動脈再建手術。跟過去的繞道手術與治療概念完全不同，我所採取的不是另闢新路代替阻塞的血管，而是直接將阻塞的血管替換成新的，可以說是完全不同次元的治療方法。因為世界上只有我能做到這個手術，所以有許多VIP病患正在排隊等著我的手術，那些人之後會一一前來拜訪櫻宮。」

世良的腦裡突然浮現出在大賭場跪在天城面前的中東王族。

「可惜的是，東城大學醫學部附設醫院裡，沒有能夠輔助我的醫療設備，因此我接受了院長佐伯教授充滿魅力的提議，接下來我要在此向大家報告這項提議。」

天城對居高臨下的佐伯院長投以目光，繼續說道：「一九九二年，也就是兩年後，我要在櫻宮這個地方蓋一座心臟手術專門醫院。醫院名稱是『櫻色心臟中心』。這間醫院除了治療來自世界各地、等待我的手術的VIP患者，也將為櫻宮市民提供世界頂級的醫療服務，敬請期待。」

女主持人提出問題來打斷天城的話。

「基於您在這裡公開表示這件事，可以解釋成這是官方所做的決定嗎？」

「當然，今後櫻宮市政府也會全力協助我們，我說得沒錯吧？村雨祕書？」

女主持人回過頭來，一發現目標便立即向前遞出麥克風。

「天城醫生剛才說的話都是真的嗎？村雨先生？」

對方一臉困惑的表情，大概沒想到自己會被捲入這場公開發表中吧！然而村雨祕書雖然年輕卻非常果敢，他立刻拿起麥克風，掩飾方才那剎那的猶豫。

「我本來以為這件事會由市政府來正式公告。昨天，釜田市長已經同意了，另外市議會各部會也表示贊同這件事，預計再過些日子，經過議會審查之後，應該就能順利通過這項決議。」

女主持人因為突如其來的訊息驚訝地張大嘴巴，導演與節目製作人則在她背後小聲地窸窣說話。天城從她手中搶走麥克風，開口說道。

「櫻宮市的各位，接下來我要向大家報告更值得祝福的事情。櫻色心臟中心已經在為第一位病患做手術準備了。因為自己也要接受手術的關係，所以這位病患本身也非常贊成櫻色心臟中心的創立理念，更願意出資贊助櫻桃樹的創設基金。」

女主持人拿回麥克風，開口詢問。

「方便的話，可否告知這位慈善家的名字呢？」

「當然，這名慈善家就是上杉汽車的上杉歲一會長。」

一直在高處俯視著整場記者會的佐伯院長聽到這句話後，驚訝地挑了一下白眉。世良將這幅景象都盡收眼底。

天城瞄了一下佐伯院長，很快地將視線移回攝影機的鏡頭。接著他看向聚集在大廳的大學醫院的醫師及其他醫療人員，對他們說道：「櫻色心臟中心的創立將會是一場現代醫療革命，依舊維持故態的大學醫院，總有一天會宛如一隻巨大的大象，面臨崩塌的命運。如今社會還處於富裕狀態，更應該要趁現在向社會展示全新醫療的未來計畫。因此，我需要很多人的幫助。未來，『由民眾支持公家』這種想法將會變得越來越重要。」

在這些聽眾之中，有個人影用力地點了個頭，那個人正是擅長附和的實習醫生駒井。

「櫻色心臟中心的創立條件已經準備得差不多了。做為醫院基礎的外科手術技術，也因前天公開手術的成功備受大家肯定，目前還在討論未來的醫院位置以及費用負擔等問題，而最重要的，就是需要各位醫生的協助幫忙。如果有認為非自己不可的年輕人，請你們一定要站出來協助我。相信有你們這些新血加入，才能共創日本的醫療未來！」天城拿著麥克風，毫不理會宛如稻草人般佇立在身旁的女主持人，他繼續說道。

天城握緊右手，宛如吶喊般說出最後那句話：「為了改變日本的醫療，加入櫻色心臟中心吧！」

感覺會場的人們似乎因此動搖了一下。以堅若磐石而自豪的東城大學醫學部附設醫院，也在這瞬間產生裂痕了。但抱有這種想法的，或許只有世良一人。

然而在此同時，世良也從天城剛才的話中，發現了更巨大的裂縫。不知怎的，總覺得天城站在聚光燈下的崇高姿態，越看越覺得有道很深的黑影緊緊黏著他。

「天城醫生是日本第一的外科醫生唄！偶會追隨天城醫生的！」完全沒注意到這些事的一年級生駒井激動地大叫著。

那句話並沒有激起周遭的狂熱，駒井一喊完誓言，周遭又恢復了寂靜。天城轉向背後的團隊人員。

「記者會到此結束，由衷感謝各位的幫忙。」

他恭敬地向大家敬了一個禮。在他再度抬起頭後，臉上已經是與剛才截然不同的表情。

天城收起過去偶爾才會對世良顯現的真正神情，一本正經地對世良說道。

「走囉朱諾，好戲就要上場了。」

他瀟灑地甩了一下白袍的衣角，走向外頭。

世良跟了上去，一面感到背後追逐著自己的攝影機，一面對未來不知何去何從感到不安。

但在這份茫然與不安之中，無邊無際的大海也同時在眼前展開。

那是過去他在夜晚從蒙地卡羅冬宮飯店陽臺看到的大海，更是背對著碧翠院櫻宮醫院眺望的櫻宮岬的海景。那些充滿夢幻的景色，如今就在眼前，一口吞噬世良的存在。

轉動東城大學日後歷史的這一刻，也代表蒙地卡羅之星──天城雪彥孤獨的戰爭從今天正式開始了。

天城的敵人無他，正是充滿陋習的東城大學醫學部附設醫院。

天城在攝影機面前直接下戰帖的對象，即是東城大學背後那片茫茫渺渺的日本醫療界。在天城宣布要在櫻宮岬前端建設櫻色心臟中心的那刻，他也正式與日本醫療界為敵了。

還無法得知未來如何發展的世良，只是一心一意地追隨著天城的身影。

天城走到他那臺祖母綠色的愛車小綠──高迪旁，回過頭來，輕輕地舉起手。

「朱諾，今天就在這邊說拜拜囉！明天見！」他一邊坐進車裡，一邊對世良說道。

引擎聲響起，天城駕駛的高迪從世良的視野裡消失。不知怎的，世良總覺得這聲再見就像是永別般令人恐懼。

世良轉過身去以消除那份不安。一回頭，東城大學醫學部附設醫院這座威嚴巨塔，彷彿正在俯視著世良。

# 解說

西尾維新

我曾經想過對書蟲而言，幸福究竟是什麼？答案毋庸置疑，當然是閱讀一本有趣的書、發現未曾知曉的書的魅力，以及細細品嘗閱讀過後的心得。那麼次之幸福的又是什麼呢？以下是我的個人看法，我認為是在書店看到「一本有趣的書」的作者的其他作品擺放在一起的畫面。

「接下來還有這麼多這個作者寫的書可以看啊！」

親身體驗到這份幸福後，原本因閱讀獲得的滿足感也會更加滿溢。這世界上還有很多要讀的書、而且是在閱讀之前就知道是很有趣的書。身為一隻書蟲，在知道這個事實後，一定會感到很幸福的。

一直以來，書蟲的窘境就是自己想讀的書大都已經、不對，我可以大膽肯定，是全部都已經讀完了，所以書蟲經常處於飢餓的狀態。正因如此，在新發現一名創作豐富的作家，那份喜悅實在太值得筆記下來，甚至到了難以用言語表達的程度。

更不用說那位創作豐富的作家竟然是海堂尊，那時一定會覺得至今一直堅持閱讀真是太好了。

我最一開始閱讀的海堂小說，是他的出道作《巴提斯塔的榮光》。剛讀完那本書時，他的創作還不到十本書。

「這麼有趣的書竟然是他的出道作，真是不可置信。」就某種意思而言，身為書蟲的我實在大意了，同時還是個悲劇。但取而代之的是，接下來可以一口氣閱讀海堂尊的其他小說、可以一口氣買下那些書，真是令人感到幸福。

在書店買書的時候，就算將兩隻手都用上了也抱不住、不得不使用購物籃的樣子，一邊注意上下本是否都拿到了、還是不小心只拿了下冊而已，另外再從文庫區走到精裝區、接著再繞到新刊區去逛，這些都是非常開心、非常令人雀躍的體驗。

大家聽我這樣說起來，或許會覺得我就只是在書店買了很多書而已，但事實上最近越來越難感受這種體驗了。距離大家開始怨嘆出版業不景氣、傳統印刷衰退還很久遠的過去，似乎不常見到哪位作家出版了許多書籍、而且還是不盡相同的類型。即便遇上了一本有趣到讓人徹夜不眠的書，作者大概也只出了兩本書而已，一直等不到新書出版。這對書蟲來說、對出版界而言，都無法說是好的情況。然而海堂尊這位作家卻能在那種現狀中持續活動、出版了許多創作，讓我覺得十分厲害。

我喜歡的作家創作了很多作品。

說得更明白一點，對於書蟲而言，沒有比這個更值得開心的事情了。書蟲就是因為愛讀書才叫做書蟲，因此對於書蟲而言，未來還能閱讀許多自己喜歡的作家作品這種事，可以說是讀後心得的相反詞，也就是閱讀前的心情，是非常令人期待的。而海堂尊正是現今社會中，能夠滿足我們這種任性欲望的少數作家。

話說回來，這裡說的「創作許多作品」當然是在指已出版的小說數量，另外也有新書發行速度的意思。但我其實還覺得，能夠同時寫出複數系列作也是「多產作家的條件」之一。

換句話說，擁有許多人氣系列作品的作家，才是我心目中的「創作許多作品的作家」。這並不是以書蟲的角度來說，而是身為小說家的自己想要達到的境界，因此我非常尊敬已經達到此般境界的小說家海堂尊。

另外，不同系列的作品能以不同形式相連這部分，一直都是海堂小說的特徵（不用我說）。他的這種寫作風格，絕對能讓各系列作的人物之間的羈絆更加深刻。有些人物或許在某部作品中被描寫得不可原諒，但在另外一部作品中卻是完全相反的風格。而且他還能寫得非常有說服力，不會讓人感到矛盾，反而能讓人明顯感受到人這種生物原本就是矛盾的、社會原本就是矛盾的。『啊啊、如果把這部作品跟那部作品倒過來看的話，一定會有那種感受吧！』能夠細細品嘗這種靠想像力得出的讀後心得，也是非常有趣、非常幸福的。

基本上，我是不太與人分享閱讀完某本書的感想，但卻能想像自己在與誰討論海堂小說應該從哪本開始閱讀、哪本書看完覺得怎樣怎樣、近乎白熱化的議論。

當然，我也非常喜歡看到某部作品中的配角在另外一部作品中變成主角的發展。

本書《黑色止血鉗１９９０》以及前作《黑色止血鉗１９８８》也類似這種寫法。

實在很希望大家都能感受到因為發現這點而不禁叫出「啊啊！」這種心情。

雖然我還想向大家逐一說明有關這本書的人物在那本書中會變成怎樣、那個人物之後又會在那本書出現等堆積如山的訊息，但這種事實在太庸俗了，我當然不可能去做。

總覺得自己繪製人物關係圖或年表這種事，已經超出書蟲的幸福了。但海堂世界的人物與其因果關係就是如此精采，精采到讓人會想去做這些事，然後實際上還真的去做了。

在眾多海堂小說中，我最喜歡的書就是這本《黑色止血鉗１９９０》。但之所以會有「最喜歡」這種情感，也是因為有了其他著作加以比較才會出現。如果這本書是海堂小說的第一本書，我現在一定會馬上衝到書店買下下一本書。想到在不遠的將來要將他們全部閱讀完的前提之下，要選哪本書當「第一本書」也不成問題了。

我基本上都是按照出版的先後順序來閱讀的，但一想到之後的讀者可能也會依照時間來閱讀、又可能會故意選擇少數派的閱讀方式，每個人有不同的讀前心得，就覺得非常羨慕。

除了不能將有分上下集的書從下面那本開始看之外，我想不管大家要從哪一本書開始閱讀海堂尊筆下的世界，都一定能閱讀得很開心。

本書是將二〇一〇年七月出版的《火焰手術刀１９９０》加以修改而成。

逆思流
火焰手術刀1990
（原名：ブレイズメス1990）

著　者／海堂尊
執 行 長／陳君平
榮譽發行人／黃鎮隆
協　理／洪琇菁
總 編 輯／呂尚燁
譯　者／藍云辰
美術總監／沙雲佩
美術編輯／李政儀
執行編輯／丁玉霈
企劃宣傳／楊玉如、施語宸、洪國瑋
國際版權／黃令歡、梁名儀
文字校對／施亞蒨
內文排版／謝青秀

出　版／城邦文化事業股份有限公司 尖端出版
台北市中山區民生東路二段一四一號十樓
電話：（〇二）二五〇〇－七六〇〇
傳真：（〇二）二五〇〇－二六八三
E-mail：7novels@mail2.spp.com.tw

發　行／英屬蓋曼群島商家庭傳媒股份有限公司城邦分公司 尖端出版
台北市中山區民生東路二段一四一號十樓
電話：（〇二）二五〇〇－七六〇〇（代表號）
傳真：（〇二）二五〇〇－一九七九

中彰投以北經銷／楨彥有限公司（含宜花東）
電話：（〇二）八九一九－三三六九
傳真：（〇二）八九一四－五五二四

雲嘉以南／智豐圖書有限公司
（嘉義公司）電話：（〇五）二三三－三八五二
傳真：（〇五）二三三－三八六三
（高雄公司）電話：（〇七）三七三－〇〇七九
傳真：（〇七）三七三－〇〇八七

香港經銷／城邦（香港）出版集團有限公司
香港灣仔駱克道一九三號東超商業中心一樓
電話：（八五二）二五〇八－六二三一
傳真：（八五二）二五七八－九三三七
E-mail：hkcite@biznetvigator.com

新馬經銷／城邦（馬新）出版集團 Cite（M）Sdn. Bhd.
E-mail：cite@cite.com.my

法律顧問／王子文律師　元禾法律事務所
台北市羅斯福路三段三十七號十五樓

二〇二二年六月一版一刷



**■中文版■**

**郵購注意事項：**
**1.填妥劃撥單資料：帳號：50003021戶名：英屬蓋曼群島商家庭傳媒(股)公司城邦分公司。2.通信欄內註明訂購書名與冊數。3.劃撥金額低於500元，請加附掛號郵資50元。如劃撥日起 10～14日，仍未收到書時，請洽劃撥組。劃撥專線TEL：(03)312-4212 ・ FAX：(03)322-4621。E-mail：marketing@spp.com.tw**

國家圖書館出版品預行編目資料

**火焰手術刀 1990** / 海堂尊作；藍云辰譯 . -- 一版 . -- 臺北市：城邦文化事業股份有限公尖端出版：英屬蓋曼群島商家庭傳媒股份有限公司城邦分公司尖端出版發行, 2022.06

面；　公分

譯自：**ブレイズメス 1990**

ISBN 978-626-316-941-8（平裝）

861.57　　111006514